DIANE AMBER

DIE FEINDE DES GUISCARD

Ein Normannenkrimi aus Salerno

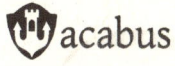 acabus

Impressum:

Amber, Diane
Hamburg, acabus Verlag 2024
1. Auflage 2024

ISBN: 978-3-86282-854-8

Dieses Buch ist auch als eBook erhältlich und kann über den Handel
oder den Verlag bezogen werden.
ePub-eBook: 978-3-86282-855-5

Lektorat: Andreas Barth, Amandara M. Schulzke,
Korrektorat: Amandara M. Schulzke, acabus Verlag
Umschlaggestaltung: Phantasmal Image
Buchsatz, Innengestaltung: Phantasmal Image

Bibliografische Information der Deutschen Nationalbibliothek:
Die Deutsche Nationalbibliothek verzeichnet diese Publikation
in der Deutschen Nationalbibliografie; detaillierte bibliografische
Daten sind im Internet über https://dnb.de abrufbar.

*Der acabus Verlag ist ein Imprint der Bedey Media GmbH,
Hermannstal 119k, 22119 Hamburg und Mitglied der Verlags-WG:
(www.verlags-wg.de), acabus Verlag (bedey-thoms.de)*

© acabus Verlag, Hamburg 2024
Gedruckt in Deutschland

DIANE AMBER

DIE FEINDE DES GUISCARD

Ein Normannenkrimi aus Salerno

Anna

Im Haus ihres Vaters presste Anna ein Ohr an die Tür des Nebenraumes und lauschte.

»Bis die Papiere aus Rom da sind, halten wir die Füße still«, hörte sie.

»Jaja«, grunzte der andere in die Geräuschkulisse aus schlappenden Schritten. »Nichts geschieht ohne den Willen des Herrn.«

Sie huschte ein Stück von der Tür weg. Hörte, wie ihr Vater den beiden Männern mit leerem Lachen antwortete, aber auch, dass sie aufbrachen. Sie musste von hier verschwinden, bevor man sie entdeckte. Auf Zehenspitzen entfernte sie sich von der Tür zur Wohnstube. Wenn die Kerle weg wären, könnte sie unbemerkt abhauen. Sie war ohnehin spät dran. »Vorher ... könnt Ihr Anna nicht verheiraten.«

Abrupt blieb sie stehen.

»... den Gewinn einstreichen ...«

Flott huschte sie hinter den Vorhang unter der Treppe, wartete atemlos zwischen Eimern und Reisigbesen, bis sich die Stimmen entfernten. Heiraten? Sie war ja nicht zimperlich, hatte bereitwillig mitgespielt, aber ehelichen würde sie den Widerling nicht. Wenn heute Abend alles nach Plan liefe, risse sie das Ruder rechtzeitig herum. Verstohlen hastete sie in den Hof, wo ihr Dienstmädchen Zoe bei der Schimmelstute wartete.

»Sie sind zu Fuß zu Cyrus, Herrin«, wisperte das Mädchen. »Wenn Costas pfeift, ist die Luft rein.«

Anna nickte, nahm die Zügel, ließ sich aufhelfen und wartete. Ihr Herzschlag beruhigte sich, sie fing an, sich zu freuen, fühlte sich wagemutig. Der Mann, den sie nachher traf, kam als Lösung all ihrer Probleme genau richtig. In den letzten Wochen hatte er sein Werben mit immer kostbareren Geschenken untermauert. Es war ihm ernst, und er hatte die Stellung, ihr aus der Misere herauszuhelfen. Nebenher war es prima, dass er ihr gefiel. Jedenfalls das, was sie bisher aus der Ferne von ihm gesehen hatte.

Der Pfiff durchschnitt die Straßengeräusche des späten Abends, die aus der Stadt über die Hoftore wehten. Anna wechselte einen Blick mit Zoe, die zum Tor wieselte und es aufsperrte. Sie drückte die Fersen in die Flanken der Stute. Die Hufe klapperten übers Straßenpflaster, hinter ihr wurde das Tor rasch zugeschoben. Sie hatte wenig Zeit, die Stadttore würden bald schließen, und dann müsste sie mit den Wachen diskutieren, mit dem Arsch wackeln, Münzen verteilen und Versprechungen machen, und das war nichts, worauf sie Lust hatte. Als sie an den Wachleuten vorbei durchs Stadttor geritten war und Salerno hinter sich ließ, atmete sie auf. Den Treffpunkt, den er ihr in seiner letzten Nachricht genannt hatte, musste sie nicht suchen, er war allseits beliebt bei Liebespaaren. Sie hatte ihn häufig selbst genutzt, um sich die einlullende Atmosphäre zunutze zu machen. Innerlich jubelte sie. Künftig würde sie da nicht mehr hinmüssen. Wenn sie den Bewerber um den kleinen Finger gewickelt hatte, änderte sich alles. Zufrieden grinsend stellte sie sich vor, wie sie, nach dem Liebesspiel an seiner Schulter läge, er mit ihrem Haar spielte, und sie das Gespräch behutsam auf das lenkte, was sie zu sagen hatte. Wenig war es nicht. Sie hatte längst gemerkt, dass Frauen wie Luft für Männer waren, die gewaltige Pläne und kolossale Komplotte planten. Es reichte, um ihren Vater und die widerlichen Kerle, mit denen sie sich, auf dessen Geheiß, abgeben musste, ins Verderben zu stürzen. Ihr neuer Verehrer würde ihr dabei dienlich sein.

Er würde sie retten.

Sie seufzte, zog die Kapuze tiefer ins Gesicht, als ihr ein beladener Ochsenkarren, flankiert von bewaffneten Söldnern, entgegen rumpelte. Der korpulente Bursche auf dem Bock holte mit der Peitsche das Letzte aus den Tieren raus, um Salerno vor Toresschluss zu erreichen. Als sie grußlos vorbeitrabte, glitt der Blick eines Waffen-knechtes lüstern an ihr hinab. Hochmütig reckte sie das Kinn. Mehr wagte er nicht.

Rasch ließ sie die alte römische Handelsstraße hinter sich, indem sie einen Saumpfad nach Osten einschlug. Bis zum Ziel traf sie auf niemanden mehr. Dort rutschte sie aus dem Sattel und band die Zügel des Pferdes hastig an die tiefhängenden Äste eines knorrigen Kirsch-baumes. Sie sah sich um. Der kleine See, kaum mehr als ein Tüm-pel, schimmerte im Mondlicht. Das Rascheln und Fiepen bei den geköpften Statuen, die das Gewässer säumten, musste sie nicht küm-mern, es kam von kleinen Wildtieren. Die Mauer, die das Anwesen früher umgeben hatte, war vor langer Zeit eingestürzt und nur an wenigen Stellen hüfthoch. Anna wägte genau ab, wo sie sich in Szene setzen und warten sollte. Sie ließ den Blick über die moosbewachsene Bank gleiten, entschied sich dann aber für den Stumpf einer einst-maligen Marmorsäule. Sie löste gerade die Bänder ihres Kleides, dachte, dass er ihr niemals würde widerstehen können, als sie neue Geräusche hörte. Innehaltend lauschte sie ihrem schnaubenden Pferd. Die Zikaden schrien. Doch da war niemand. Er war noch nicht da.

Nicht mehr lange, beruhigte sie sich. Nur nicht ungeduldig werden.

Sie konnte sich ja schon mal in Stimmung bringen. Mit den Fingerspitzen fuhr sie sich über die Wölbung ihrer Brust und über-streckte den Hals zum Mond. Sie war sicher, sie gab eindeutig ein verführerisches Bild ab, allerdings fing ihr Nacken zu schmerzen an. Sie schnaufte. Endlich näherte sich Hufgetrappel. Leise lächelte sie in sich hinein. Um das Spiel richtig zu spielen, wollte sie sich ein wenig zieren, also drehte sie sich nicht nach ihm um. Sie wartete, hörte am klimpernden Zaumzeug, dass er näherkam. Das Sattelleder knarzte, als er vom Pferd rutschte.

Das war der rechte Moment.

Strahlend sprang sie auf, wirbelte herum und zuckte zurück. »Was?«

Die Gestalt antwortete nicht. Anna leckte sich fahrig die Lippen. Unter dem Umhang mit der aufgezogenen Kapuze konnte das jeder sein, nur der Mann, den sie erwartet hatte, war es zweifellos nicht. Und doch kam ihr die Gangart bekannt vor. Sie wich einen Schritt zurück. »Was wollt Ihr?«

Die Person griff unter den Umhang. Das Mondlicht beleuchtete silbrig den metallischen Gegenstand in deren Hand.

Was war das?

Scharf sog Anna Luft ein. Ihr Blick irrte panisch umher. Wo war ihr Pferd?

»Was habt Ihr da?«, presste sie heraus. Sie ging rückwärts. Die Gestalt rückte nach.

»Was ist das? Was?«

Ängstlich wich sie weiter zurück, beide Hände schützend auf den nackten Brüsten. Der Rock bauschte sich um ihre Beine.

»Was wollt Ihr denn?«, schrie sie aus Leibeskräften.

Sie strauchelte, fing sich zuerst an den Resten der Marmorbank ab, doch ihre Hände glitten über das schlüpfrige Moos. Rücklings landete sie auf der warmen Wiese. Vergeblich robbte sie weg, riss schützend die Arme hoch.

Der metallische Körper, das Messer, schnellte, geführt von der Hand des anderen, in ihre Schulter. Als sie schrie, stob ein Schwarm Vögel aus den Bäumen und verschwand in der Nacht.

2

Sebastien

Sebastien, einziger legitimer Sohn Cesare de Fécamps, des Grafen von Oria, schaute dem Boten, der ihm die Nachricht seines Vaters entgegen gebellt hatte, lange nach. Der Mann hatte das Pferd ordentlich getrieben und rutschte vor den Stallungen wenig galant aus dem Sattel, ehe er nach einem Knecht pfiff.

Sebastien war erschöpft. Eine Hand am Schwertknauf, die andere am Hinterkopf, als würde ihm das beim Denken helfen, machte er keine bessere Figur als der Bote. Er war vollkommen aufgelöst. Es gab Dinge, dachte er, die man sich besser nicht wünschte. Herr, ich bat dich, das Problem mit Anna zu lösen. Aber doch nicht so.

Zweifellos gab es Belange, mit denen man den Herrn nicht behelligen, für die man nicht beten sollte. So wie er es gestern Abend stumm getan hatte. Beim Anblick des reizvollen Profils seiner Verlobten Liliana Hauteville, der Tochter des Herzogs.

Es half nichts, die Botschaft war eindeutig. Anna, die Tochter des Leibarztes der Herzogin, war tot. Der Graf, sein Vater, verlangte nach jemandem, und er, Sebastien, sollte ihn auftreiben und zum Haus des Medikus bringen. Notfalls mit Gewalt. Also löste er sich schleppend vom staubigen Boden. Kämpfte sich über den Hof, auf dem das morgendliche Durcheinander aus Lieferanten, Bittstellern, Söldnern, Rittern und Damen für eine ohrenbetäubende Kulisse sorgte. Er schob sich an Bogenschützen vorbei, die, müde versammelt vor den Übungszielen, von ihrem Vorgesetzten niedergebrüllt wurden.

Am Ziel zog er den ledernen Vorhang zur Seite und stürzte in die muffige, in der Wehrmauer gelegene Kammer. Eine von vielen, die bogenförmig nebeneinanderlagen. Darin hausten hauptsächlich Soldaten und Gesinde. Gelegentlich auch besitzlose Ritter. Männer des Schwertes ohne Lehen und ohne besondere Aufgaben, so wie der Mann, den er suchte. Im Dämmerlicht, das durch die oben im Mauerwerk angebrachten vergitterten Längsöffnungen drang, fokussierte er den Blick. Hinten an der Wand kauerte ein Weib. Unter dem schmalen Lichtstrahl einer Schalenlampe schob es eine stumpfe Nadel durch den Stoff, ohne aufzusehen. Die meisten Strohlager auf dem festgestampften Lehmboden waren zerwühlt, aber leer. Lederbeutel mit der Habe der Leute lehnten an Kisten. Hinten deuteten unmissverständliches Grunzen und Bewegungen unter einer fadenscheinigen Decke auf ein kopulierendes Paar hin. Sebastien atmete auf, als er die Gestalt entdeckte, die an der Wand lehnte. Die Beine ausgestreckt, das Schwert auf dem Schoß, eine Hand um den Griff gekrallt, noch im Schlaf wachsam. Das Kinn lag ihm auf der Brust, das dunkle Haar in der Stirn. Da war er. Der besitzlose Ritter, dem die Nachricht galt.

Der Bastard.

Sein Bruder.

Jocelin.

Sebastien fiel neben ihm in die stinkenden Binsen. »Wach auf!« Er stieß ihn an. Sah geduldig dabei zu, wie sich Jocelin grunzend schüttelte und sich mit beiden Händen übers Gesicht fuhr. »Vater will dich sehen.«

»W-was?« Jocelin blinzelte, was die Mischung aus Angst und Abwehr in seiner Miene miserabel kaschierte. Es gab zwei Männer in Salerno, denen man sich nicht widersetzte, und das waren der Herzog Robert Hauteville und César de Fécamps. Ihr Vater.

»Was will er denn?« Der Bruder presste die Lippen so fest aufeinander, als ginge er im Geiste seine Verfehlungen der letzten Wochen durch.

Sebastiens Nervosität verlor an Substanz. »Ich würd' lachen, wenn es nicht dringend wäre. Es gibt einen Mord, um den du dich kümmern sollst.«

»Ich soll mich … was?« Jocelin strich sich eine schweißverklebte Haarlocke aus der Stirn und schraubte sich auf die Füße. »Wer ist ermordet worden?«

»Das Mädchen Anna.«

»Ich kenne keine Anna.« Jocelin wankte aus dem Drecksloch in den Hof. Sebastien sprang auf, hastete ihm nach.

»Sie ist … sie war die Tochter von Nicos, dem Leibarzt unserer Herzogin.«

»Heilige Scheiße.« Jocelin blinzelte gequält in die Morgensonne.

»Das Mädchen oder das Licht?«

»Mein Schädel.«

Am nächsten der vier Brunnen, die die Zitadelle mit Wasser versorgten, ließ Jocelin den Eimer an der Kette herunter und zog ihn gefüllt wieder hoch. Mit beiden Händen schaufelte er sich Wasser ins Gesicht. Als er Sebastien ansah, wirkten seine leicht gebräunten Wangen belebter. Die dunklen Augen waren nicht mehr trüb, in den langen Wimpern hingen Wassertropfen.

»Wohin soll ich?«, krächzte er.

»Ins Haus des Arztes. Ich bring' dich hin.« Sebastien musterte den nur wenig älteren Bruder. »Womöglich wäre es besser, wenn du dich …« Er deutete auf die zerknautschte Tunika. Jocelin sah an sich hinab, zupfte einen Strohhalm vom Ärmel. »Wieso? Wo doch meine Schönheit Salerno ziert wie eine Krone.«

Sebastien lachte. Die Panik, die ihn bei der Nachricht befallen hatte, verflüchtigte sich.

3

Jocelin

ie wurde in ihr Elternhaus gebracht«, erklärte Sebastien. Zu
Pferde trabten wir gemächlich zwischen den eng aneinander-
geschmiegten Häusern über das löchrige Pflaster zum Haus des Arztes. »Nicos hat sie suchen lassen, als er am Morgen bemerkte, dass
sie nicht da ist. Vater ist dort, um …«

»Wer ist Nicos?« Ich versuchte angestrengt, ein Gähnen zu
unterdrücken.

»Na, der Medikus. Der Vater des Mädchens.«

Ich grunzte. Mehr bekam ich noch nicht zustande, weil ich
die ganze Zeit übermüdet rätselte, was Vater von mir verlangte. Er
konnte unmöglich erwarten, dass ich den Mörder eines Mädchens
fand, das ich zuvor nie gesehen hatte.

Wir kamen vor einem Karren, der die Gasse verstopfte, ins Sto-
cken. Sehnsüchtig sinnierte ich über den Wein in den Fässern nach,
die ein quadratischer Kerl in Kittelschürze unter den Augen des
Wirts in die Taverne rollte. Ich leckte mir über die Lippen. »Wo hat
man sie denn gefunden?«

»Bei den heidnischen Ruinen mit den Kirschbäumen.« Sebastien schluckte schwer. »Du weißt ja, was das für ein Ort ist, oder?«

Natürlich wusste ich das. Die Ansammlung alter Kirschbäume
um den See, die Marmorbänke, seien sie auch gebrochen und mit
Moos überzogen, boten eine exzellente Kulisse für jedes Liebesspiel.
Wenn die Kirschen nicht gerade gärten, hatte das Ambiente eine
durchaus aphrodisierende Wirkung auf Frauen, hieß es. Sebastien
würde mir nicht glauben, aber ich war nur einmal hingeritten, um
es mir anzusehen. Ich war nur halb so schlimm wie mein Ruf.

»Nicht, dass ich das nötig hätte«, versuchte ich witzig zu sein, spürte aber, dass Sebastien nicht in Stimmung war.

Der Karren rumpelte los, die Masse, deren Teil wir waren, schwamm über die Straße, als hätte jemand einen Pfropfen gezogen, und zerstreute sich erst auf der nächsten Piazza. Das Haus des Medikus fiel direkt ins Auge. Eine Gruppe Schaulustiger knubbelte sich vor den verschlossenen Toren des Prachtbaus, dessen Fassade in der Sonne lohfarben leuchtete. Die Leute hatten eine Art, sich um Tragödien zu scharen, die mir widerlich war. Einige schienen seit dem Morgengrauen da herumzulungern, in Händen verkohlte Holzstümpfe, vormals Fackeln, die wie Knüppel wirkten. Aufgeregt palavernd stellten sie sich auf die Zehenspitzen, um über die Schulter ihres Vordermanns zu spähen, der aber auch bloß auf ein verschlossenes Tor glotzte. Nur einer guckte zur Straße. Als er uns erkannte, kläffte er was und gestikulierte in den Pulk. Das Murmeln erstarb, die Pforten schwangen auf, und die Menge bildete respektvoll einen Durchlass. An Wachleuten der Zitadelle vorbei trabten wir in den Hof, wo wir aus den Sätteln glitten und die Tiere in die Obhut des Knechtes entließen.

Während ich mich umsah, schob ich mir ein paar Pfefferminzblätter in den Mund. Ich machte mir keine Illusionen. Der Respekt da draußen hatte nicht mir gegolten, ich war nur das illegitime Gewürm. Das katzbuckelnde Getue galt dem Wappen Orias, und somit Sebastien. Aber mehr noch Cesare de Fécamps, dem Grafen von Oria, unserem Vater, der eben aus dem Haupteingang des Hauses schritt, um uns in Empfang zu nehmen. Wie immer bei seinem Anblick kämpften Stolz und Auflehnung in mir.

Ja, ich war stolz darauf, ein Spross dieses Mannes zu sein, der vor Jahrzehnten mit dem Herzog als Söldner ins Land gekommen war, um sich halb Italien unter den Nagel zu reißen. Aber etwas zerrte an mir, wenn ich ihn sah, weil ich wusste, dass ich ihm nicht gerecht wurde. Nichts, was ich je getan hatte, hatte ihm genügt. Der Stolz dieses kühlen Mannes stand neben mir und scharrte mit den Füßen. Ich drehte mich nach Sebastien um und hob die Brauen. Tatsächlich. Er scharrte mit den Füßen. Was stimmte mit ihm nicht?

Fécamps wechselte einige Worte mit einem Büttel, der dem Mob Warnungen zubellte, die er geschickt mit dem Knüppel untermauerte. Die Leute zerstreuten sich. Vater lotste uns ins Haus. Im Torbogen zum Garten wartete ein mageres, am ganzen Leib bebendes Mädchen, das sich fickerig über die Finger fuhr. Die Art, wie es Sebastien ansah, gehetzt, aber als würden sie sich kennen, schärfte meine Sinne.

»Das ist Zoe«, erklärte der Graf. »Die Zofe der Toten. Erhellendes hat sie nicht zu sagen.«

»Meine Herrin liegt in der Wohnhalle«, wisperte sie.

Stumm stiefelte ich hinter den anderen her in eine Halle, die eines Fürsten würdig gewesen wäre. Anerkennend stieß ich einen Pfiff aus, derweil ich mir die sarazenischen Malereien in der Gewölbedecke ansah. Sebastien trat mir sachte gegen ein Schienbein. »Sei vorsichtig, Jocelin. Vaters Laune ist unterirdisch.«

Der stand neben dem Tisch, auf den man die Tote gebettet und züchtig mit einem Tuch bedeckt hatte. Zu ihren Füßen lag fein säuberlich zusammengefaltet ihre Kleidung. Mein Bruder hatte recht, in Vaters ebenmäßigem Gesicht zuckte ein Augenlid. Eine Weile gafften wir die Tote an, als wüssten wir nicht, wie wir anfangen sollten. Ihr pechschwarzes Haar war blutverklebt. Sie guckte so verblüfft wie eine Heilige nach der unmittelbaren Erfahrung des Martyriums. Hübsch war sie. Schade, dass ich sie nicht gekannt hatte. Weil ich angestrengt darüber sinnierte, was von mir erwartet wurde, fragte ich: »Und?«

»Was und? Sie ist tot«, antwortete Vater verschnupft. Er hätte bestimmt mehr gesagt, wenn nicht plötzlich Guido LeFerte hereingewankt wäre und erschöpft in einen Sessel plumpste. Ich runzelte die Stirn. Was wollte der denn hier?

Er war einer der normannischen Barone, genoss aber weder eine herausragende Stellung, noch war sein Baronat wohlhabend. Im Grunde tat er sich allein durch großspuriges Gequatsche und durch eine berückende Gemahlin hervor. Ich schaute Vater, der die sehnigen Arme vor der Brust verschränkte, hilfesuchend an.

»Frag' nicht. Er war schon hier«, spuckte er aus.

Das erklärte mir nicht, warum. Der gespannt genervte Mund meines Vaters irritierte mich nicht, den war ich gewohnt. Aber der nebulöse Eindruck, LeFerte sähe das Mädchen nicht zum ersten Mal, verwirrte mich ebenso wie Sebastiens befremdliches Verhalten. Weshalb gab er sich mit der Ermordung des Mädchens ab?

Mit der Hand fuhr ich mir durchs Haar und reimte mir aus all dem, was mich aus dem Schlaf gerissen hatte, zusammen, dass tatsächlich von mir erwartet wurde, herauszufinden, wer der Mörder des Mädchens war. Das war kein Albtraum gewesen. Zeit damit zu verplempern, zu überlegen, warum Vater dachte, ich könnte so etwas, oder ihn sogar danach zu fragen, war gefährlich. Selbst unter besseren Umständen behelligte man ihn nicht mit Fragen. Ich wagte es dennoch.

»Warum seid Ihr hier?« Vage zuckte ich mit der Hand zur Toten. »Ich meine, sie ist nur …« Herrgott, wirf mir die richtigen Worte zu, dachte ich, aber stattdessen zog Vater ein Schweißtuch aus dem Gürtel und streckte es mir auffordernd hin. Ich überlegte kurz, ob er von mir erwartete, dass ich mir den Schweiß von der Stirn wischte, verwarf den idiotischen Gedanken wieder und entdeckte die Stickerei auf dem Tuch. Ich riss es ihm aus der Hand. Das war doch … Ich guckte von Sebastien zu Vater, die einander nicht beachteten. Dann planlos in den Raum und hielt bei der Zofe inne, die noch verschreckter aussah als vorhin. Ihre zaundünnen, aus der Tunika herausragenden Ärmchen schlang sie um sich, als fröre sie. »Wo ist das her?«, fragte ich niemanden Bestimmten, aber mit Blick auf ihr.

»Sie hat … sie war …«, winselte sie.

»Es lag bei der Toten«, antwortete der Graf an ihrer Stelle.

»Bei den Ruinen?« Ich verengte die Augen.

Ich kaute auf der Frage herum, was das über ihr Stelldichein aussagte, denn dass sie eines gehabt hatte, stand ebenso außer Frage, wie der Ruf, den die Ruine hatte. Kampanien, insbesondere hier am Golf von Salerno, war an einigen Orten lieblich. Die Landschaft vielschichtig. Schroffe, baumlose, mit Macchien bewachsene Fels-landschaft wechselte mit fruchtbarer Erde ab. Letztere war häufig mit römischen Ruinen bestanden, in denen lausige Bauern, die den

Boden drumherum bestellten, dahinvegetierten. Nur an diesem Ort war es anders. Von der ursprünglichen Villa war nicht genug übrig, worin man hätte leben können. Wegen der Wasserquelle war der See von saftigen Wiesen umgeben. Kaputte Statuen und Bänke, die Reste eines Pavillons, umstanden von knorrigen Kirschbäumen, luden zum Verweilen ein. Es grenzte an ein Wunder, dass die Leiche nicht schon früher von einem Liebespaar gefunden worden war. Aber das eigentliche Problem war, dass jemand aus meiner Familie mit drin hing. Vater störte meine Überlegungen. »Es hat der Suchtrupp bei ihr aufgelesen.«

Warum musterte er mich so scharf? Ich ertappte mich dabei, dass ich von einem Fuß auf den anderen trat, und verfluchte erneut das Schädelbrummen und den sauren Wein vom Vorabend. Ich musste irgendetwas sagen. »Das sieht nach einem romantischen Treffen aus.«

»Ach?«, ätzte Vater.

Um ihn nicht ansehen zu müssen, nahm ich die Schatulle an mich, die zu Annas Füßen lag, und klappte sie auf. Schmuck lag darin. Ohrringe und ein Armband, das neben der kostbaren Halskette mit dem grünen Stein geradezu billig aussah. »Ist das das Zeug, das sie anhatte?«

»Ja«, meinte Sebastien bedauernd. »Oh, da kommt Nicos.«

Wir hätten es nicht überhören können. Er weinte: »Meine Tochter! Das ist meine Tochter. Mein Kind! Ihre Ehre …«

»Ich bedaure deinen Verlust, Nicos«, erinnerte Vater ihn süffisant, dass es hier weniger um Ehre als ums Sterben ging. »Wir wissen nicht, was geschehen ist, aber ich bin sicher, wir werden bald erfahren, wer …«

Nicos schlug sich beide Hände mit einer solchen Wucht ins Gesicht, dass sein Doppelkinn schwankte, und wimmerte nur noch still hinein.

»Was bedeutet das Tuch?«, zischte ich zu Sebastien, der verzweifelt die Schultern hob.

»Dass ihr einer meiner Söhne nachstellte.« Vaters Worte knallten wie Peitschenhiebe.

»Aber nur einer darf das Wappen …« Ich verschluckte den Rest, als ich Sebastien vage den Kopf schütteln sah.

Als Vater mich argwöhnisch beäugte, gestikulierte auch ich abwehrend. Er traute mir alles zu, aber hiermit hatte ich nichts zu tun. Nebenher bekam ich mit, wie Sebastien erbleichte. Er? Wirklich?

Etwas an des Grafen Miene signalisierte mir, dass er meine Unschuld wenigstens in Erwägung zog. Das war zwar tröstlich, doch Sebastien verdächtigte er normalerweise nie. Zum ersten Mal kam mir der Gedanke, dass dieser Freibrief voreilig ausgestellt worden war. Aber es gab ja nicht bloß uns beide.

»Nicos«, herrschte er den Arzt an, der rücklings tastete, bis er die Truhe an der Wand fand, auf die er matt sank. Wenigstens nahm er die Hände vom Gesicht. »Ja, Herr?«

»Du wirst wollen, dass wir diesen Mord aufklären.«

Der Arzt nickte.

»Fällt dir etwas dazu ein?« Vater deutete auf mich, meinte aber das Tüchlein, das ich vor Schreck fallen ließ. Schlaff segelte es zu Boden. Nicos sah aus, als kämpfte er damit, rauszurücken, was er wusste. Er atmete tief ein. Lange aus. Sagte dann: »Euer Sohn Tristan schickte kürzlich ein Geschenk. Ich befahl ihr, es zurückzuschicken.«

Seltsam, dass LeFerte aus seinem Dämmerzustand im Sessel hochschreckte. Schlimmer noch, Sebastien riss die Augen auf. »Tristan?«, wisperte er verblüfft.

»Und?«, zischelte ich hinter dem Wortgefecht zwischen Arzt und Graf. »Weißt du was davon?«

»Nein, nichts«, stammelte Sebastien und lehnte sich an den Tisch, auf dem die Leiche lag.

Tristan war einer wie ich. Ein Bastard. Und doch war er mehr, weil es ein Geheimnis um seine Mutter gab, die anscheinend keine lumpige Magd gewesen war. Dass Vater ihm alles durchgehen ließ, deutete darauf hin, dass er für die Frau etwas empfunden haben musste, was über die kurzen Gelüste einer hitzigen Nacht hinausging. Niemand sprach über Tristans Mutter. Keiner gab ihm Auskunft, wenn er herumfragte, und das machte er dauernd. Aber

Bastardsohn hin oder her, einen solchen Verdacht offen auszusprechen, war gewagt. Ich suchte im Gesicht meines Vaters nach Zeichen dafür, dass er die Contenance verlor.

»Wir sollten keine voreiligen Schlüsse ziehen«, sagte er verblüffend lahm.

»Voreilig?«, blaffte LeFerte, der für einen Mann seiner Körperfülle erstaunlich behände umhersprang, als hätte ihn die Eifersucht gestochen und verlangte nach Revenge.

»Es reicht jetzt.« Vaters Stimme klang gestochen scharf. »Dass Ihr blödes Zeug absondert, LeFerte, sind wir gewohnt, aber seid sicher, dass wir darauf zurückkommen. Nicos, woher hatte deine Tochter die Kette, die ihr um den Hals hing? Dass es sich um ein Geschenk meines Sohnes handeln soll, ist schwerlich vorstellbar.«

Nicos Augen irrlichterten. »Äh, der Schmuck? Ich habe ihn … Sie hat …«

»Du weißt es nicht.«

»Ich …«

Der Graf hob eine Hand. »Du nimmst dir ein frisches Pferd und spürst Tristan auf«, befahl er Sebastien. »Bring ihn zu Jocelin.« Dabei zuckte er mit dem Kopf zu mir hin, damit ich nicht vergaß, welche Aufgabe er mir zugedacht hatte. Auf seiner Truhe hockend fluchte Nicos leise. Es dürfte ihm aufgegangen sein, dass es schwierig werden würde, Annas Ruf über die Ereignisse hinweg zu retten. In meinen Augen spielte das keine Rolle mehr. Das Gewese um die Tugendhaftigkeit von Frauen war mir ohnehin ein Rätsel. LeFerte stand händeringend vor dem Leichnam. »Ich weiß, wie anmaßend es ist«, begann er zähneknirschend. »Aber Euer Sohn Trist….«

»Es ist anmaßend.«

Guido LeFerte wippte auf den Fußballen und stürmte aus dem Haus. Ich guckte ihm zwar nach, aber der nadelspitze Blick meines Vaters zwang mich zu ihm zurück.

»Du wirst herausfinden, was das zu bedeuten hat«, zischte er in einem Tonfall, der mich ahnen ließ, dass ihn mehr verärgerte als der Mord an einer entzückenden jungen Frau und die Möglichkeit, Tristan könnte darin verwickelt sein.

»Aber womöglich bereite ich meinem Bruder mit der Befragung Ungemach«, widersprach ich.

Ich freute mich nicht darauf, Tristan zu verhören. Damit würde ich mich bei Vater noch unbeliebter machen, egal, was er sagte.

»Er wird dir Rede und Antwort stehen.«

Der Großteil des Wortwechsels spielte sich auf unserem Weg in den Hof ab, wo Sebastien in den Sattel kletterte und zwei Burgmannen die Pforten aufschoben. Die meisten Schaulustigen waren weg, aber eine Gruppe Reiter kam die gepflasterte Straße hinunter. Fanfaren ertönten. Die letzten Passanten verzogen sich katzbuckelnd, als der Herold donnernd die Ankunft unserer Herzogin Sichelgaita verkündete. Gegen die Sonne beschattete ich meine Augen mit der flachen Hand. Ich zählte neben den Musikern vier Ehrengardisten. Die Wimpel auf ihren Lanzen hingen schlaff in der windleeren Luft und auf einem schlanken Hengst saß unsere Herzogin.

»Cesare!«, befahl sie meinen Vater herbei.

Als er bei ihrem Pferd stand, bückte sie sich zu ihm hinunter, um ihm ein gesiegeltes Pergament in die Hand zu drücken. Was sie sagten, verstand ich nicht, aber deren formlose Art pflegte Umstehende ohnehin zu degradieren. Ich reimte mir meinen Teil zusammen, denn der Mann, den die Fürstin mitgebracht hatte, war mir kein Fremder. Der hagere, hochaufgeschossene Kerl mit Turban, der auf seinem Hengst bemüht war, die Neugierde zu verbergen, war einer der angesehensten Ärzte der Stadt. Ich kannte ihn vom Würfeln, und obwohl er Moslem war, von weinseligen Abenden in den einschlägigen Schänken. Er litt unter einer morbiden Vorliebe für die Untersuchung von Leichen, was erklärte, warum sie ihn hergeschleppt hatte.

Während ich die Hände locker hinterm Rücken verschränkt hatte und Löcher in die Luft stierte, klangen Wortfetzen zu mir durch.

»… Jocelin umfassende Befugnisse als leitender Ermittler.«

Leitender Ermittler? Mir brach der Schweiß aus.

»Das richtige Wort zu rechter Zeit«, plänkelte Vater.

Ich spitzte die Ohren.

»… Leichenschau …«, hörte ich die Herzogin sagen. Leider hörte das auch ein anderer.

»Leichenschau?«

Zeitgleich sahen wir zur Tür, aus der Nicos derart in den Hof stürzte, dass das Pferd eines Fanfarenbläsers scheute und aufstieg.

»Niemals«, blies Nicos sich auf, »lasse ich einen dahergelaufenen Ungläubigen am Leib meiner Tochter …«

Dass er jäh verstummte, war allein Vaters Blick geschuldet. Man musste es gesehen haben. Sein Mund war immer geringschätzig verzogen, selbst wenn er lächelte. Allein mit dem Heben einer Braue auf eine bestimmte Art, die man über die Jahre zu deuten lernte, kommandierte er sein Umfeld herum. Als Junge hatte ich mich unter diesen Blicken gewunden, weil sie verletzender sein konnten als die widerwärtigsten Schmähungen. Dass es auch bei Fremden funktionierte, sahen wir ja jetzt. Nicos verbeugte sich übertrieben tief.

»Ihr macht ihm keine Schwierigkeiten.« Sichelgaita tätschelte den Hals ihres Pferdes und nach diesem Befehl waren sie alle fort. Mein Vater, die Herzogin und die Fanfaren.

Hawas, der das Intermezzo ausdruckslos beobachtet hatte, glitt aus dem Sattel und nahm mich am Arm. »Dann kommt mit, mein Freund.«

4
Alte Feinde

Umgeben vom Alltagsgeschäft, zu dem man auf der Piazza vor dem Haus übergegangen war, starrte Sabina de Montefortuna hasserfüllt auf den Mann, der an der Seite der Herzogin das Haus des Arztes verließ.

Cesare de Fécamps. Wie adrett er im Sattel saß. Lotrecht, wie damals. Sich seines Äußeren mehr als bewusst. Wie einst. Damals hatte sie ihn gewollt, so wie die meisten anderen Weiber, ohne zu begreifen, dass hinter diesen abgründigen dunklen Augen nichts als Leere und Gleichgültigkeit lag.

Ihr Schultertuch zog sie über den unteren Teil des Gesichtes, als er den Blick über die Köpfe der Bürger schweifen ließ.

»Komm.«

Sie zuckte zusammen, als ihr Begleiter sie anstieß. Fieberhaft eilte sie ihm nach, bis sie an einem Fass in einer schäbigen Schänke saßen, in der es laut genug zuging, dass sie unbehelligt miteinander reden konnten. An einer langen Tafel hockten Kerle, auf den ersten Blick Handwerker, die sich an ihre Becher klammerten. An anderen Fässern kauerten Händler und Reisende. Hinterm Tresen, nicht mehr als ein Brett auf zwei Holzpflöcken, wuselte eine Schankmagd mit struppigem Haar. Das Mädchen stellte Krug und zwei Becher auf ein Brett und kam zum Fass. Münzen wechselten den Besitzer. Rainulf wartete, bis es hinter dem Tresen verschwunden war, dann beugte er sich zu Sabina vor. »LeFerte war da.«

LeFerte? Sie hatte ihn nicht gesehen. Schlau war es nicht von dem Mann, da aufzutauchen. Sie schaute Rainulf an. »Das macht ja nichts, oder? Das Luder ist tot. Sie kann uns nicht mehr …«

»Verdammt Sabina, LeFerte gehört zu uns. Er ist ein Hornochse, dass er da aufkreuzt und Interesse auf sich zieht, aber …« Er beäugte die schmale Hand, die sie ihm auf den Arm legte. »Was regt Ihr Euch auf?«, besänftigte sie ihn. »Wenn sie überhaupt nach dem Mörder des Mädchens suchen, folgen sie bloß den Fährten, die wir legen.«

Mit elegant übereinandergeschlagenen Beinen musterte sie ihren Begleiter, der seine Gefühle normalerweise besser im Griff hatte als sie. Während vorhin ihr Hass im Blick auf den Grafen Fécamps substanziell genug gewesen war, dass er ihn hätte fühlen müssen, hatte Rainulf die Gruppe nur schmallippig beäugt. Ihrer beider Motive konnten unterschiedlicher nicht sein, ihre Begegnung eine schicksalhafte Fügung. Sabinas Verlangen, den Mann, den sie einst geliebt hatte, auszulöschen, war kopflos. Sie glühte vor einem Abscheu, dem immer die Sehnsucht vorangestellt war. Erst Rainulf hatte das ziellose Wüten ihrer Gefühle geschickt kanalisiert. Dass ihm die Besonnenheit wegen eines dummen Fauxpas' LeFertes abhandenkam, beunruhigte sie.

Die Tür sprang auf. Ein Kerl stand im Rahmen, der sich suchend umschaute. Die geringte Brünne und der Federbusch am Helm, den er unter dem Arm trug, wiesen ihn als Leibwache aus. Entsprechend wichtigtuerisch stelzte er auf sie zu und zog damit alle Blicke auf sie. Sabina verdrehte die Augen, hörte aber nicht, was der Mann Rainulf ins Ohr wisperte. Der äußerte sich erst dazu, nachdem er dem Kerl eine Münze in die schwielige Hand gedrückt hatte und der andere wieder verschwunden war. Die Gäste verloren das Interesse. Murmeln setzte ein.

»Sie suchen nach dem Mörder, Sabina.«

Ihre Augen weiteten sich. »Damit habe ich nicht gerechnet. Sie ist doch nur …«

»Nicos' Tochter. Aber er ist der Leibarzt der Herzogin.«

»Ja, schon, aber sie ist nur ein Mädchen. Ich versteh' nicht, warum …«

»Fécamps hat einen seiner Söhne damit beauftragt.«

Sabina seufzte erleichtert. »Wen? Wenn es Tristan ist …«

»Jocelin.«

Sie blinzelte. »Jocelin?«

5

Jocelin

Hawas hatte sich lang und breit über Annas Verletzungen ausgelassen. Er hatte gemeint, dass sie auf zielgerichtetes Handeln schließen ließen. Ein Eifersuchtsdrama, Mord aus Leidenschaft schloss er somit aus. Als wir aufbrachen, wurden wir am Tor von Nicos mit Verwünschungen überhäuft. Wir ließen ihn ins Leere zetern und versicherten uns, in Verbindung zu bleiben.

Den Rückweg zur Zitadelle nutzte ich zum Nachdenken. Die Stadt war mittlerweile überfüllt, der Morgen vorangeschritten und es pulsierte das Leben. Ich kam nur mühsam voran. Obwohl der Weg steil war, wäre ich gern abgestiegen und hätte das Pferd am Zügel zumindest aus dem Gewirr geführt, doch die letzte Nacht hing mir noch in den Knochen. Müde sah ich zur Zitadelle auf, die oberhalb der Stadt auf dem Berg Boniades thronte.

Sie war ein gewaltiges Ding. Die Leute nannten die Burg ein Schloss. Sie erstreckte sich über den gesamten Berg, hatte sechs Türme und war durch und durch byzantinisch. Ein byzantinischer Feldherr namens Narses hatte sie vor vielen Jahrhunderten erbauen lassen. Man erzählte sich, dass sie nie eingenommen worden war. Einst hatte Fürst Gaimar, der Vater unserer Herzogin, sie mit Leben gefüllt. Mit seinem Sohn Gisulf hatte er allerdings einen unwürdigen Erben hinterlassen, der unrühmliche Berühmtheit als Pirat erlangt hatte. Mit den Folgen strategischer Fehlentscheidungen im Gepäck, die mit lebenslanger Aversion gegen den Schwager, Robert Hauteville, unseren Herzog, gebündelt waren, war er Schritt für Schritt näher an den Abgrund gestiefelt. Dort hinein hatten wir ihm dann geholfen. Nach einer verhältnismäßig kurzen Belagerung hatten wir die Stadt genommen und ihn, der sich mit seinen Leuten in der Zitadelle verschanzt hatte, zur Kapitulation gezwungen. Seither residierten wir hier.

Wohin Gisulf geflohen war, wusste ich nicht. Gerüchteweise hieß es, er verdinge sich bei der Kurie als Söldner. Ohne Fürstentum hatte er nur Aufgaben zu erfüllen, die andere ihm zuschanzten.

Dieser Gedanke führte mich zwangsläufig zu meinem neuen Posten. Warum Vater und der Herzog wünschten, dass ich mich der Sache annahm, war mir ein Rätsel. Es gefiel mir nicht. Nicht, weil ich die Arbeit fürchtete, so etwas brachte einem bloß nichts als Ärger ein.

Als ich den Hof erreichte, leerte die Sonne ihre Mittagshitze aus. Knechte mit Strohballen flitzten in die Ställe. Eine Handvoll Söldner strich um ihre Pferde. Die Söhne des Stallmeisters halfen, die Raufen mit Heu zu füllen und vor den Toren machte ich eine Sänfte mit den Insignien des Heiligen Vaters aus. Ich runzelte die Stirn, derweil ich beim Stall elegant aus dem Sattel glitt. Hatte ich etwas nicht mitbekommen?

Über Besuch aus Rom würde sich der Herzog nicht freuen. In den letzten Jahren war er zweimal exkommuniziert worden, was ihn nicht sonderlich gejuckt hatte. Damals hatte es lange nicht so ausgesehen, als fänden er und der Papst wieder zueinander. Rom aber war derart in die Enge getrieben, worden, dass es Robert Hauteville am Ende nur die Farce einer Reue gekostet hatte, die er bestimmt nicht empfand. Der neue Frieden war entsprechend brüchig. Er hielt nur, weil der Papst auf Gedeih und Verderb von seinem Vasallen abhängig war, denn Kaiser Heinrich konnte jederzeit wieder mit Truppen vor den Toren Roms stehen. Wenn das geschah, würde der Heilige Vater nach der Waffenhilfe rufen zu der Robert Guiscard als Herzog von des Papstes Gnaden verpflichtet war. Wenn überhaupt, würde er sie nur unwillig bekommen, denn so friedlich dieser Sommer schien, war er ebenso morbide. Die Menschen hier, Händler, Handwerker, Huren und Wäscherinnen, sie alle ahnten es nicht, doch jeder, der Robert Hauteville kannte, wusste, dass er Pläne mit Byzanz hatte.

Verdrießlich zupfte ich am Ärmel der Tunika, die mir schweißnass am Rücken klebte, bevor ich die drei Stufen zum Portal des Hauptturms hoch sprintete. Mein Magen brüllte wie ein Löwe, der Kopf hämmerte, aber es sah so aus, als würde ich keine Zeit bekommen, mich um die grundlegenden Bedürfnisse meines noch jungen Körpers zu kümmern. Jemand zog die Tür auf, und ich rannte in Sichelgaita. Noch bevor ich mich ehrerbietig entschuldigen konnte, blaffte sie mich an. »Ist er nicht bei dir?«

Keine Ahnung, wen sie meinte. Ich drehte mich um. »Wer?«

»Guido LeFerte.«

»LeFerte? Vielleicht solltet Ihr im Rektum Eures Gemahls nachsehen?«

Sie lachte hellauf. Sichelgaita war schwer zu begreifen. Sie hatte mit den lieblichen Fürstinnen umliegender Baronate und Grafschaften wenig gemein. Nicht, dass sie nicht umwerfend aussähe, aber sie war eine Frau, die an der Seite ihres Mannes in Schlachten zu reiten pflegte. Eine Frau, die eigene Kontingente anführte. Zudem berührten meine Worte ihren Sinn für derben Humor. Weniger harsch sagte sie: »Der Heilige Vater hat einen Legaten mit Nachrichten für ihn geschickt.«

Ich legte den Kopf schief. »Für Guido LeFerte?«

Wie es ihre Art war, fuchtelte sie mit den Händen wild in die Richtung der Sänfte. »In einer privaten Angelegenheit.«

»So viel Popanz für einen Baron?«

»Wo der Legat schon mal da ist, werde ich versuchen, ihn das halbheidnische Gebaren meiner Normannen vergessen zu machen, und ihn auf einige Kirchenstiftungen hinweisen, aber hauptsächlich ist er wegen LeFerte hier.«

Sie brach unvermittelt ab, als wäre ihr aufgefallen, dass ein niederer Bastard wie ich nicht der richtige Gesprächspartner für sie war.

Ich erinnerte mich nicht, wohin LeFerte gegangen war. Zu diesem Zeitpunkt gingen mir die päpstlichen Angelegenheiten des Barons LeFerte am Arsch vorbei. Ich zuckte bloß die Schulter, derweil ihr Blick über den Hof schweifte. Weil sie mich nicht entlassen hatte, wusste ich nichts Besseres, als Löcher in die Luft zu starren. Ich überlegte gerade, ob das künftig eine meiner Hauptbeschäftigungen sein würde, als ich zwischen den saufenden Pferden an der Trogrinne, neben einem päpstlichen Fanfarenbläser, ein wohlbekanntes Tier entdeckte. Ein Prachtgaul, dem eben die protzige goldbetresste Satteldecke abgenommen wurde. Beim Anblick des gepunzten Zaumzeugs stieg mir jedes Mal die Galle hoch. Als ich mit so was dahergekommen war, hatte Vater einen Mordsaufstand veranstaltet. Dabei hatte ich mir das erarbeitet. Ich hatte Beute gemacht und mir Silbersporen verdient, das Zeug war also ehrbar erworben. Doch er hatte mir unmissverständlich zu verstehen gegeben, dass einem Bastard die Menge an Zierrat nicht zustand. Doch was war Tristan anderes?

Sichelgaita, die meinem Blick gefolgt war, stemmte beide Fäuste in ihre Taille. Sie erkannte das Pferd auch. »Tristan? Sebastien hat ihn hergeschleppt. Er wartet in der Halle.« Ihr Kopf ruckte zur Tür hinter uns. »Er sieht nicht gut aus.«

»Nicht gut?«

»Wirst du ja sehen.« Damit schwirrte sie davon. Verdutzt sah ich ihr nach. Sie rauschte und schwirrte, wo andere Frauen schritten und gingen. Ich schüttelte vage den Kopf, schob mich an einer Magd vorbei, die gerade durch die Tür schlüpfte, und hieß das kühle Innere des Vorraumes, von dem die Treppen nach oben abgingen, willkommen. Mit der Hand an der Doppeltür zur Halle hielt mich jemand auf.

»Jocelin?«

Ich sah in Sebastiens bleiches Gesicht. »Da bin ich aber erleichtert«, alberte ich rum. »Was gibt's?«

»Ich weiß nicht, wie ich es sagen soll«, presste er heraus. »Anna ...«

Ich reimte mir sein Verhalten vorhin bei Nicos zusammen und kam bei einem Gedicht raus, das mir nicht gefiel. »Du hattest eine Liebschaft mit Anna.«

Er zuckte zusammen. »Liebschaft würde ich das nicht nennen.« Mit der Rechten hob er sein Schwert an, um sich auf die Treppe setzen zu können. Den Kopf stützte er in die Hände. Dann ließ er sie fallen und guckte mich von unten her an. »Ich kann nichts ...«

Ich hob die Hand. »Wir können immer was dafür, Sebastien.«

Er nickte. »Ist mir klar. Faule Ausreden über schwingende Hüften und wogende Brüste, als wären sie es, die uns befehlen, unseren Prügel herauszuholen ...« Mittendrin brach er ab und stemmte sich hoch. »Keine Ahnung. Es ist passiert und ich schäme mich.«

»Wegen Liliana«, spielte ich auf seine Verlobte an. »Das Tuch. Ist es deines?«

Er wehrte mit einer Hand ab. »Nein. Ich weiß, wie es aussieht, weil nur einer von uns das Wappen führen ...«

Er vollendete den Satz nicht, um mich nicht zu kränken, was ihm zur Ehre gereichte. Er war der einzige legitime Sohn. Der Erbe. Aber wir wussten beide, dass Tristan anmaßend genug wäre, einen Scheiß auf die Regeln zu geben, wer das Wappen führen durfte und wer nicht. Doch ich verlor solcherlei aus den Augen, als ich ein Scharren hörte. Ich musterte den Schrank neben der Tür zur Halle. Das Ding in der Größe einer Elendshütte war aus feinstem Buchenholz gefertigt und protzte an den Türen mit aufwendigen Schnitzereien. Es kursierten Geschichten über den Schrank. Seit Principessa Sichelgaitas Kindheit hatte er ein Astloch an der Rückseite. Es hieß, auf der anderen Seite wäre die Mauer bröckelig. Über dem schadhaften Stein hing ein heruntergekommener Wandteppich, der einen mit Pfeilen gespickten San Sebastiano darstellte. Man mauschelte, dass sie das Loch vergrößert und ihr Ohr drangeklebt hatte, wann immer ihr Vater, der große Gaimar von Salerno, politische Gespräche in der Halle geführt hatte.

Und jetzt raschelte es darin? Mich überkam eine ungute Ahnung, doch ich schätzte, die Herzogin hatte diese Kindereien längst hinter sich gelassen. Kurzentschlossen zog ich Sebastien von der Treppe, stieß die Tür auf und schubste ihn in die Halle. Er sah mich verdattert an.

»Ich werde schweigen«, sagte ich. »Lass' uns später darüber reden.«

Als er bemerkte, dass ich die Tür wieder schließen wollte, ohne mit hineinzukommen, blickte er noch verdutzter.

»Ich komme gleich nach«, versprach ich.

Er nickte zerknirscht. Ich schloss die Tür. Atemlos wartete ich. Ich hätte verschwinden können, um ihr die Blamage zu ersparen, aber womöglich hielt mich das Verlangen, zu trösten, zurück. Tatsächlich öffnete sich knarzend die Schranktür. Ein von roten Locken umrahmtes Gesicht schob sich vorsichtig heraus, dann die ganze Person.

»Principessa Liliana.« Ich verneigte mich übertrieben tief.

Ihr Erschrecken kaschierte sie geschickt. »Jocelin.«

»Ist es nicht arg unkomfortabel in diesem Möbel?«, wollte ich wissen.

Sie strich ihren Rock glatt. »Ich komme mit rein.«

Verzweifelt nach der richtigen Antwort fahndend, rieb ich mir die Nase. »Das ist eine Mordermittlung, werte Principessa. Wenn Ihr ...«

»Das weiß ich!«

Ich zuckte zurück.

»Nicos' Tochter Anna wurde draußen, in diesem ruchlosen Liebesnest, ermordet«, führte sie in spitzem Tonfall aus. »Ich habe gehört, wie entschieden wurde, dich mit der Aufklärung zu betrauen. Nur, weshalb sich jemand für die Ermordung der Schlampe interessieren sollte, verstehe ich nicht!«

Sie hatte es gehört. Das Geständnis ihres Verlobten.

»Sie hat ja anscheinend für jeden die Beine gespreizt«, entrüstete sie sich weiter.

»Trotzdem, ich bin nicht sicher, ob Ihr ...«

»Ich komme mit rein, und es gibt nichts, was ein ehrloser Bastard wie du dagegen unternehmen könnte.«

Resigniert schloss ich die Augen. Als ich sie wieder öffnete, war sie leider noch immer da und zappelte ungeduldig herum. »Erzähl mir, wie es war«, forderte sie.

»Wie soll es schon gewesen sein? Sie ist tot. Nach den Utensilien, die sie dabeihatte, wollte sie draußen womöglich baden. Auf jeden Fall hatte sie eine Verabredung, vermutlich mit einem Mann. Sie trug ein Schmuckstück, von dem ich fast sicher bin, dass nicht einmal ihr Vater weiß, woher sie es hat.«

»Baden? Mit Schmuck?« Ich nickte. Ihre Wangen glühten von der eben erst erlittenen Kränkung. »Ja, sie wird einen Liebhaber erwartet haben.«

»Aber Liebende töten einander nicht«, sülzte ich.

Sie maß mich skeptisch. »Nicht?«

Ich tat, als überlegte ich. In Wahrheit suchte ich nach unverfänglichen Worten, die sie zum Lachen bringen sollten. »Ich könnte Euch da etwas erzählen, das …«

Warum hielt ich nicht einfach die Klappe? Alles, was wir jetzt sagen würden, würde doch nur von Sebastien und seinem Betrug handeln, selbst wenn wir es verbrämten.

»Sicher kannst du das«, fiel sie mir auch scharf ins Wort. »Damit kennst du dich aus. Ich wette, dein Schwert ist schon schartig.«

»So wisst Ihr es, Principessa?«, gab ich mit aufgesetztem Erstaunen zurück und wusste noch immer nicht, warum ich nicht den Mund hielt.

»Es wäre verwunderlich, wenn nicht!«, echauffierte sie sich. »Du stürzt dich in jeden Kampf mit sämtlichen Bediensteten.«

Obwohl ich mir, nur teils zu Recht, einen Ruf erarbeitet hatte, meinte sie nicht mich. Ich wollte Sebastien rechtfertigen, denn er hatte das nicht verdient. An der Sache mit Anna hatte er zu nagen, das hatte ich ihm angesehen. Aber Liliana schien unsere Posse zu helfen, also spielte ich mit. Mit der Hand auf dem Herzen deutete ich eine Verneigung an. »Eine Aufgabe, der ich mich mit Hingabe widme. Doch die Herren pflege ich nicht herauszufordern.«

»Bist du dir sicher?« Ihre lebhaften Augen funkelten herausfordernd.

»Gewiss doch. Aber warum erfüllt Euch die Verwundung meines Schwertes mit einem solchen Gram?« Ich gab mir den Ausdruck naiven Staunens.

»Tut es doch gar nicht!« Jetzt stampfte sie mit dem Fuß auf.

»Doch, das tut es. Und es wärmt mein Herz. So seid gewiss, Principessa, dass ich es zu Eurem Wohl neu wetzen und für Euren Ruhm schwingen werde, damit Ihr jauchzet vor Freude, wenn ich …«

Empört schrie sie auf, stürzte sich auf mich und traktierte meinen Brustkorb mit den Fäusten. Gespielt knickte ich in die Knie, hob die Arme schützend, flehte sie an, von mir abzulassen, was sie zur Besinnung brachte. Vor sich selbst erschrocken richtete sie sich in würdevoller Haltung auf und reckte das Näschen in die Höhe.

»Also gut. Lass uns hören, was er zu sagen hat.«

Aber sie lachte. Nicht mit dem Mund, aber ihre Augen, die vorhin mit Tränen gefüllt gewesen waren, blitzten vergnügt, und dafür hätte ich alles gegeben. Sie war gerissen, tatkräftig, intelligent und leidenschaftlich. Und kein zartes Mädchen mehr, denn obwohl blutjung, war sie eine voll ausgereifte Frau. Ihre Taille war schmal, ihr Gesäß kräftig, was ich insgeheim prachtvoll fand. Jedenfalls den Teil, den ich durch die edlen Stoffe ihrer Kleider erahnte. Sie hatte die stets leicht gerötete Haut hellhaariger Menschen. Sommersprossen übersäten ihr Gesicht, jede einzelne ein Schönheitsmal. Ihre grünen Augen waren die einer Katze, dichte rote Locken umrahmten ihr Gesicht, Locken, die sie nicht mit Klammern oder Bändern zügeln konnte. Wenn ich sie preise, gilt das ihrer Schönheit, die eine völlig andere war, als die der zierlichen, makellosen Anna, die jetzt tot zu Hause herumlag. Liliana war einfach wundervoll, anstrengend, größenwahnsinnig und leichtsinnig. Vor allem schmähte sie mich gerne, indem sie auf meiner niederen Herkunft herumhackte, und sich im selben Atemzug als Tochter des Herzogs aufwertete. So galt jedes Wort, das sie an mich richtete, als eine göttliche Gnade. Ich liebte sie mit selbstzerstörerischer Hingabe. Jeder Suff und das Strohturnen galten nicht wenig dem Versuch, die Liebe zu ihr zu betäuben.

Sie würde Sebastien heiraten. Einen, der ihrem Rang würdig war. Meinen Bruder und Freund. Sie nur zu begehren war schon Verrat.

Seufzend stieß ich die Tür in die Halle auf. Zwei Augenpaare starrten uns an.

Sebastien saß auf der Kante eines der gepolsterten Lehnstühle, die um die Tafel verteilt standen. Er wirkte besorgt. Ich musste nicht raten, ob die Sorge unserem Halbbruder galt, dem brutalen Mord im Allgemeinen, oder ob sie Lilianas Anwesenheit geschuldet war. Er grüßte sie bloß mit einem Kopfnicken und deutete knapp auf Tristan. »Bis jetzt hat er nichts Schlaues gesagt.«

Erst da beäugte ich Tristan genauer. Die normalerweise blasiert schauenden Augen waren tief umschattet, die Wangen wirkten fahl, seine Kleidung zerknautscht und schmutzig. »Dass ausgerechnet du die Sache aufklären sollst«, raunzte er mich an.

Ich wischte das mit der Hand weg. Lässig lehnte ich mich an eine der tragenden Säulen. Das Kästchen mit Annas Schmuck hielt ich mit beiden Händen fest. »Wo bist du gewesen?«

»Was, wenn ich bei einer Frau gewesen wäre?«

»Dann wäre ich nicht überrascht.«

»Das sagst ausgerechnet du?«, höhnte er.

Ich wiegte den Kopf hin und her. »Nur genügt mir deine Aussage nicht.«

Mein Habitus machte ihn rasend. Und ich gebe zu, ich übertrieb in Gesten und Mimik, um zu verdeutlichen, dass nur ich Vater wie aus dem Gesicht geschnitten war. Generell ähnelte Tristan dem Grafen am wenigsten. Es fing schon mal damit an, dass sein Haar nicht dunkel war, sondern blond, gelockt und jetzt eben verschwitzt am Kopf klebend. Ich konkretisierte meine Forderung nach einem Alibi. »Wer war die Frau?«

An der flotten, aber müde dahin gehauchten Antwort maß ich das Stadium seiner Erschöpfung. »Plaisance.« Er lehnte sich zurück und schloss die Augen.

»Plaisance?«, wiederholte ich verdattert. »LeFertes Frau? Die war doch beim Abendbankett, gestern.«

Hilfesuchend schaute ich Sebastien an. Ich war zu bedeutungslos, um an Banketten teilzuhaben. Das gestrige war anlässlich der wohlbehaltenen Rückkehr der holden Sichelgaita aus Palermo gegeben worden. Dort hatte sie wahrscheinlich die orientalischen Märkte leer gekauft. Ich erinnerte mich, mit einigen Kumpanen am Hafen gestanden zu haben, den Weinschlauch in der Hand, als das Schiff entladen wurde. Wir hatten uns gebogen vor Lachen, als sich das Ding merklich aus dem Wasser hob, je mehr Kisten an Land geschleppt worden waren. Ich war da schon betrunken gewesen. Später hatte ich mit denselben Männern vor der Küche darauf gewartet, dass man uns die Reste des Festmahls überließ. Die Stunden dazwischen konnte ich nicht füllen. Da waren bergeweise nicht verzehrte Speisen, die wir mit in die schlichten Unterkünfte der Kämpen genommen hatten. Da war das dröhnende Lachen, als wir ein paar besonders gravitätisch daher schreitende Barone nachgeäfft hatten. In der Watte meiner Erinnerungen schwebte auch schemenhaft die reizvolle Gemahlin des Schwätzers LeFerte, die für verstohlene anzügliche Gesten gesorgt hatte.

»Sie kam spät.« Lily, die wir alle vergessen hatten, tänzelte zu Tristan, beugte sich neben ihm vor und raubte sich eine Traube aus der Obstschale, die beim Wein auf dem Tisch stand. Er riss die Augen auf. Offensichtlich missfiel auch ihm ihre Anwesenheit.

»Ich schwöre bei Gott, dass ich unschuldig bin!«, rief er trotzdem.

Mit der Handkante hackte ich in die Luft, um ihn zum Schweigen zu bringen. »Wo bist du nach dem Treffen hin?«

Er schluckte schwer und sagte matt: »Ich hatte nichts mit ihr. Ihr gefiel es in letzter Zeit, mich zu verführen, aber ich war nicht interessiert.«

Ich seufzte.

»Herrgott, Jocelin! Ich erwachte in meinem Bett. Vollständig angezogen und müde!«

»Etwas Besseres fällt dir nicht ein? Habt ihr euch um den geringen Verstand gevögelt?«

Er wirkte gequält und sah dankbar zu Sebastien, als der für ihn in die Bresche sprang. »Ich habe ihn so gefunden.« Er lächelte schmal. »Tief schlafend.«

Ich bildete mit den Händen ein Spitzdach und legte es über Mund und Nase, weil ich versuchte, zu verstehen, was Sebastien mir stumm sagen wollte, als er mit den Fingern an einem Auge herumfuchtelte. Ich taxierte Tristan. Ah, er hatte ein Veilchen. Ich nahm die Hände runter. »Was habt Ihr denn getrieben, dass du dich nicht erinnerst?«

»Sie stellt mir seit Wochen nach, und fast hätte sie mich so weit gehabt.« Ruckartig riss er den Kopf hoch. »Sie erträgt Zurückweisungen nicht. Sie hat nach mir geschlagen. Mit irgendeinem Gegenstand, ich glaube, einem Kerzenständer.«

»Sie stellte dir nach? War es nicht eher umgekehrt?«

»Glaub', was du willst.«

»Ich werde mit der Dame reden.«

Er nickte schwerfällig. In seinen Zügen lagen Kummer, Wut, Verwirrung und Angst. Außergewöhnlich, denn normalerweise wohnten dort nur Auflehnung, Hochmut und Arroganz. »Wenn es sein muss«, murmelte er matt.

Ich bemerkte zu spät, wie mir Lily das Schmuckkästchen aus den Händen riss und es aufklappte. Ihre Augen weiteten sich, als sie das Juwel an der Kette herauszog. Tristan sog zischend Luft ein. Die Panik sprang ihm aus dem Gesicht.

»Bist du sicher, dass du in der Nacht nicht doch bei Anna warst?«, fragte ich ihn.

»Ja!« Tristan streckte den Rücken, ein Teil seines Hochmuts kehrte zurück. »Ich bin sicher!«

»Hast du dich in der Vergangenheit mit Anna getroffen?«, bohrte ich weiter, weil mir verdächtig vorkam, wie er versuchte, die Kette zu ignorieren, die sich Lily schamlos um den Hals hängte. Den restlichen Schmuck beließ sie im Kasten, den sie Tristan in die Hände drückte. Mechanisch hielt er es fest, warf nur für einen Wimpernschlag einen Blick hinein, ohne seinen Gesichtsausdruck zu verändern.

»Ich kenne diese Anna gar nicht!«

»Aber die Kette scheinst du zu kennen.« Ich glitt in einen Sessel nah bei der Feuerstelle, streckte die Beine aus und mühte mich, die Ungeduld zu verbergen. »Im Gegensatz zu den Ohrringen und dem Armband, nicht wahr?«

Er hätte es tun können, dachte ich. Zugleich befriedigte mich der Gedanke nicht. Hätte man mir vor Wochen erzählt, er würde eines Mordes verdächtigt werden, hätte ich mich schlapp gelacht, aber jetzt fühlte ich so etwas wie Bedauern. Es war aber ausgemacht, dass er meine brüderlichen Gefühle bald zunichtemachen machen würde. Dass er kein seriöses Alibi vorweisen konnte, sprach gegen ihn. Für ihn sprach, dass das Schmuckstück um Lilys Hals zu teuer für seinen schmalen Geldbeutel war, und umgelegt hatte sich Anna die Kette zweifellos, weil sie den Spender der Gabe erwartete.

Tristan legte den Kopf weit zurück. »Ich kenne sie nicht«, wiederholte er leise. Er rieb sich die Augen, was deren Zustand nicht unbedingt verbesserte. Als er sich aus dem Stuhl kämpfte, taumelte er kurz. »Ich gehe jetzt, Jocelin. Und du kannst nichts dagegen tun.«

Wir verließen nach ihm die Halle gemeinsam, weil mir Sebastien förmlich nachrannte, um nicht mit Lily allein sein zu müssen. Im Vorraum prallten wir zurück, denn dort standen ein Geistlicher und eine Frau. Der Mann näselte: »Unmöglich. Es ist eine Angelegenheit, die nur Euren Gemahl betrifft.«

Wie entrüstet er über die Anmaßung war, mit einer Frau reden zu müssen, sah man schon an seinem auf und nieder hüpfenden Adamsapfel. Was ich nicht sah, war das Gesicht der Plaisance LeFerte, die dem Mann gegenüberstand, mit dem Rücken zu uns. Ich bewunderte ihren langen blonden Zopf, der zu ihrer perfekt proportionierten Gestalt passend am Rücken hinabwallte. Ohne sich umzudrehen, musste sie uns gewittert haben. Was immer sie von dem Mann gewollt hatte, vor Zeugen wollte sie ihn nicht drängen. Sie gab es auf und schritt durch die mit Eisenbändern beschlagene Tür. Damit ließ sie uns mit dem päpstlichen Gesandten allein.

Der Mann musterte uns unangenehm. Er war klein und mager, und die Haut am Kinn hing schlaff herunter. Die schlichte schwarze Soutane verbarg den Genuss, den er an der Macht hatte, nur unzureichend. Dabei waren die Befugnisse, mit denen der Heilige

Vater seine Gesandten ausstattete, lachhaft und bezogen sich nur auf die Angelegenheit, mit der sie betraut worden waren. Der Mann kam mir niederträchtig vor, und heimtückische Geistliche waren gefährlich. Ich drehte mich nach Lily um, aber die redete, für mich unverständlich, mit Sebastien. Ich stöhnte. Mir stand nicht der Sinn danach, mich mit Kirchenleuten abzuplagen. Selbst unter günstigsten Umständen fiel es mir schwer, Glaubenseifer vorzutäuschen.

»Ihr wisst um den Verbleib des Barons Guido LeFerte?« Mit gerümpfter Nase, die hoffentlich allein meinem weltlichen Äußeren galt, taxierte er mich. Ich machte gerade den Mund auf, aber Lily rettete mich. »Nein«, trällerte sie. An seinem Ellenbogen lotste sie den Mann nach draußen und entschwand plappernd. Sebastien lief die Treppen hoch. Ich zuckte die Achseln und verließ den Turm. Die Sonne grellte derart, dass ich einen Moment nichts als lila- und rosafarbene Flecken sah, in denen Lily wieder auf mich zu hastete. Zu gerne hätte ich sie gefragt, wo sie den Legaten deponiert hatte, aber sie quasselte sofort drauflos. »Wir befragen Annas Zofe Zoe und durchforsten ihre Stube. Und wir fragen bei den Juwelenhändlern, wer den Schmuck wem verkauft hat.«

Wir?

»Principessa, Nicos wird uns nicht widerstandslos in ihre Kammer lassen.«

Sie winkte ab. »Natürlich wird er das! Ich bin ja dabei. Wir nehmen ein paar Männer von der Leibwache mit und du ziehst dir was Vernünftiges an.«

Ich zupfte mir am Ärmel und fand an meiner Bekleidung nichts auszusetzen, aber was wusste ich denn schon?

Gegen nichts, was Liliana mit mir machte, würde ich mich je wehren können. Deshalb spielte ich vordergründig mit, als sie einen gesäumten Umhang über meiner frischen Tunika mit einer kostbaren Gemme befestigte. Anschließend beäugte sie mich zufrieden, klatschte in die Hände und befahl nach der Leibwache. Unbehaglich linste ich an mir hinunter auf die hellbraunen, mit gepunktetem Servalfell besetzten Stiefel, an deren Schäften zierliche Pfoten baumelten. Ich fühlte mich elend. »Principessa, die Stiefel mit den Serval…«

»Er zieht sie nie an«, winkte sie ab. »Ich glaube, er besitzt sie nur, weil er mal gehört hat, dass römische Feldherren so was an den Sandalen hatten.«

Ich seufzte ergeben. Nicht mal, dass ich schneidig aussah, tröstete mich, denn es sollte schlimmer kommen. An der Spitze eines kleinen Trupps, der mir nicht zustand, brach ich zu Nicos' Haus auf. Überschattet von den oberen Stockwerken der Häuser der Stadt ritten hinter mir, in drei Reihen, jeweils zwei Bewaffnete. Die Brünnen der Männer waren auf Hochglanz poliert. An ihren Helmen wippte der Federbusch, auf den Schabracken ihrer Pferde prangte das Wappen der Hauteville, und zu allem Überfluss begleiteten sie unseren Ritt mit Kesselpauken und Fanfaren. Ich redete mir ein, dass ich die Garde mit Lilys Begleitung rechtfertigen könne. Die Stiefel hingegen waren nicht zu entschuldigen. Sie zu tragen, fühlte sich wie Hochverrat an. Erst am Ziel schob ich die Sache mit dem Schuhwerk zur Seite, denn Nicos kam direkt aus dem Haus gerannt. Wir waren nicht zu überhören.

Die Instrumente verstummten. Als ich mein Anliegen erläuterte, schimpfte und weinte der Mann gleichzeitig drauflos. Ich hielt seine Trauer für echt, aber nebenher verwünschte er Tristan, den er einen Verräter nannte. Das irgendwie deplatzierte Wort stimmte mich nachdenklich, und ich hätte ihm gerne weiter zugehört, doch Lily schnitt ihm die Rede mit einer befehlsgewohnten Geste ab, auf die das unsägliche Getöse aus Fanfaren und Trommeln erneut losbrach.

»Wir wollen uns die Gemächer deiner Tochter ansehen«, brüllte sie über den Lärm. Der Krach und die Forderung rissen den Arzt aus seinem Sermon. »Wie meinen?«

Ich schenkte ihm ein gewinnendes Lächeln. »Wir werden doch

nichts finden, was dir unangenehm wäre, nicht wahr?« Ich hob diplomatisch eine Schulter.

»Äh …« Er rieb sich die geölte Glatze. »Nein, nein. Wie Ihr meint.« Nachdem ich mich aus dem Sattel geschwungen und der Herzogstochter galant aus dem ihren geholfen hatte, folgten wir dem Hausherrn durch die große Wohnhalle und dann die Treppen hinauf. Die Bediensteten des Haushaltes pappten geradezu an den Wänden, die Köpfe gesenkt. Oben stieß Nicos die Tür zu einer Kammer auf, machte aber keine Anstalten, zu verschwinden.

Ich sah mich um. Im Raum standen ein mit weichen Decken bestücktes Himmelbett, ein Tisch voller Kosmetik und eine mit Szenen aus dem Paradies bemalte Kleidertruhe. Während Lily die Kosmetik in Augenschein nahm, tastete ich unterm Bett, suchte unter den Decken, ohne zu wissen, wonach, und spähte aus dem Fenster, um mich zu vergewissern, dass die Garde im Hof stand und somit für Passanten unsichtbar blieb.

Lily kommentierte alles, was sie in die Hände nahm. »Bleiweiß«, murmelte sie. »Gegen Sommersprossen.«

Bitte nicht, dachte ich. Jede Eurer Sommersprossen ist ein Schönheitsmal. In der Suche innehaltend, guckte ich sie so flehend an, dass sie verstand.

»Keine Sorge, Jocelin«, giftete sie. »Meine Mutter hat bei sich selbst schon alles versucht und ist gescheitert. Außerdem kriegt man von Bleiweiß Mundgeruch.«

»Die Kette«, probierte es Nicos, den wir nahezu vergessen hatten. Lily rückte das Schultertuch zurecht, das das Schmuckstück bisher verborgen hatte. »Ist als Beweisstück requiriert«, zwitscherte sie und entkorkte eine Phiole, an der sie schnüffelte.

»Ich kann nicht glauben, dass Ihr dazu ermächtigt seid«, quetschte er zwischen zusammengebissenen Zähnen heraus.

Lily stöpselte den Korken wieder auf das Glasfläschchen. »Mein Vater«, entgegnete sie in beängstigendem Tonfall, »hat ihn mit allen Befugnissen ausgestattet, die zur Aufklärung des abscheulichen Mordes nötig sind. Aber mein Vater hat auch mit deiner Aufsässigkeit gerechnet. Deshalb hat er ihm die Garde mitgegeben.«

Bei der dreisten Lüge zuckte sie nicht mit einer Wimper. Ich dachte an all die Tricksereien und Täuschungsmanöver, mit denen ihr Vater zu dem geworden war, der er heute ist. Der Hasardeur, genannt Guiscard. Doch die in ihren Worten schwingende Drohung zeigte Wirkung. Nicos neigte würdevoll das Haupt, wahrscheinlich um zu verbergen, wie die Gier nach dem kostbaren Schmuck mit seinem Wunsch kämpfte, den Mörder seiner Tochter zu stellen. »So sei es.« Endlich huschte er aus der Kammer.

Derweil Lily selbstverliebt lächelnd in den Pergamentrollen wühlte, die sie in der Truhe gefunden hatte, fiel mir nichts mehr ein, wo ich noch nachsehen könnte. Plötzlich hörte ich sie murmeln. »Nein.«

»Was?«

Ich drängte mich an sie, um ihr über die Schulter zu sehen, kam aber nicht umhin, ihren süßen Duft sehnsuchtsvoll zu inhalieren. Halb weggetreten schloss ich die Augen, vergessend, dass ich so nicht sehen konnte, womit sie vor meiner Nase herumwedelte. Den Windhauch im Gesicht fühlte ich.

»Nichts!« Sie schrie und das war Absicht, damit ich zur Besinnung kam. Aufgesprungen fuchtelte sie mit einem Heft. Das graue Papier identifizierte ich als das aus einer unserer Papiermühlen bei Palermo. Was darauf geschrieben stand, war unmöglich zu entziffern. Ich sank auf Annas Bettkasten, sah der Prinzessin beim Auf- und Abwandern zu und rätselte, was in sie gefahren war. »Nach nichts sieht das aber nicht aus«, flüsterte ich.

Das Papier krampfhaft in der Hand, murmelte sie etwas.

»Verzeiht, Liliana, ich verstehe Euch nicht.«

Sie schwang herum. In ihrem glutroten Gesicht verschwammen die Sommersprossen. »Die Frauengeheimnisse aus Salerno!«

Wahrscheinlich glotzte ich wie ein Esel, denn ich verstand noch immer nicht. Zornig zerpflückte sie das Papier. »Frau-en-ge-heim-nisse, Jocelin. Da steht drin, wie man sündigt, ohne der Gefahr zu unterliegen, wenig später mit einem Bastard unter dem Herzen seine Zukunft zu verlieren. Da steht drin, was euch Burschen nicht interessiert, weil ihr euch nur im Stroh wälzt, eure Knüppel in

Weiber versenkt, das Stroh aus den Haaren zupft und verschwindet, Jocelin! Bäder, Salben, Pulver, Jocelin! Alles!«

Jedes ihrer Worte war eine Kränkung, die mich traf wie ein Peitschenhieb, und doch begriff ich, dass sie an mir austobte, was sie ihrem Verlobten ins Gesicht brüllen wollte. Langsam stemmte ich mich hoch. Ich streckte eine Hand nach ihr aus. »Lily«, sagte ich erstickt. »Es tut mir …«

Sie schluchzte auf. »Ich dachte, er liebt …«

»Natürlich liebt er Euch, Principessa. Mit Liebe hat das, was Ihr da zu Recht anprangert, nicht immer etwas zu tun. Wir sind Narren, die …«

Sie starrte mich an, als wäre ich völlig verblödet. »Mich? Nein, ich dachte, er … Natürlich liebt er mich nicht.«

Brüsk drehte sie sich um und ließ mich verwirrt stehen.

Wen sollte Sebastien denn sonst lieben? Er musste ja irre sein, wenn sein Herz nicht für diese großartige junge Frau brannte, die ich umarmen wollte, um sie zu trösten. Ich wagte es nicht. Töricht stand ich da, wusste weder etwas zu sagen, noch das Richtige zu tun. Womöglich war es nicht meine beste Idee gewesen, sie im Schrank der Zitadelle nicht einfach ignoriert zu haben. Ich weiß nicht, wie lange wir so dagestanden hätten, wenn aus der mit einem Lederband zusammengehaltenen Loseblattsammlung nicht ein anderes Stück Papier hinausgesegelt wäre. Gleichermaßen verdutzt starrten wir auf den Bogen, der auf dem orientalischen Teppich landete. Mit geschürztem Kleid ging sie in die Hocke und klaubte es auf. Konzentriert studierte sie die Zeilen, scheiterte aber an der Sprache.

»Mein Griechisch ist nicht gut, aber so wie ich das sehe, ist es kein Liebesbrief.«

Mit dem Handrücken wischte sie sich die Augen, und rollte die kleine Pergamentrolle wieder auf. »Aber sie hat ihn an deinen Vater adressiert. Und den Namen meines Vaters kann ich auch lesen.«

Als wir aus dem Haus des Arztes traten, war die Luft so heiß wie eine glühende Fackel und Lilianas liebliches Gesicht wutverzerrt. Nicht, dass Nicos ihr irgendeinen Grund zum Verdruss gegeben hätte. Sie ärgerte sich über ihre Unfähigkeit, den merkwürdigen Brief Annas zu lesen. Dass ich ebenso außerstande war, die Sprache zu übersetzen, milderte ihre Laune schon deswegen nicht, weil ich es nicht zugab. Es war närrisch, aber hier im Süden konnten viele Ritter mehr oder weniger gut lesen und schreiben. Die Nähe zu Byzanz verlangte es. Die Byzantiner neigten andernfalls dazu, einen übers Ohr zu hauen. Vater hatte zwar dafür gesorgt, dass ich lernte, aber in meiner Knappenzeit hatte ich Ritter aus dem Norden kennengelernt, die Lesen und Schreiben als Pfaffendreck abtaten, es sogar ehrenrührig fanden. Damals hatte mir das prima in den Kram gepasst. Ich verabscheute das Lernen. Ich hatte das Argument schlicht an mich gerissen, aber mit so was kam man bei Vater nicht weit. Dass ich jetzt, als Erwachsener kaum besser lesen konnte als ein Novize, war eines der vielen Dinge, die ihn enttäuschten. Es hätte mich nicht überraschen sollen, dass auch Liliana keine fleißige Schülerin gewesen war.

Auf dem Weg zu den Pferden legten wir einen Wettstreit im Spekulieren hin, der unserer beider Väter nicht zur Ehre gereichte. Deren Namen waren nämlich das Einzige, das wir entziffern konnten, und weil Anna nicht die kleine Heilige gewesen war, als die sie hingestellt wurde, malten wir uns aus, wie sie nacheinander die Geliebte des einen und dann des anderen gewesen war.

»Mein Vater«, keifte Lily bei ihrem schneeweißen Pferd stehend, »würde meine Mutter niemals hintergehen.«

Sie drehte einen Steigbügel herum und wartete ungeduldig, dass ich ihr die Räuberleiter machte. Ich hetzte herbei, verschränkte die Hände ineinander und bückte mich. Flink saß sie auf. Was musste sie immer so schreien?

Mit einem Seitenblick versicherte ich mich, dass die Garde unaufmerksam genug war, nichts mitzukriegen. Einer der Fanfarenbläser bohrte in der Nase und guckte ertappt zur Seite. Ich stemmte mich in den Sattel. Unser Streit führte zu nichts. Sie zu bitten, mal einen Blick auf die ein oder andere junge Magd zu werfen, deren Gesichtszüge eindeutig auf die Mitwirkung eines Hauteville hindeuteten, wäre sowieso witzlos. Sie wäre bloß rot angelaufen und hätte auf die zahllosen Brüder ihres Vaters als Verantwortliche verwiesen. Wir kamen übellaunig überein, das Schreiben von meinem Erzeuger übersetzen zu lassen. Aber zuerst wollten wir den einzigen Juwelier der Stadt aufsuchen, der dafür bekannt war, Edelsteine im Wert ganzer Baronate zu veräußern. Das erfüllte mich schon deswegen nicht mit Freude, weil der Mann eine kurvige Tochter hatte, deren Bekanntschaft ich im vergangenen Herbst gemacht und flink wieder vergessen hatte. Lieber wäre ich allein hingegangen. Aber Lily nach Hause zu schicken, verbat sich von selbst, wenn ich keinen weiteren Wutausbruch riskieren wollte.

Antriebslos gab ich der Garde den Befehl zum Aufbruch. Ich. Der Leibwache. Wie leicht es war, sich an die Insignien der Macht zu gewöhnen, war riskant. Ich musste aufpassen, dass es mir nicht zu Kopf stieg.

Das Haus des Schmuckhändlers lag am Hafen. Unterwegs senkten die Leute beim Anblick der Garde die Köpfe und pressten sich an Hauswände, was unser Fortkommen auf dem schiefen Pflaster nicht merklich beschleunigte. Lily, Kinn in die Höhe gereckt, schloss mit mir gleich auf.

»Wir haben diese Zoe nicht befragt!«, brüllte sie über das Hufgetrappel.

»Das holen wir nach«, murmelte ich im inneren Eingeständnis, nicht zum Ermittler zu taugen. Wie hatte ich das vergessen können?

Die Gasse wurde jäh breiter und lichtete sich zu den Molen, an deren Rändern Schatten spendende Bäume die Hitze milderten. Kleine Handelsschiffe wurden entladen, und am östlichen Rand des Hafens dümpelten die vier Trieren, die auf des Herzogs Pläne mit Byzanz hindeuteten. Das Gros der Flotte ankerte allerdings in Bari.

Vor dem Geschäft stiegen wir ab. Ich ließ den Blick über den Hafen und die Häuserzeile schweifen. Ich zögerte die Begegnung mit der Tochter des Mannes hinaus, an deren Namen ich mich beim besten Willen nicht mehr erinnerte. Dass die Principessa schwieg, nur wachsam drein sah, bewies, dass sie noch immer schmollte. Also traten wir schweigend ein. Auf der Stelle stürzte ein untersetzter Kerl auf uns zu, dessen bunte Tunika nicht für einen guten Geschmack sprach. Als er den Mund öffnete, wich die kühle Brise vom Meer seinem sauren Atem. »Der Herr.« Er verneigte sich tief. »Und die Dame. Womit kann ich Euch dienen?«

»Ich bin Liliana von Salerno. Tochter des Herzogs und eine lahme Verneigung ist alles, was du zustande bringst?«

Ich runzelte die Stirn. Die Verneigung war recht tief gewesen, aber nun wurde ich Zeuge, wie die Nase des Mannes fast den staubigen Boden berührte.

Ich warf meine Stimme in den Raum. »Wir wollen mit deinem Herrn Stephanis sprechen.«

Mit schwitzenden Händen rieb er sich den tonnenförmigen Bauch. »Ich bedaure, die Herrschaften, aber mein Herr ist nicht anwesend. Wenn ich Euch das Geschmeide vorführen dürfte, das zu erwerben Ihr ...«

»Ich habe nicht die Absicht, irgendwelchen Schmuck zu kaufen«, räumte ich ein und hoffte, dass ich autoritär klang. »Vielmehr geht es um ein kostbares Juwel, von dem ich erfahren will, wem es dein Herr verkauft hat.« Dabei zeigte ich unlustig zum Hals der Principessa, um den die goldene Kette mit dem grünen, in Gold gefassten Stein geschlungen war. Nie hätte ich erwartet, dass sie das Schmuckstück in einem mit Samt gepolsterten Kasten mit sich herumschleppen würde, aber der miserablen Simmung zwischen uns geschuldet, reizte mich diese Anmaßung. Der Angestellte linste verstohlen auf Lilys sommersprossigen Ausschnitt. Als seine Gesichtszüge entglitten, wusste ich sofort, dass er uns nichts sagen würde. Er fing schon an herumzueiern, doch ich hörte ihm nicht mehr zu. Stattdessen lugte ich an ihm vorbei in den lichtüberfluteten Innenhof. Eine rundliche junge Frau schleppte dort einen Eimer Wasser vom Brunnen weg und kehrte mit dem leeren Ding zurück. Sie kam mir leidlich bekannt vor. Ich seufzte schicksalsergeben.

»... Signore, Diskretion ist das Motto unseres Geschäfts. Wir sind bekannt dafür ...«

Liliana folgte meinem Blick. Dann wieselte sie an uns vorbei in den Hof und ließ mich im Sermon stehen. Ich merkte, wie mir die Gesichtsfarbe verloren ging. Ich musste unbedingt verhindern, dass sie mit dem Mädchen alleine plauderte. Am Ende erführe sie unerquickliche Details, die sie mir die nächsten hundert Jahre unter die Nase reiben würde. An der Tür befahl ich einen der Gardisten herein, den ich beauftragte, den Verkäufer zu überwachen, dann raste ich hinaus in den Hof. Dort blinzelte ich zuerst gegen die Sonne, doch ich fand die beiden Grazien am Brunnen. Die eine herrisch, die andere trotzig. Braune Augen funkelten mich fuchsig über den Rand des Holzeimers hinweg an, den sich die Tochter des Juweliers an die Brust drückte.

»Ich habe sie gefragt, ob sie etwas über dies Schmuckstück hier weiß«, schnappte Lily an der Kette nestelnd. »Aber sie wagt es zu schweigen.«

»Mein Vater legt Wert auf Verschwiegenheit.«

»Äh, Lucia«, versuchte ich es. »Jemand ist ermordet worden, und ich habe den Auftrag, herauszufinden, warum und von wem.«

»Lucia?« Sie lachte höhnisch. »Livia, mein Lieber. Livia heiße ich, und dir schulde ich gar nichts.«

»Nun, äh, wahrscheinlich nicht mir persönlich«, tastete ich mich diplomatisch vor und kramte das gesiegelte Dokument aus meinem Hosenbund, das mich mit weitreichenden Befugnissen ausstattete.

»Das war also die Beule in deiner Hose«, giftete Livia. »Ich dachte doch tatsächlich, das wäre dein Schwanz. Wisst Ihr, Principessa, der hier muss eine Frau nur ansehen, weshalb er dringend eine Abkühlung braucht.«

Um das zu untermauern, goss sie den mit Brunnenwasser gefüllten Eimer schwungvoll über mir aus und stellte ihn auf den Brunnenrand. Normalerweise hätte ich das lässig fortgelächelt. Gewöhnt an die Reaktionen gekränkter Damen, perlten Beleidigungen dieser Art an mir ab wie das Wasser von meiner Kleidung. Doch normalerweise war die Frau, die ich vergebens liebte, bei solchen Wortgefechten nicht zugegen. Zudem streifte mich der Gedanke an die durchnässten Servalpfoten der geliehenen Stiefel.

Liliana tappte mit dem Fuß. »So wie ich das sehe«, meinte sie geschmeidig, »hast du mir da etwas offenbart, was deinen Vater interessieren dürfte.« Sie maß Livia abschätzig. »Wo er auf der Suche nach einer lukrativen Geschäftsverbindung gewiss mit deiner Tugend hausieren geht.«

Die Standfestigkeit Livias geriet ins Wanken. Während sie den Eimer an der Kordel wieder in den Brunnen hinabgleiten ließ, kaute sie auf der Unterlippe. Zweifellos überlegte sie, wie ihr Vater reagieren würde, wenn er von ihrem unkeuschen Stelldichein mit mir erführe. Ich schüttelte die Wassertropfen vom gesiegelten Pergament, studierte es und war zufrieden. Nur im unteren Teil war die Tinte ein wenig verwischt, aber alles war noch leserlich.

Livia hatte sich zu einer Entscheidung durchgerungen. »Also gut.« Sie zog den vollen Eimer hoch. »Ich weiß, wer die Kette gekauft hat, und sage es Euch, wenn mein Vater nichts von uns erfährt.«

Ich machte einen halben Schritt rückwärts, denn ich rechnete mit einer zweiten Ladung Wasser, aber sie ließ den Eimer stehen. Ihre Augen sprühten vor Zorn. Ich weiß nicht, ob es Lilys Anwesenheit geschuldet war, dass mich ein Hauch Scham überkam. Erwartungsvoll hob ich eine Braue. Livia klemmte sich eine Haarsträhne hinters Ohr. »Die Kette ging an den Herzog.«

Lily machte große Augen. »An meinen Vater? Bist du sicher?«

Livia rieb sich über ihren fleckigen Rock. Lachend blinzelte sie unter ihren langen schwarzen Wimpern hervor. »So heißt es. Er hat einen Mittler geschickt, Euer Hochwohlgeboren kommt ja nicht persönlich.«

Ich dankte Gott für Lilys Schweigen. Livias Tonfall war gewagt und zu despektierlich in der Gegenwart der Herzogstochter. Die aber kannte ihren Vater genug, um zu wissen, dass der durchaus persönlich käme. Sie rieb sich die Nase. »Dieser Mittelsmann. Hat der erwähnt, wem mein Vater die Kette schenken wollte?«

Ich staunte über Lilys Selbstkontrolle. Wenn sie in Gedanken den Brief und die Kette zusammenfügte, kam kein erfreuliches Ergebnis dabei heraus.

»Na ja.« Livia kratzte sich den Scheitel. »Eurer Frau Mutter, rat' ich mal. Ich glaub' ja nicht, dass er sie selber tragen wollte. Männer tun so was ja nicht.«

Ich schnaubte. Augenscheinlich hatte Livia den mit Schleppen und geschmückten Troddeln behängten Herzog von Capua noch nie gesehen.

»Außerdem tragt Ihr sie ja jetzt«, warf sie scheu hinterher.

Lily überging den Hinweis. »Wie sah der Mann aus?«

»Na ja, ein Edelmann.«

»Etwa so alt wie er?« Lilys Daumen zuckte in meine Richtung.

»Nee, etwas älter.«

Angestrengt überlegte ich. Tristan war älter, aber nicht wesentlich.

»Wie hat er denn nun ausgesehen?«, versuchte Lily ihre Ungeduld im Zaum zu halten. »Welche Haarfarbe hatte er?«

»Blond war er.« Livia nahm den Eimer an der dicken Kordel, »Blond. Was ja wesentlich besser aussieht als das Köterbraun hier.« Sie wies knapp in meine Richtung. Ich fuhr mir unbewusst durch die dunklen Locken. Im Sonnenlicht schimmerten sie kastanienfarben und hatten überhaupt nichts mit dem Fell eines räudigen Straßenköters gemein.

»Und er war mehr Mann als er da.« Ein weiterer unversöhnlicher Blick traf mich. »Aber nicht so alt wie der Herzog selbst.«

Das waren ihre letzten Worte, ehe sie den Eimer an sich nahm und wehenden Rockes ins Haus enteilte.

»Hat es Euch sehr vergnügt?«, provozierte ich Lily.

»Das will ich annehmen«, entgegnete sie erschreckend trocken. »Man hat ja nicht alle Tage Gelegenheit, einen Blick in dein lasterhaftes Leben zu werfen.«

»Ihr versteht es, mich aufzuheitern, werte Principessa.« Ich hetzte neben ihr her in den Verkaufsraum zurück, wo sie dem Gardisten mit vagem Handwedeln befahl, mit ihr hinaus zu kommen. Dabei meinte sie nur nebenher: »Wir haben einige Informationen und sollten zurück zur Zitadelle, um deinen Vater den Brief übersetzen zu lassen.«

»Kann das nicht jemand anderes ...«, versuchte ich es.

»Einen Schreiber geht das alles nichts an.«

»Ich bin Eurer Meinung.«

Als sie aufstieg, wobei sie sich von mir nicht helfen ließ, rümpfte sie erneut ihre reizende Nase. Gemessen an dem, was sie über ihren Verlobten und Anna vor wenigen Stunden noch gehört hatte, hielt sie sich wacker. Ihr Verstand arbeite flink, und ich war dankbar, dass sie sich mit den Ermittlungen ablenkte. Sie wollte eben anreiten, als sich ihre Augen erschreckt weiteten. Schlagartig drehte ich mich um, um ihrem Blick zu folgen. Tristan stand schreckensstarr neben einem Töpferstand drei Häuser weiter. Mit der Hand am Zügel seines Pferdes starrte er uns an. Sein bleiches Gesicht wurde augenblicklich fleckig. Behände schwang er sich in den Sattel und preschte davon.

Ich tat es ihm gleich. Ich hörte noch, wie die Principessa mit ihrer nun überhaupt nicht mehr lieblichen Stimme hinter mir her brüllte. Mein ungeliebter Halbbruder und ich gaben den Pferden die Sporen und hatten bald, die Hafenstraße entlang, die Bebauung hinter uns gelassen. Mein Pferd war schnell, ich ein exzellenter Reiter, dennoch machte der Mistkerl ordentlich Meter. Wohin dachte er fliehen zu können? Warum machte er sich davon?

Die Gedanken und die Schlüsse daraus rauschten mir wie Wellen durch den Kopf. Weil er uns aus dem Haus des Schmuckhändlers hatte kommen sehen?

Er hatte darauf beharrt, weder das Schmuckstück noch Anna zu kennen. Ersteres glaubte ich ihm nicht, aber log er auch Anna betreffend?

Ich musste dringend mit der lieblichen Plaisance LeFerte sprechen. Aber vor allem war ich wütend, denn wäre Tristan der Mörder, hätte er damit ein weiteres Mal seine himmelschreiende Arroganz bewiesen. Er hielt sich für einen Unberührbaren. Ich wollte von ihm hören, warum er glaubte, der bessere Bastardsohn zu sein.

Wir sprengten, verfolgt von Flüchen und Rufen der Stadtwachen, durch das zur Landseite gelegene massive Stadttor. Mit jedem Meter wuchs mein Zorn. Ein Schulterblick und ich war erleichtert, Lily nicht zu sehen.

Aber warum hatten die nutzlosen Gardisten die Verfolgung nicht aufgenommen?

Wir verließen die Straße. Die Hufe dröhnten dumpf auf der trockenen Wiese. Die Sonne stach mir in den Augen. Das ausgedörrte Gras knirschte im Galopp, als Tristan mit einem Mal stehen blieb und vorgab, auf mich zu warten. Es wirkte, als wolle er einlenken, doch als ich gleichauf war, packte er mich an der Schulter und riss mich aus dem Sattel.

»Hinterlistige Schlange!«, brüllte ich, und sprang behände zurück auf die Beine. Auf das hier war ich nicht vorbereitet. Ich trug keine Brünne, der Schild lehnte zuhause an der Wand, doch weil Tristan mit gezogenem Schwert auf der Wiese wartete, blieb mir nichts, als auch die Waffe zu ziehen. Er hob die Oberlippe zu einer höhnischen Grimasse und stürmte auf mich los. Das Schwert beidhändig gefasst, wehrte ich mich gegen die rasch aufeinanderfolgenden, drängenden Hiebe. Ich wich nicht zur Seite. Glücklicherweise bemerkte er nicht sofort meine größere Wendigkeit ohne Schild und Kettenhemd. Mit einer präzisen, gleitenden Bewegung zog ich den langen Dolch, den ich an einem Lederriemen an der Wade zu tragen pflegte. In der Abwehrbewegung drehte ich mich vorwärts ein Stück und erwischte Tristan an der Seite mit dem Dolch. Wegen seines Kettenhemdes richtete das außer einem gehörigen Maß an Überraschung nichts aus. Er warf den Kopf zurück und schätzte mich neu ein, ehe er zum Schlag ausholte. Ich trat blitzschnell zur Seite und drehte dabei den Dolch so, dass die Klinge ihn am Handgelenk erwischte.

Verdattert ließ er die Waffe fallen. »Du Bastard«, presste er heraus.

Auf den nächsten Schlag gefasst, wirbelte ich herum, aber er hatte mich derart unterschätzt, dass er noch taumelte. Glühend vor Zorn stürmte ich los und versetzte ihm einen so kräftigen Kinnhaken, dass er wankte. Niemand musste mir erklären, dass in meiner dunklen Wut alle Eifersucht und aller Neid auf seine bevorzugte Behandlung steckte. Und meine Enttäuschung darüber, dass er es Vater mit nichts dankte als Ärger. All die von mir erfahrenen Zurückweisungen, gepaart mit seiner hochfahrenden Art, waren das Maß meiner Schläge, sodass Tristan, der hübsche Bursche, am Ende zerbeult und mit blutender Nase vor mir winselnd im Dreck lag. Pferde schnaubten und stampften auf den Boden. Ich schwang herum und war überrascht, dass Lily und die Gardisten uns doch nachgesetzt waren. Die Männer schienen unschlüssig.

Nur die Principessa, elegant im Sattel, maß meinen Bruder mit Verachtung. »Da hat es dich aber übel erwischt, mein Lieber«, höhnte sie. »Was hast du dazu zu sagen?«

»Er soll nur warten, bis heute Abend seine Wunden schmerzen«, spie er aus.

Sie schaute mich an. Ich armer Tor bildete mir ein, Stolz in ihrem Blick zu sehen.

»Aber um ihn«, zischte sie, »werden die Weiber einen Riesenwirbel veranstalten, wenn sich das hier rumspricht. Er wird in einem Badezuber liegen. Mägde werden ihm die verspannten Muskeln massieren.«

Ja, jetzt, als sie es sagte, schmerzte die Schulter. Ich rollte sie ein wenig, war mir aber nicht mehr so sicher, ob sie sich über mich lustig machte. Doch das Nächste meinte sie ernst. »Du hingegen wirst die Tage und Nächte unkomfortabler zubringen.«

Ihr Sattel knarzte, als sie sich an die Garde wandte. Mit herrischer Stimme befahl sie: »Bindet ihm die Hände und werft ihn ins Loch.«

Ein wettergegerbter Kerl ritt los, um Tristans ausgebüxtes Pferd wieder einzufangen.

Mich umschlich jäh das schlechte Gewissen. »In den Kerker? Ist das direkt nötig?«

»Du fürchtest deines Vaters Zorn?« Ihre Haltung zu Pferde war exquisit, ihr langer Rücken gerade, das Köpfchen hoch erhoben, und nichts an ihr wirkte wie das verzogene Prinzesslein. Mit einem Mal, von einem Wimpernschlag zum anderen, konnte sie eine große Fürstin geben. Darin glich sie ihrer Mutter.

»Das tut nicht not«, schloss sie ruhiger. »Der Graf ist ein scharf-
sinniger Mann, der Notwendigkeiten erkennt.«

Verunsichert rieb ich mir übers Gesicht. Mein Blick huschte zu
Tristan, der mit gebundenen Händen auf einem Rappen hockte
und nicht so wirkte, als ob er Liliana verstanden hatte. Ich atmete
auf. Ihre Stimme wurde weicher, als sie meinte: »Wenn einer die
Konstitution hat, derartige Schläge einzustecken und einige Nächte
im Kerker zu verweilen, dann ist er es. Vielleicht zeigt ihm das endlich, wohin er gehört.«

Wohin er gehörte?

Dahin, wo ich war? Ganz unten in der Hierarchie der Edlen?

Ich quälte mir ein Lächeln ab, blickte zu Boden und klaubte
das vom linken Stiefel beim Kampf abgerissene Servalpfötchen auf.

Zum Bad, umringt von zwitschernden Maiden, kam es nicht. Meine
Gedanken rasten wegen der Begegnung mit meinem Vater, die vor
mir lag, und doch flatterte mein Herz, denn in Lilys Lächeln hatte
Stolz gelegen. Aber kaum erreichten wir den Hof der Zitadelle, ver-
flüchtigten sich alle romantischen Gefühle.

Es gab zwei Höfe, weil die Festung auf zwei Ebenen gebaut und
von einer Mauer umschlossen war, was sie so monströs erscheinen
ließ. Unten herrschte das übliche Kommen und Gehen. Oben,
wo die beiden Haupttürme standen, flitzten Knappen wie auf-
gestöberte Wespen mit Waffen und Schilden umher. Hier passierte
etwas, das eine fürstliche Ankunft und kein Aufbruch war. Den
breiten Rücken des Herzogs sah ich im Türrahmen der Zitadelle verschwinden, die schlanke Gestalt meines Vaters hingegen im Eingang
stehen. Unsere Blicke trafen sich. Ich hielt ihm stand. Sein schmales
Gesicht mit den scharfen Wangenknochen sah so erhitzt aus, als
käme er aus einem Kampf. Ich runzelte die Stirn. Wenn mich nicht
alles täuschte, gab es aktuell nirgendwo ernstlich Krieg. Vielleicht

waren sie auf der Jagd gewesen, aber wahrscheinlicher war, dass sie auf dem Turnierplatz gegeneinander gekämpft hatten. Es hieß, mein Vater sei der einzige Mann, der Robert Hauteville in einem Duell je besiegt hatte, aber das war Jahrzehnte her. Geschehen zu Zeiten, als sie nicht gewusst hatten, was sie voneinander halten sollten. Mit vor der Brust verschränkten Armen registrierte er, wie die Gardisten Tristan zum Gebäudeteil mit den Gefängnissen schubsten. Und wie ich Lily vom Pferd half. Sein Blick brannte auf mir, die Stirn war gerunzelt und eine seiner schmalen Brauen war gehoben, was nie etwas Gutes verhieß.

»Jocelin!«

Mit klirrenden Sporen rannte ich los, um zu hören, was er wollte. Ich konnte es mir denken, schließlich kerkerte ich soeben seinen Lieblingsbastard ein. Ich straffte den Rücken und versuchte zu ignorieren, dass die Principessa mir nach spurtete. »Ja?«

Sein aristokratischer Schopf wies in die Halle. »Sofort.«

Auflehnung kam nicht infrage, also tappte ich ihm nach in die Halle, wo unser Herzog schon wartete.

Robert Hauteville hatte das Kettenhemd abgestreift, auf den Boden geworfen und lümmelte mit ausgestreckten Beinen in einem hohen Lehnstuhl. Auf seine Tochter an meiner Seite reagierte er zunächst nicht. »Was hat das zu bedeuten?«, fragte er rau und deutete mit dem Daumen zur nun verschlossenen Tür.

»Es gab eine unbedeutende Auseinandersetzung zwischen mir und Tristan. Er hat sicher etwas zu verbergen.«

»So unbedeutend, dass du ihn gleich einkerkerst?« Den Kopf an der Rückenlehne überstreckt, mit Blick in die Gewölbedecke, klang er nicht ansatzweise so verärgert, wie mein Vater aussah.

»Wir haben bedeutsame Erkenntnisse gewonnen«, zwitscherte Lily drauflos und fingerte zittrig an ihrem Gürtel, hinter dem Annas Pergament steckte.

»Als wir beim Juwelier waren, bei dem die Kette Annas gekauft worden war, hat Tristan uns gesehen und ist getürmt«, erklärte ich.

»Welche Kette?«

Was betrachtete er dort oben? Verhalten schielte ich hoch, aber da war nicht mal eine Fliege.

»Die Tote hatte ein Schmuckstück an«, erklärte der Graf.

Der Herzog nahm den Blick von der Decke und taxierte Lily rätselhaft. Man wusste nie genau, was er über seine Kinder dachte. Meistens war es nichts Gutes, es sei denn, es ging um Boemund. Neben dem mussten ihm alle anderen Söhne wie leibhaftige Enttäuschungen erscheinen.

Wie es um die Töchter stand, war fraglich. »Unbedeutend also? Bedeutend? Ihr solltet euch mal einigen.«

»Damit wollte ich nur sagen, dass wir ihn einkerkern mussten«, haspelte Lily, die das Papier mit nervösen Fingern zerdrückte.

»Wir.« Er sagte das Wort, ohne es wie eine Frage klingen zu lassen. Obwohl es mir unmöglich schien, bebten die Schultern der furchtlosen Liliana. Sie entspannte sich erst merklich, als er spitzbübisch grinste.

Das heißt nichts, wollte ich schreien. Er ist der charmanteste Hasardeur, den das Land zu bieten hat. Ich verschluckte die Worte, schließlich war ich nicht lebensmüde. Zumal ich irren konnte, denn wann hatte er mich je bemerkt?

Ich nahm nicht an, dass Vater mit ihm, bei einem Glas Wein, ausgerechnet über Jocelin, den Disziplinlosen redete.

»Ja, wir.« Sie flog zu mir herum, was einer Aufforderung gleichkam, die Ereignisse zusammenzufassen. Mit jedem Wort klang meine Stimme fester. Die Herren lauschten der Rede aufmerksam, und als ich nichts mehr zu sagen hatte, streckte ich dem Grafen das Schreiben hin.

Er nahm es nicht. Er sah nur zu Boden. Zumindest sah es zuerst so aus, als begutachtete er die arabischen Teppiche, aber in Wahrheit beäugte er meine Füße. Die Stiefel, die ich trug, um genau zu sein. Wenn es nicht unmöglich gewesen wäre, hätte ich meine Füße unsichtbar gemacht. Ohne um Erlaubnis zu bitten, sank ich verzagt in einen Lehnstuhl, zog die Beine nach hinten und wartete das Donnerwetter ab. Die von absurd langen schwarzen Wimpern umrahmten Augen meines Vaters flimmerten, doch er kommentierte das Schuhwerk nicht. Stattdessen riss er mir endlich den Wisch aus der Hand, flog kurz darüber und reichte ihn an den Herzog weiter, der ihn etwas länger studierte.

»Es ist der Versuch eines Briefes«, resümierte der nach einer Weile. »Eine Menge Streichungen und Neuanfänge.«

Vater nahm das Schreiben wieder an sich und blieb neben dem herrschaftlichen Stuhl stehen. »An einigen Stellen ist der Text abgeschabt und überschrieben«, bestätigte er.

»Aber er ist an Euch adressiert«, sagte ich zu meinem Fürsten.

»Sie hat versucht, Euch etwas mitzuteilen?« Lily goss einen Becher mit Wein voll und brachte ihn zu ihrem Vater, der bedächtig nickte. »Sieht so aus. Sie schreibt von einem geplanten Verrat, nennt aber keine Namen.«

Glücklich, bisher weder auf das Schuhwerk, noch weiter auf Tristan angesprochen worden zu sein, warf ich meine Stimme in den Raum. »Aber wenn sie von Verrat schreibt, was genau meint sie? Ein Attentat? Ein Mordkomplott gegen Euch, Exzellenz?«

»Das wär' ja nichts Neues.« Er starrte angestrengt auf den Grund seines Bechers, als ob er in unendlicher Entfernung läge. Endlich leerte er ihn mit einem Zug, »Da sie keine Namen nennt und der Brief nur anfängt, ohne konkret zu werden, bringt uns das nicht weiter.«

»Eventuell ist sie ermordet worden, weil die Verschwörer fürchteten, dass sie uns warnt.« Mein Vater flocht bei diesen Worten seine kraftvollen Finger ineinander.

Robert Hauteville schaute uns nacheinander an. Bei meinen Füßen verweilte sein Blick und flackerte. »Eine weitere Verschwörung hält mich nicht von meinen Plänen ab.«

Vater schnaubte und ich ahnte, warum. Fröhlich bereit, zur Mehrung seines Ruhms und Reichtums ganze Landstriche auszulöschen, verschwendete Robert Hauteville nie einen Wimpernschlag lang den Gedanken an die Möglichkeit, er könnte an irgendetwas anderem als dem Alter sterben. Daran hatte auch der missglückte Giftanschlag vor Jahren in Bari nichts geändert, bei dem er fast das Leben gelassen hätte.

Der Herzog griff den Faden wieder auf. »Aber nehmen wir mal an, es gibt eine Verschwörung und Anna wollte uns warnen, was zu ihrer Ermordung führte.« Er beugte sich vor, beließ aber den Blick auf meinen Füßen. »Ich kann mir schwerlich vorstellen, dass deine Nervensäge von einem Sohn darin verwickelt ist.«

Ich war perplex. Warum war mir nie der Gedanke gekommen, der Herzog könnte Tristan nicht leiden?

Meine Genugtuung verfestigte sich, als Vater kühl von mir verlangte: »Du wirst ihn befragen.«

Es sprach nicht für meinen Charakter, dass ich selbst bemerkte, wie zufrieden ich dreinsah. Vater missdeutete den Blick. »Keine peinliche Befragung.« Der Befehl kam

schnell, schneidend und bedrohlich. Witzlos, zu erklären, dass ich nicht geplant hatte, Tristan zu foltern, aber dass die Werkzeuge nicht benutzt würden, brauchte ich meinem Bruder nicht auf die Nase zu binden. Ich war Vater ähnlicher, als ich vermutete, denn als Nächstes schnappte er sich den Gedanken, als hätte er ihn meinem Gesicht abgelesen.

»Aber lass die Folterknechte dabeistehen.«

»Aber gerne.« Ich schwang aus dem Stuhl, um schnell zu entkommen, bevor ein Wort über die Stiefel verloren wurde.

»Behalte die Treter.«

Mit der Hand am Türblatt drehte ich mich um. »Exzellenz, es war anmaßend, aber ich ...«

Er winkte ab. »Ich habe eine Ahnung, wie es dazu kam.« Dabei zwinkerte er seiner Tochter zu, die bis an die Ohren errötete.

6
Sabina

Tristan?« Sabina de Montefortuna stierte Rainulf entgeistert an. »Sie haben ihn eingekerkert?«

Den Weinkrug, den er neben sich auf dem Tisch stehen hatte, sah er nur an. Mit Blicken bat er sie eindringlich, den Mund zu halten, bis der anwesende Spitzel mit seinem Bericht fertig war. Dabei tippte er genervt mit den Fingern der ausgestreckten Hände auf die Armlehnen des Stuhles, in dem er lag.

»Geh' jetzt, Enzo«, ordnete er dann an. »Cyrus soll dir ein paar Münzen geben.«

Enzo, ein Schrank von einem Kerl, heute in Zivil, demnach in einer abgeschabten braunen Tunika, wartete auf die Nennung eines konkreten Betrages. Aber weil da nichts mehr kam, lugte er wenig schlau unter seiner Bundhaube hervor und gab es auf. Als er die Tür zuwarf, angelte Rainulf endlich nach dem Wein. Er leerte den Becher in einem Zug, wischte sich mit dem Handrücken über den Mund und fixierte Sabina, die, nervös die Hände ringend, vor dem Kamin stand.

»Anna war uns auf den Fersen. Wir mussten sie loswerden, und es so …«, leierte sie herunter, wie um sich selbst zu beruhigen.

»An sich war dein Plan einwandfrei«, besänftigte er sie. »Aber an irgendeiner Stelle hat die Frau einen Fehler gemacht.«

Sie ließ die Arme fallen. »Dass man diesem einfältigen Weib jeden Schritt soufflieren muss.«

Sie stierte in den Hof der Handelsniederlassung hinunter, in der sie residierten. Saumpferde wurden beladen. Im Arbeitshaus dahinter, in dem die Sklaven nachts auch schliefen, brannten die Talglichter.

»Sie sollte die Spuren verwischen und einen Verdächtigen präsentieren.« Sie schwang herum und lehnte sich mit dem Gesäß an den Fenstersims. »Aber doch nicht Tristan.«

Mit Daumen und Zeigefinger rieb sich Rainulf die Stirn. »Sabina, sie wusste es nicht besser, und sie einzuweihen war unmöglich. Sie war nur ein Werkzeug.«

»Was machen wir denn jetzt?« Gequält verzog sie den Mund.

Er nahm die Hand aus dem Gesicht. »Abwarten. Mach' dir um den Jungen keine Sorgen. Er ist zäh.«

Sie ächzte, es war unmöglich, die drohende Schwermut abzuwenden. Ohne ein Wort schritt sie in den Flur, in der sich eine monströse Treppe aus Marmor nach oben hin verjüngte. Zuerst unentschlossen, nahm sie zwei Stufen auf einmal aufwärts. Bis sie in ihrer Kammer war, die ihr der Gastgeber zur Verfügung gestellt hatte, hielt sie die Tränen zurück. Drinnen warf sie sich aufs Bett. Bäuchlings verbarg sie den Kopf in den Armen und weinte lautlos.

Als sie Cesare neben der Herzogin im Sattel aus Nicos' Haus kommen sah, hatte der Zweifel seine Krallen in ihr Herz gehakt. Sie hatte ihn lange nicht gesehen, viele Jahre nicht mehr, und aus der Ferne, ohne das Gesicht des geliebten Menschen anzusehen, ließ es sich leicht hassen. Jetzt, wo sie ihm so nahe war, schien es unvorstellbar, dass ein Mann wie er nicht lieben konnte.

Aber er hat mich nicht geliebt. Nie.

Er war der perfekte Manipulator. Ein Mann wie er, der Worte polieren konnte, und von vollendetem Aussehen, beherrschte das Kunststück, die Frauen an der Nase herumzuführen. Weil es ihr unmöglich erschienen war, dass sich hinter diesen abgründigen Augen etwas anderes als tiefe Gefühle verbargen, hatte sie sich ihm hingegeben und damit ihr Leben verspielt.

Obwohl sie es sich etwas hatte kosten lassen, hatte man sie verraten. Die Kenntnis über ihre Schwangerschaft war über die Mauern des Klosters geflogen, in dem sie sich angeblich zur Kontemplation eingefunden hatte. Das Kind loszuwerden, war die leichteste Übung gewesen. Das hatte schon bei Moses funktioniert. Ein Weidenkörbchen, ein Bote, ein Säckchen Geld. Aber sie war aufgeflogen. Für die Familie verbrannt. Ehrlos. Ihre Schwester hatte den Baron geheiratet, der für sie bestimmt gewesen war, und sie hatte Jahre damit verplempert, dem Vogt die Bücher zu führen, weil sie lesen und schreiben konnte. Susannas Kleider hatte sie aufgetragen. Sogar deren Schuhe, und weil die Schwester kleinere Füße hatte, schmerzten Sabina die Blasen an den Füßen noch, wenn sie nur daran dachte.

Und das alles für eine einzige Nacht, in der sie geglaubt hatte, die Welt an der Seite dieses überirdischen Mannes erobern zu können.

Wen er wirklich liebte, hatte sie zu spät erkannt. Aber es spielte keine Rolle mehr, bald würde er dafür bezahlen, sie nicht beachtet zu haben. Wütend hämmerte sie auf die Decken ein. Dann drehte sie sich auf den Rücken. In der spitzen Gewölbedecke über ihr verschwammen die dargestellten Pfauen und Pelikane zu einer breiigen Masse. Rainulf hatte andere Gründe zu hassen. Substanziellere. Wie das bei Männern eben war, ging es um Macht, die er nicht mehr hatte. Land, das er einst verloren hatte.

Ehre.

Aber vor allem um den anderen. Um Robert Hauteville. Cesare de Fécamps würde der Kollateralschaden sein, dessentwegen Sabina bei all dem mitmischte. Anna hätte ihnen alles verdorben, wenn sie nicht die zündende Idee gehabt hätte, das Mädchen loszuwerden. Und jetzt das?

Das eigenmächtige Schalten und Walten der Frau, die sie instrumentalisierten?

War das Zufall? Oder sabotierte man ihre Pläne?

Sabina wirbelte förmlich aus dem Bett, stieß sich am Pfosten, kam aber unfallfrei bis zur Kommode, wo sie den polierten Bronzespiegel heranzog und den verwischten Strich aus Kohlestift, mit dem sie ihre Augen umrahmt hatte, mit einem weichen Lappen aus dem Gesicht putzte. Die Contenance wahren. Das versuchte sie.

Bald würde sie ihn zertreten.

7

Sophia

Im selben Haus, unten an der doppelflügeligen Tür, beobachtete Sophia momentan alles, was sich ereignete, genau. Zuerst den Mann mit der Bundhaube, der mit dem Besitzer des Hauses gesprochen, und sich an ihr, ihrem Leibwächter Umberto und Marthe vorbeigedrängt hatte.

Als er jetzt die Treppen hinunterpolterte und das Haus verließ, flog der Straßenlärm herein, der sofort abbrach, als die Türen zuflogen. Umberto blickte ungehalten, vielleicht war ihm aufgefallen, dass der Kerl, bevor er draußen war, ihm zugezwinkert hatte. Sophia lachte leise in sich hinein. An Burschen wie dem war in ihrem Haus nichts zu verdienen.

Hoffentlich bequemte man sich bald, sie zu empfangen. Die Mädchen, die Rainulf für sich, seine Männer und den Gastgeber gebucht hatte, waren erst im Morgengrauen müde nach Hause getigert, aber eine hatte ein zerschundenes Gesicht, und als Sophia sie angehalten hatte, sich auszuziehen, offenbarte sie einen mit blauen Flecken übersäten Körper. Marthe, das verprügelte Ding, stand scheu zwischen ihr und Umberto.

»Der war nicht dabei gewesen«, flüsterte sie.

Sophie schnalzte mit der Zunge. »Das habe ich nicht angenommen. Er steht nicht auf Frauen.«

»Kennt Ihr ihn?« Marthes Augen weiteten sich verblüfft.

Sophia winkte ab. »Nein, aber man bekommt einen Blick dafür, Kindchen.«

Beruhigend tätschelte sie Marthe den Arm. Eine Berührung, unter der das Mädchen einen zischenden Laut ausstieß.

Lange Zeit tat sich nichts. Seufzend flanierte Sophia zu der gepolsterten Bank, schürzte den Rock und setzte sich. Im Haus wäre es verdächtig still gewesen, flögen da nicht die Fragmente eines Streits aus der Wohnhalle. Sie schärfte die Sinne. Rainulf, der nicht aus Salerno stammte, hatte an sich nichts Dubioses. Mittelgroß, mittelalt, schlank, dichtes, geöltes Haar und einen albernen, gestutzten Vollbart. Er war bloß einer dieser selbstverliebten Männer, die nach drei Bechern Wein Jahr für Jahr mit denselben Heldentaten prahlten, um von ihrer Mittelmäßigkeit abzulenken. Sie gaben ein Vermögen für Kleider aus, waren in der Regel bis über beide Ohren verschuldet, fanden aber trotzdem immer wieder einen Geldgeber für abstruse Projekte, bei denen sie an Ansehen gewinnen wollten. Männer funktionierten alle nach denselben Mustern. Es gab Ausnahmen, ja, und eine davon zählte sie zu ihren guten Bekannten.

Marthe presste sich neben sie auf die Bank. »Ich fürchte mich«, wisperte sie. »Man wird von mir verlangen, zu sagen, wer mich ...«

»Pst.« Sophia, die angestrengt mit Lauschen beschäftigt war, legte einen Zeigefinger an den Mund. Marthe zog den Kopf ein, wie eine Schildkröte. Drinnen sprachen sie über den Mord von neulich. Ein Mädchen. Tochter eines Arztes, die Sophia wohlbekannt war. Sie hatte nichts übrig für die semiprofessionellen Hühner, die in aller Heimlichkeit Profit aus ihrer Geilheit zogen. Das Haus des Arztes, dessen Tochter das Opfer war, lag ein Stück die Straße hinunter. Jetzt sprachen sie über die Zitadelle. Jemand war eingekerkert worden, und das passte denen da drinnen nicht.

Tristan? Das war doch ...

Leise pfiff sie durch die Zähne, um Umberto, der die Wandmalerei bestaunte, auf sich aufmerksam zu machen. Er stelzte herbei, beugte sich zu ihr herunter und wartete, was sie zu sagen hatte.

»Rainulf. Das ist ein franko-germanischer Name, oder?«

Er hob eine breite Schulter. »Schon, aber was ...«

»Gab es nicht mal ein Fürstengeschlecht, dessen Söhne alle diese komischen -ulfs am Ende des Namens führten?«

»Herrin, selbst Fürst Gaimars Sohn heißt Gisulf. Ich weiß nicht ...«

»Nein, nein, nein.« Sie schlackerte mit dem Handgelenk. »Pandulf, Radulf, Ladulf, so was meine ich.«

Umberto zog die buschigen Brauen zusammen. Als die Tür aufflog, richtete er sich, mit hinter dem Rücken verschränkten Händen, auf. Eine wütende Dame in edlen Kleidern raste aus der Wohnhalle, drehte sich zweimal um sich selbst und jagte wie ein Stallbursche die Treppen hoch.

»Ich habe Angst«, raunte Marthe erneut.

Ohne sie anzusehen, mit den Gedanken ganz woanders, griff Sophia nach deren schmaler Hand. »Du wirst eine Entschädigung bekommen, Mädchen. Fürchten müsstest du dich nur, wenn wir einen Büttel hinzuzögen.«

»Teano«, stieß Umberto hässlich aus. »Die Grafen von Teano. Ohne Zählnummer wusste man nie, von welchem Pandulf oder Ladulf die Rede war.«

Genau. Sophia sog die Unterlippe ein, womit sie ein quietschendes Geräusch erzeugte. Teano. Sie war alt genug, um sich zu erinnern, auch, wenn man ihr das schwerlich ansah. Hier war was im Busch.

Als die Tür das nächste Mal aufsprang, stand Rainulf mit ausgebreiteten Armen im Rahmen, als wollte er sich präsentieren. »Sophia, richtig? Ich kann dir nicht genug für den unvergesslichen Abend danken, den deine Damen uns bereitet haben. Ich hoffe doch …«

Sie zog Marthe von der Bank und schob sie zwischen sich und den Angeber. Marthe war einen Kopf kleiner als sie. Über deren blonden Schopf hinweg schaute Sophia den Mann schief lächelnd an.

»Oh, wie unerfreulich«, meinte er bedauernd.

»Wie erbärmlich«, lächelte sie.

Er gab den Weg in die Wohnhalle frei. »Ich bin sicher, dass wir eine Regelung finden.«

»Das bin ich auch«, erwiderte sie charmant.

8

Jocelin

Auf dem Weg in den Kerker fummelte ich in der Gürteltasche nach der abgerissenen Servalpfote und nahm mir vor, sie zügig wieder anzunähen.

Das Geschenk war bemerkenswert. Auch wenn es dem Zufall geschuldet war, erfüllte es mich mit einem mir eher unbekannten Gefühl, nach dessen Namen ich vergeblich fahndete. Ich wollte dem nachhorchen, bevor ich meine Seele mit der schäbigen Genugtuung beschmutzte, Tristan, den ungeliebten Halbbruder, zu befragen. Aber diesbezüglich schlugen zwei Herzen in meiner Brust, denn auf der anderen Seite beschlichen mich langsam Skrupel. Das hier war kein Spiel mehr.

Ich strich über den vorderen Hof bis zur Schmiede, vor der ich nur stehen blieb, um nachzudenken. Der Schmied war Sarazene und fertigte überdurchschnittlich widerstandsfähige Klingen. Sein Gehilfe stand mit entblößtem Oberkörper dabei und beobachtete lernwillig jede seiner Bewegungen. Seine muskulöse Gestalt glänzte vom Schweiß. Das monotone Geräusch des Blasebalgs, der vom Lehrling bedient wurde, nervte mich. Die Männer gönnten mir weder Gruß noch Blick. Ich kannte ihre Namen auch nicht, und daran, dass sie den meinen nicht parat hatten, änderten auch die Stiefel nichts.

Ich musste es hinter mich bringen, zaudern half mir nicht weiter. Ich löste mich von dem Anblick, eilte in den Südturm und federte dort dynamisch die Stufen hinab.

Die Verliese waren mir zuwider. Die Fackeln, die in Eisen-halterungen an den Wänden staken, machten sie nicht behaglicher.

Natürlich wusste ich, dass derzeit kaum jemand einsaß. Die Wutan-fälle Robert Hautevilles waren zwar legendär, aber zur Grausamkeit neigte er nicht. In den Anfängen seiner Herrschaft hatte es immerzu Aufstände gegeben, die stets von denselben Idioten angezettelt worden waren, weil er sie nie ausreichend bestraft hatte. Das sagte einiges über ihn aus. Und doch sollte man es vermeiden, Robert Guiscard herauszufordern.

Meine Stiefel hallten im Gewölbe.

Dass es überhaupt so viele Zellen gab, lag an der Grausamkeit des vorherigen Fürsten von Salerno. Über die Zeit Gisulfs, des Bru-ders der Herzogin Sichelgaita, kursierten Gruselgeschichten. Selbst, wenn man geneigt war, sie als haltlos übertrieben abzutun, brauchte man sich nur seine kleine bleiche Frau Anais anzusehen, um eines Besseren belehrt zu werden. Sie genoss hier Asyl, um ihr die Rück-kehr in den Alltag aus Demütigung und Misshandlung an der Seite ihres Gemahls zu ersparen. Wie ein Gespenst sah sie aus. Sie zuckte zusammen, wenn man nur hüstelte.

Ich stieß eine wurmstichige Tür auf.

Die Kerkerknechte, zwei kompakte Kerle, die, nur in Beinlingen, schmutzige muskulöse Oberkörper zur Schau stellten, begrüßten mich mit einem ausdruckslosen Kopfnicken. An die Wand gekettet kauerte Tristan. Von der Schlägerei war sein Gesicht mit blauen Fle-cken und Schorf übersät. Sein weiches Blondhaar klebte ihm vorn dreckig in der Stirn. Als er mich erblickte, sprühten seine grünen Augen angriffslustig. Ich erinnerte mich all der Demütigungen, die ich durch ihn erlitten hatte, weil er bemerkt wurde.

Selbst in der Schlacht war Vater dauernd in seiner Nähe, um Schaden von ihm abzuwenden. Ich riss mir unbemerkt den Arsch auf, und ihm klopfte man den Rücken, wenn er rülpste.

Ich schenkte ihm ein beängstigendes Lächeln. »Ah, verzeih, wer-ter Bruder. Aber es war unser Vater, der mit mir zu parlieren beliebte, bevor er mich in den Hades hinabsandte, um von dir Einzelheiten über die Verschwörung zu erfahren.«

»Verschwörung?«, haspelte er. »Ich weiß von keiner Verschwörung.«

Angekettet schob er sich recht umständlich die Wand hoch, bis er stand. Sein fein geschnittenes Gesicht lag im Dunkel, aber ich nahm an, dass sein Erschrecken echt war. In mir tobte jäh der unbändige Wunsch, ihm weh zu tun, aber stattdessen entnahm ich meiner Gürteltasche das fein bestickte Tuch, das mir unser Vater in Annas Zuhause in die Hand gedrückt hatte. »Daumenschrauben«, zählte ich auf, »Messer und Zange sind geradezu barbarisch.« Dabei wedelte ich mit dem Tuch und wusste genau, wie ich in diesem Moment unserem Vater glich. »Ich bin sicher, du erzählst mir ohne deren Hilfe, was du zu sagen hast.«

Angewidert betrachtete ich das Tuch, stopfte es in die Tasche zurück und entnahm ihr ein weiteres, mit dem ich mir maniriert den Schweiß aus der Stirn tupfte. Der Effekt war erstaunlich. In Tristans Augen lag Angst. Es war seines. Das Tuch, das man bei Anna gefunden hatte und das ich nun benutzte, gehörte zweifellos ihm.

Ich strahlte scheinbar vergnügt. »Also? Ein wenig Mitwirkung deinerseits würde die Gefahr lindern, das Leben zu lassen.«

Tristans Gesichtsfarbe wechselte von blass, zu rot, zu lila. Er geriet ins Stottern. »Äh, ich … ich weiß nichts von einer Verschwörung, ich … ich habe nur …«

Auf mein Kopfnicken hin trat ihm einer der Folterknechte in die Kniekehlen. Tristan sackte zusammen und stöhnte auf.

»Ich verstehe, wie aufgebracht du bist«, summte ich, als ich ihn wieder auf die Füße stellte und mir danach die Hände an den Hosenbeinen abwischte. »Aber ich verliere allmählich die Geduld.«

Harsch scheuchte ich einen der Kerkerknechte in den finsteren Teil der Kammer. Als der Mann beim Hantieren mit Folterwerkzeugen klapperte, fing Tristan an, am ganzen Leib zu zittern. Aber anstelle mit Zangen und Klammern kam der Knecht mit einem Holzbecher voller Wasser zurück, den er dem Gefangenen an den Mund hielt. Gierig leerte Tristan den Becher.

»So. Deine Kehle ist ausreichend erfrischt. Ich erwarte Antworten.« Analytisch begutachtete ich meine Fingernägel.

»Ich kenne Anna nicht«, stammelte er. »Das musst du mir glauben.«

»Das Tüchlein?« Mit spitzen Fingern ließ ich es vor ihm schweben.

»Ich weiß es nicht«, jaulte er auf.

»Und deine Flucht, als du mich mit der Principessa aus dem Haus des Juweliers kommen sahst?«

Ein brutaler Zug kroch in sein Gesicht. »Die Principessa! Vergiss sie! Sie gehört zu Sebastien. Nur träumen wirst du von ihr, wenn du dir eine Hure kaufst, die dir die Eier krault!«

Ich rechnete mir hoch an, auf die Provokation nicht zu reagieren. »Ich höre.«

Kurz fochten wir ein Blickduell aus, dann knickte er in die Knie und glitt auf den Boden zurück. »Ich habe den Schmuck gekauft.«

Meine Brauen schossen in die Höhe. Das war ein Geständnis, mit dem ich nicht gerechnet hatte. Ich kramte in meiner Erinnerung nach dem, was Livia uns erzählt hatte. »Gekauft?«, fragte ich kalt. »Nicht vielmehr vorgegeben, ihn für den Herzog zu kaufen? Als Mittelsmann.«

Er nickte, blickte dabei auf das vom Ungeziefer raschelnde Stroh am Boden.

»Sprich es aus«, forderte ich.

»Ja, verdammt.«

Ich rieb mir über den Mund. »Dann wolltest du sie wohl kennenlernen, was? Diese Anna scheint ja einen Ruf gehabt haben. Du glaubtest, mit diesem exquisiten Schmuckstück Eindruck schinden zu können?«

Einen feinen Moment starrte er mich vom Boden her zornig an. Dann krakeelte er: »Das ist es ja! Ich habe die Kette nicht für Anna gekauft! Ich habe die Kette für Anais besorgt!« Erneut sackte er zusammen. »Ich habe keine Ahnung, wie die Kette zu Anna gekommen ist.«

»Für Anais? Unsere Anais?« Verwirrt zeigte ich in die Himmelsrichtung, in der der Turm stand, in dem sie residierte. »Die Gemahlin des geflüchteten ehemaligen Fürsten von Salerno?«

»Ja, verflucht«, kratzte er heraus.

Ich versuchte, nicht allzu laut zu seufzen. Warum mussten die Dinge so kompliziert sein?

»Warum?«, fragte ich ehrlich interessiert.

»Das geht dich nichts an.«

»Und trotzdem machst du mit Plaisance rum?«

»Das habe ich ja gar nicht! Sie wollte mit mir rummachen, Jocelin! Aber selbst, wenn! Als ob du ein Heiliger wärst!«

»Verstehe, aber Anais? Diese kleine verhärmte …?«

Wie ein Tier brüllend, sprang er auf. Die Kette, mit der er fixiert war, klirrte und spannte. Ich wich zurück. Am Ende sackte er zusammen und weinte. Ich fühlte mich elend, weigerte mich, über Gefühle nachzudenken, und zwang mich, zu analysieren. Die LeFertes hingen da irgendwie mit drin. Mir war Guido LeFerte bei der Leichenschau aufgefallen, und ich hatte mich gefragt, was er dort gewollt hatte. Ich würde mich, ob ich wollte oder nicht, mit ihnen befassen müssen. Brüsk wandte ich mich um. Ein Knecht öffnete mir die knarzende Tür.

»Verdammt, Jocelin, wo willst du hin?« Tristan klang verheult. Davon unbeeindruckt drehte ich mich langsam um. »Ins Badehaus? Du erinnerst dich? Die Mägde, die mir die verspannten Muskeln massieren.«

»Du lässt mich allen Ernstes hier versauern?«

Wollte ich das? Keine Ahnung, aber ich zuckte die Schultern. »Es schadet dir nicht. Wenn sonst nichts, lehrt es dich Demut.«

»Demut? Du bist ja verrückt! Was glaubst du, wer du bist, du miese Ratte! Sohn einer verkommenen Hure!«

Ich musste hier weg. Es wäre würdelos, wenn wir uns gegenseitig Beschimpfungen um die Ohren schlugen.

Was wusste er schon über meine Mutter? Er wusste ja nicht einmal etwas über seine eigene. Ich schenkte ihm ein freundliches Lächeln und spazierte davon.

9
Alte Feinde

»Es ist leichtsinnig, die Nase zu tief in die Ermittlungen zu stecken, mein Freund.«

»Was?« Guido LeFerte schüttelte den Arm ab, den Rainulf ihm über die Schulter gelegt hatte. »Mach' ich doch gar nicht«, grunzte er dabei.

Er wurde das Gefühl nicht los, dass der andere ihn in dieser Nacht bewusst zu einem bestimmten Ort lotste. In einem Wohnhaus, das sie passierten, brüllte ein Mann. Ein Weib keifte zurück, dann zerschellte etwas, und zur Antwort bellte bloß ein Hund. Der Mond lachte schadenfroh dazu.

»Ich habe Anna geliebt«, presste er heraus.

»Ach, die Liebe.« Rainulf hob lächelnd beide Hände zum Himmel. »Ich verstehe dich, mein Freund. Sie war ein liebliches Geschöpf, von der Reinheit der Heiligen Jungfrau.«

Fast wäre Guido stehen geblieben. Da war etwas im Tonfall Rainulfs, das machte, dass er sich zum Narren gehalten fühlte. Dass dessen Sporen so klirrten bei jedem Schritt, zwickte Guido ebenso wie der Mantel mit dem Fuchskragen. Aber er kam grade nicht gegen ihn an, er brauchte schlichtweg einen Freund. Er ahnte nicht mal ansatzweise, dass der vermeintliche Freund hinter den Lidern Bilder eigener diverser Bettakrobatik mit Anna visualisierte, als er schwärmerisch seufzte. »Ich leide mit dir, Guido.«

»Du solltest auch nicht so offen hier rumspazieren.«

»Sie wissen ja gar nicht, dass ich in der Stadt bin, und halten allein deshalb nicht Ausschau nach mir«, wiegelte Rainulf ab. Anmutig hüpfte er über einen Berg Lumpen. Aus einer Seitengasse kreuzte ein elegant gekleideter Grieche, der von zwei Fackelträgern mit Knüppeln nach Hause geleitet wurde, ihren Weg.

»Wohin gehen wir überhaupt?« Guido blieb stehen. Rainulf zog ihn weiter. »Ich habe ein Mädchen im Serail für dich gebucht, damit du auf andere Gedanken kommst.«

Wieder blieb er stehen. »Hör mal, das ist mir zu teuer. Ich …«

»Betrachte dich als eingeladen.« Rainulf stupste ihn zur Tür, grinste diabolisch und hämmerte ans Holz. Nach einem Wortwechsel mit dem Türsteher, bei dem er die Börse mit den Münzen vorzeigte, nahm er Guido bei den Schultern. »Genieße es. Elise ist ein betörendes Mädchen, und sie hat ein paar Tricks auf Lager.«

Er schlackerte mit der Hand, klopfte ihm gegen den Arm und tänzelte von dannen.

Guido sah ihm nicht nach. Der schwüle Duft der Räumlichkeiten brach seinen Widerstand. Er tappte über Blütenblätter, die junge Frauen jedem neuen Gast vom Eingang des Hauses bis in die riesige, diffus beleuchtete Wohnhalle streuten. Der Raum war übervoll mit Weibern, die bestrebt waren, sich in Sachen anzüglicher Garderobe gegenseitig zu überbieten. Aber sie kamen nicht zu ihm. Sie biederten sich ihm nicht an, weil ihnen gesagt worden war, dass er die Stiegen hinaufgehen würde. Eine ältere Dirne, die vor einer Tapisserie mit anzüglichen Bildern mit einem anderen Gast sprach, scheuchte ihn mit der Hand wedelnd die Treppen hinauf. Hinter dicken Vorhängen stöhnte man. In einem Winkel beim gemauerten Kamin wiegten sich verschlungene Körper. Das hypnotische Gedudel aus einer arabischen Doppelflöte zerrte an seinem ohnehin überreizten Gemüt.

Oben angekommen, schob er einen purpurnen Vorhang zur Seite. Er fing an, sich zu freuen, was sich in der Hose bemerkbar machte. Nur seltsam, dass niemand in den großen eckigen, mit Troddeln versehenen Kissen lag. Kein Mädchen mit gespreizten Beinen, die den Blick auf die nackte Scham erlaubten. Doch er war zu müde, um sich zu ärgern. Im Erker, der mit einem schmucklosen Vorhang verhängt war, klirrte Glas. Womöglich war sie nur spät dran und machte sich gerade für ihn schön. Matt sank er in die weichen Kissen. Zuerst hatte er nicht einmal genügend Energie, seine Hosenbänder aufzuschnüren, geschweige denn, sich die Stiefel von den Füßen zu streifen.

Er schaute nicht auf, als sich eine Duftwolke näherte.

Er sah erst hoch, als er fühlte, wie sich ein wohlriechender, warmer Leib vor ihn kniete. Er war so perplex, dass er die Augen aufsperrte. »Du?« Angewidert bleckte er die Zähne. Stützte sich mit einer Hand auf dem weichen, mit Kissen und Decken übersäten Boden ab, um sich hochzustemmen. Sein Blick klebte auf einem im Kerzenlicht flackernden Gegenstand.

»Was hast du da in der Hand?«, krächzte er.

Unten setzte Musik ein. Trommeln und Zimbeln, hie und da ein Lachen.

»Was hast du da in der Hand?« Rückwärts robbte er tiefer in die Kissen. Sah das Messer, wollte aufspringen, aber er kam einfach nicht schnell genug auf die Füße. Die Trommeln und Glöckchen unten wurden lauter.

»Ist das alles?«, fragte Sophia kokett. Nach einem lächerlich simplen Zug schob sie aufreizend langsam einen der Türme ihres Gegenübers vom Schachbrett. Geräuschlos sank die Figur in den arabischen Teppich, auf dem bereits andere Figuren, umringt von bunten Kissen, vor dem flachen Spieltisch lagen.

Piero schaute dem Turm sehnsüchtig nach. »Meine Liebe. Ich wünschte, du fändest eines Tages deinen Meister.«

Sie lachte verhalten. Durch den dicken Vorhang, mit dem der Eingang zum Zimmer verhängt war, säuselten die Flötentöne. Gelächter, Stöhnen und Seufzen klangen nur gedämpft. Sophia wischte ihren dunklen geflochtenen Zopf von der Schulter und erwartete seinen nächsten Zug, als Elise durch den Vorhang stürzte.

»Signora«, keuchte sie. »Da oben ist … Signora.«

»Langsam, Mädchen.« Mit zusammengezogenen Brauen beobachtete sie Elises Tanz mit dem Vorhang. Endlich stand das Mädchen im Raum und Sophia erschrak. »Kind, du siehst aus, als hättest du einen Geist gesehen. Setz dich her!«

Mit der Hand tappte sie auf eines der Kissen, aber Elise, die sich notdürftig in ein überdimensioniertes Seidentuch gewickelt hatte, schüttelte aufgeregt den Kopf. »Nein, da ist … oben …«

Piero reagierte auf Sophias Mienenspiel und gab die lässige Position vor dem Schachbrett, halb auf der Seite liegend in die Polster gestützt, auf, um Elise seinen Wein hinzuhalten. Sie nahm das Angebot an, aber ehe sie den Wein hinunterstürzte, schaute sie zu Sophia, die auffordernd nickte. Elise trank gierig, wischte sich mit dem Handrücken über den Mund und brachte einen vollständigen Satz zustande. »Guido LeFerte ist tot.«

Zuerst verdutzt, klopfte sich Piero lachend auf den steinharten Bauch und meinte LeFertes Wampe. »Hat er sich verausgabt, was?«

Sophia hob die Hand. »Das ist überhaupt nicht lustig, mein Herz. Kollabierende Freier werden einem gerne als Mord ausgelegt.«

»Nein«, quietschte Elise. »Er lag da schon, als ich ins Séparée kam. Blut. Da ist überall Blut.« Mit bebenden Schultern verbarg sie ihr Gesicht in den Händen. Sophia tupfte sich die Stirn mit einem Tuch. »Du lieber Gott«, hauchte sie. Dann: »Elise, geh und hol Umberto! Los.«

Schwankend taumelte Elise hinaus.

»Stadtwache würde Ärger bedeuten?« Piero schaute die Hausherrin fragend an. »Vielleicht lässt du deine Verbindungen spielen und schickst einen Sklaven mit einer Nachricht direkt zum Grafen von Oria.«

Nachdenklich schüttelte sie den Kopf. »Du brauchst nicht so ein gequältes Gesicht zu machen, bloß, weil du ihn erwähnst. Wir stehen nicht in regelmäßigem Kontakt. Da ist was anderes, was mich …« Sie federte hoch. »Etwas stimmt nicht.«

»Was meinst du.« Er stand auf und strich sich die Tunika glatt.

»Ich hatte einen sinnlichen Abend bei Cyrus, dem Tuchhändler, organisiert.« Sie gestikulierte exaltiert mit der Hand. »Weil einer der Herren brutal geworden war, war ich anderntags mit Umberto dort. Mir fiel auf, dass er viele Gäste hat, und einer der Gäste ist eine Frau.«

»Na und?«

»Eine Frau, die ich auf dem Markt am Vortag in Begleitung des Nicos' gesehen hatte. An eine Hauswand gedrängt und tuschelnd. Beide sahen gleichermaßen gehetzt aus. Papier wechselte den Besitzer. Als sie sich trennten, blickten sie dauernd über die eigene Schulter.«

»Was hat LeFerte damit zu tun?« Piero schlenderte an das Regal an der Wand mit dem Silbertablett, auf dem die Weinkaraffe von frischen Gläsern flankiert wurde. Er goss sich einen sauberen Pokal voll.

»In den letzten Wochen war er mit Nicos ...«

»Dem Arzt.«

»... und Cyrus ...«

»Dem Tuchhändler.«

»Ja ja. LeFerte und der ominöse Gast des Cyrus waren häufiger hier. Bevor sie sich ein Mädchen aussuchten, hockten sie beim Wein, gaben vor zu würfeln, und steckten die Köpfe zusammen. Und plötzlich ...« Sie streckte einen Finger aus. »Wird die Tochter des Nicos' ermordet.«

»Mach mir die Freude und sprich das Wort Verschwörung gar nicht erst aus.«

Sie hob die schmal gezupften Brauen. »Warum denn nicht?«

Mit einem Knall setzte er den Pokal auf dem Möbel ab. »Weil man rascher zu den Verdächtigen zählt, als man das Vaterunser beten kann, und du weißt, dass der Herzog und ich keine Freunde sind. Ich werde dich nicht schützen können.«

»Das weiß ich doch.« Sie winkte ab. »Aber etwas muss ich tun. Etwas ... ha!«

Umberto rauschte mit besorgter Miene herein und rannte gegen eine der vier Öllampen, die an dicken Ketten von der Decke baumelten. »Ah. Moment.« Er hüstelte. »Eindeutig ermordet. Mit einem Messer.«

»Die Waffe?«, wollte Piero wissen.

»Ist so gut wie weg, Herr. Sie steckt noch in ihm.«

»Weg muss auch der Leichnam«, befahl Sophia.

»Ich kümmere mich darum, Herrin.«

Sie rieb sich die Nase. »Warte. Ich habe eine Idee. Lass dir von Lupo helfen. Schafft LeFerte durch den Hintereingang auf einen Eselskarren. Deckt ihn gut zu. Wohin ihr ihn bringt, erklär' ich dir später.«

Diensteifrig enteilte Umberto wieder.

»Lupo?«, fragte Piero.

»Ach.« Sie fächelte sich Luft mit der Hand zu. »Erinnerst du dich an die Schlägerei letztes Jahr, als einer der Kunden nicht zahlen wollte?«

»Der, dem mein Knappe den Knüppel an die Stirn …«

»Genau. Seither ist er irgendwie leer, kann kaum noch denken, aber er eignet sich famos für körperliche Arbeiten.« Sie zuckte belustigt die Achseln. »Seine Familie wollte ihn nicht zurück.«

»Was hast du vor?«

»Ich gebe der Zitadelle ein Zeichen. Es stimmt, was du sagst, Beweise habe ich nicht. Ich vermute nur etwas. Und doch … Sie sollen wachsam sein, ehe jemand zu Schaden kommt.«

Ihr Blick blieb an ihm hängen. »Ach, Piero.« Sie tänzelte zu ihm, ließ sich in der Taille umfangen, strich ihm übers Kinn. »Guck doch nicht so.«

»Sie hat mich rädern lassen wollen, die Herzogin. Mich. Einen Edlen.«

»Du warst an einem Verrat beteiligt.«

»Ich hab' mich überreden lassen, und kann froh sein, dass ich noch lebe und nicht viel Land verloren habe«, grollte er. »Passiert mir so schnell nicht wieder.« Er gab sie frei und verschränkte die Arme vor der Brust. »Ich vergesse so schnell nicht, dass sie grausamer ist als ihr Mann. Das Rädern …«

»Nein.« Sie hielt ihm den Zeigefinger genau vor die Augen. »Über deine verletzten Eitelkeiten diskutiere ich nicht. Es ist ewig her.«

Am Vorhang grunzte jemand. Sie wandten sich um. Umberto schob Lupo in den Raum.

10
Jocelin

Obwohl ich genügend Stoff zum Grübeln hatte und ich es als Habenichts gewohnt war, im Stroh zwischen den anderen besitzlosen Männern des Schwertes zu schlafen, hatte mich das rhythmische Rauschen der Wellen, die unterhalb der Festung gegen den Felsen brandeten, in den Schlaf gewiegt.

Ein sachter Tritt mit der Stiefelspitze riss mich unsanft aus den Träumen. Zuerst murmelte ich einen Protest. Der nächste Stoß war brutal. Erschreckt schoss ich hoch und blinzelte schläfrig in das im Zwielicht fein konturierte Gesicht meines Erzeugers. Maniert zeigte er zum Ausgang der verlausten Gemeinschaftsunterkunft, raunte irgendetwas, was wie große Eiche klang und stolzierte von dannen.

Irritiert schraubte ich mich hoch. Hoffte, mich nicht verhört zu haben. Ersehnte mir förmlich, dass er die gewaltige Eiche bei den Raubvogelkäfigen meinte, unter deren ausladendem Laubdach ein großer runder Tisch, eine Bank und zwei grob gezimmerte Holzstühle standen. Der Ort flößte mir Ehrfurcht ein. Nie habe ich dort jemand anderen als den Herzog und Mitglieder seines innersten Zirkels sitzen sehen.

Dort hatten Debatten stattgefunden und Intrigen ihren Lauf genommen, die die Normannenherrschaft festigten.

Dort waren Entscheidungen getroffen und Befehle erlassen worden. In gewisser Weise war es ein intimer Ort.

Während ich mir mit den Fingern das Haar ordnete, ein paar Strohhalme von den Beinkleidern klaubte und loslief, dachte ich darüber nach, was der Treffpunkt für mich zu bedeuten hatte.

Es war vielleicht eine Stunde vor Sonnenaufgang, und die Luft lag mir wie eine warme Decke auf den Schultern. Oben auf den Wehrmauern hörte ich zwei Wachleute streiten, aber viel war noch nicht los. Bei den Raubvogelkäfigen blieb ich stehen. Ich hatte mich nicht verhört. Lässig saß Vater in einem der beiden vom Tisch abgesetzten Stühle, die langen Beine ausgestreckt und an den Knöcheln überkreuzt, in einem blütenweißen persischen Hemd, und wie immer wie aus dem Ei gepellt.

Mein Magen flatterte. Es war unprofessionell, aber ich war vergnügt. Jedenfalls hielt ich das, was ich fühlte, für Vergnügen, als ich, nicht weniger lässig, auf die lange Bank unter der Baumkrone glitt. Am Vorabend, nach Tristans Verhör, hatte ich dem Grafen Bericht erstattet, und da war er kühl wie immer gewesen. Auch jetzt legte er den Mantel aus Distanz nicht ab, aber zum ersten Mal schoss mir der Gedanke durch den Kopf, dass sie seine Attitüde war. Die Distanziertheit. Bestand die Möglichkeit, dass sie nur wenig mit mir zu tun hatte?

Ich scheuchte den Gedanken weg. Mit Vater unter dem Baum sitzen zu dürfen, war eine Einladung. Mit einer seiner schlanken Hände wies er auf das Tablett. Ich fischte mir einen vollen Weinkelch herbei.

»Wir sind uns einig, dass Tristan nichts mit der Verschwörung zu tun hat«, sagte er unvermittelt.

Ich nickte.

»Das Problem mit dieser Verschwörung ist, dass unser Fürst sie nicht ernst zu nehmen gedenkt«, sprach er weiter.

Auch hier nickte ich und griff nach einer gesüßten Feige aus der silbernen Schale neben dem Tablett. Weil der große Graf aber darauf schwieg, verzichtete ich vorerst auf den Genuss und setzte an, meine Einschätzung der Lage zu schildern.

»Annas Ermordung hängt mit Liebschaften und Eifersucht zusammen. Allen Beteuerungen, Annas Sittlichkeit betreffend, zum Trotz hatte sie eine Reihe von Liebhabern.« Bedauernd hob ich eine Schulter. »Sie konnte nur so enden. Ich werde mit den LeFertes reden. Sie tauchen überall auf. Vor allem gilt es, den Weg des Schmuckstücks zu verfolgen, das Tristan unter, nun sagen wir, unwürdigen Umständen erworben hat.«

Mich streifte der Gedanke an die offene Rechnung für das Juwel. Der Juwelier rechnete damit, dass der Herzog es bezahlen würde. Was Tristan sich da rausgenommen hatte, war mit dem Wort Betrug beschönigend umschrieben. »Wenn ich weiß, wie die Kette an den Hals der toten Anna geriet, habe ich den Mörder.«

Endlich biss ich in die Feige. Kauend wartete ich auf die Reaktion meines Vaters, aber er schien im Laubdach des Baumes etwas entdeckt zu haben, was seine ganze Aufmerksamkeit in Anspruch nahm, und betrachtete es eingehend. Nach endlos scheinender Zeit wandte er sich mir mit genervt gespanntem Mund zu. »Jocelin. Der Scharfsinn verfolgt dich gnadenlos, aber du bist immer eine Spur schneller.«

Ich zuckte nicht zusammen. Um die Wahrheit zu sagen, war es das Netteste, das er je zu mir gesagt hat. Ich musste wie ein Mondkalb glotzen, denn er setzte sich aufrecht hin. »Ich vermute, wie du, dass der Mord an Anna eine Eifersuchtstat ist«, führte er ungeduldig aus. »Deren Aufklärung mehr Charakterschwächen deines Bruders offenbarte, als ich ihm zugetraut hatte, aber das ist eine andere Geschichte.« Er drückte Daumen und Zeigefinger an die Nasenwurzel. In den dunklen Locken, die ihm in die Stirn fielen, schimmerte nicht eine graue Strähne. »Und doch wollte uns Anna warnen. Sie muss Anzeichen für einen Hochverrat, ein Komplott oder dergleichen gefunden haben, vermutlich in ihrem oder im Umfeld einer ihrer Liebhaber. Die Aufrührer sind jetzt aufgeschreckt, und das bedeutet was?« Endlich nahm er die Finger weg, sah mich an und hob mokant eine Braue.

Ich tat es ihm gleich. »Dass es gefährlich geworden ist, herumzuschnüffeln.«

»Korrekt.« Er lehnte sich zurück. »Du wirst nicht umhinkommen, neben dem Mord an der lieblichen Anna, das Komplott aufzudecken. Aber dabei gibt es eine Sache zu bedenken.« Mahnend hob er den Zeigefinger. »Etwas, das mit den Neigungen einer speziellen jungen Dame ...«

»Halt«, warf ich dazwischen. »Ich habe Liliana nicht gebeten, an meinen Ermittlungen teilzuhaben.«

»Das ist mir bewusst.«

Unbehaglich rutschte ich auf der Bank herum. »Und ich wüsste nicht, wie ich es ihr verbieten sollte.«

»Auch das ist mir bewusst«, sagte er verächtlich, doch ich hatte kein Gefühl dafür, wem die Verachtung galt. In einem der Käfige scharrte es, und über uns spitzte die Sonne über die Wehrmauer. »Doch darauf komme ich jetzt«, flüsterte er, derweil er selbst nach dem zweiten Weinkelch griff. Aber er ließ das Ding zwischen seinem Mund und dem Tisch in der Luft schweben, bis er es doch wieder abstellte und beide Arme auf die Tischplatte legte. Unter schweren Lidern guckte er mich an. Obwohl das arrogant aussah, wirkte es, als suchte er nach den richtigen Worten.

Ich hatte ihn nie so lange angesehen. Jetzt, wo ich es tat, drängte sich mir der Verdacht auf, dass er einfach so aussah. Arrogant. Dass er es nie darauf anlegte so zu wirken. Und dass ich auf die Menschen womöglich ähnlich wirkte, weil alle behaupteten, ich wäre sein Spiegelbild, nur eben jünger.

Schließlich hatte er die Worte gefunden. »Unser Fürst, ihr Vater, hat ihr jegliche Einmischung untersagt. Wir wissen alle, dass sie sich über kurz oder lang über das Verbot hinwegsetzen wird. Sie ist wie ihre Mutter.« Er lachte halb verzweifelt auf. »Du hast keine Ahnung, was wir mit Sichelgaita von Salerno mitgemacht haben, bis sie endlich Robert Hautevilles Gemahlin werden konnte. Ich war damals Hauptmann der Burgwache, als ihr Vater, der große Gaimar, hier herrschte, und sie nicht mehr als ein ungezogenes Kind war.« Er rieb sich über den Mund. »Was immer es an Intrigen aufzudecken gab, an Verrätern zu stellen und Mördern zu verfolgen, sie hing am Zipfel meines Waffenrockes und bereitete mir mit ihrer Impulsivität und Tollpatschigkeit Kummer und Verdruss.«

Er lächelte so versonnen, als wäre das gar nicht so ärgerlich gewesen. Dann richtete er sich auf und seine Stimme klang ernster. »Du wirst Lily nicht von den Ermittlungen, und somit nicht von der Gefahr fernhalten können. Wir wissen, dass du scheitern wirst, wenn du es versuchst, aber mit einem wirst du nicht scheitern. Damit, sie zu schützen.«

Er sah mich an, als wäre ihm klar geworden, wie nah die Formulierung an eine Drohung gereichte. Seltsam, das hatte ihn bisher nie gejuckt, doch nun wollte er es abschwächen, indem er sagte: »Nicht nur, weil sie Roberts Tochter ist. Oder die Verlobte deines Bruders.«

Sondern, weil ich sie liebe, wollte ich trotzig einwenden, aber ich blieb still. Mein Herz war in Aufruhr. Er hatte den Herzog in meinem Beisein sogar beim Vornamen genannt. Ich erwartete nicht, auch nur ein Wort rauspressen zu können, aber ich überraschte mich. »Ich werde auf sie aufpassen.«

»Kein Zweifel, dass du es vermagst«, meinte er lapidar. »Es musste gesagt werden, aber zurück zu diesem Mord. Was wirst du als Nächstes tun?«

Wie aus einem Traum gerissen kam ich zu mir. »Mit Plaisance LeFerte wegen Tristan reden und natürlich mit ihrem Gemahl Guido. Mir schien, als würde er die kleine Anna kennen. Beiden gegenüber werde ich die Kette erwähnen. Mal sehen, wie sie reagieren.«

»Den Eindruck, dass er sie kennt, hatte ich auch.« Er drehte den Pokal in den Händen. »Als ihr Liebhaber? Ihr Mörder?«

»Möglich«, räumte ich ein. »Und da ist dieser Legat, der ihn sprechen will.«

»Große Güte, ja«, zischte Vater, der kein Freund der Kurie war. »Er suchte gestern den halben Tag nach Guido und ist noch immer nicht abgereist.«

»Es heißt, er wäre in einer Angelegenheit hier, die Guido LeFerte persönlich betrifft.«

»Zweifelsohne, aber er bläst sich auf. Ein Legat ist nicht mehr als ein Bote. Kleine Leute mit kleiner Macht haben stets etwas Bösartiges an sich.«

»Wisst Ihr, um was es geht?«

Er hob eine Schulter. »Keine Ahnung. Er sagt es ja nicht mal Plaisance. Wenn er Guido nicht findet, wird er es dem Herzog offerieren. Oder wir füttern ihn bis Weihnachten durch.«

Mit zusammengepressten Lippen nickte ich. In mir keimte ein Verdacht. Seit der zahlreichen Exkommunikationen Robert Hautevilles vor einigen Jahren ist kein Papst ein Freund unseres Herzogs. Die Lage war verzwickt. Der Streit zwischen der Kurie und dem Heiligen Römischen Reich über die Besetzung von Kirchenämtern war eskaliert, der Kaiser mehrfach mit Truppen nach Rom marschiert. Unser Herzog war der Vasall des Papstes, hatte aber seine Lehnspflicht verletzt und hat ihm nicht beigestanden. Zeitgleich traf damals den Kaiser und Robert der Bannstrahl, aber nur Heinrich hatte sich erniedrigt, um in den Schoß der Kirche zurückkehren zu dürfen. Demütig war er nach Canossa gepilgert. Robert Hauteville hingegen hatte Salerno erobert.

Ein Kirchenbann juckte ihn nicht. Es kratzte auch keinen seiner Barone, sie gehorchten ihm trotzdem. Fassungslos hatte ihn der Heilige Vater ein zweites Mal gebannt. Wieder geschah nichts. Sah man davon ab, dass wir mit wehenden Fahnen Salerno in Besitz nahmen. Der Papst war gedemütigt, und der Herzog von Apulien und Kalabrien hatte lange nichts getan, um zu deeskalieren. Später war es nur Desiderius, dem Abt des Klosters Monte Cassino, zu verdanken gewesen, dass sich diese Patt-Situation auflöste. Davor aber hatte es diesen Anschlag gegeben. Ich räusperte mich und tastete mich vorsichtig vor. »Vielleicht ist es anmaßend, einen solchen Verdacht auszusprechen, aber …«

»Wenn du einen Satz so beginnst, wird es anmaßend sein.«

Ich sah ihn flehentlich an und er bedeutete mir ungeduldig, zu reden.

»Also, vielleicht ist es anmaßend, aber damals, als unser Herzog einem Giftanschlag darniederlag und es lange so ausgesehen hatte, dass er sich nicht erholt, äh …«

Mit einer rudernden Handbewegung forderte er mich auf, weiterzureden.

»Da war er doch exkommuniziert.«

»Zu allem Überfluss hatten wir auch noch Benevent belagert, wo sich der Heilige Vater aufhielt«, lachte der Graf trocken.

»Ja, und ich dachte …« Puh, war das schwer. Ich kannte die Geschichte nur teilweise, erinnerte mich aber an einen Streit

zwischen Vater und der Herzogin, während der Herzog im Siechen-
bett lag, und bei dem es darum gegangen war, dass sie, im Angesicht
seines Todes, die Barone auf ihren Sohn einschwören lassen wollte.
Ich sammelte mich und brachte es raus. »Ich dachte, dass Rom hinter dem Anschlag damals stecken könnte.«

Der Graf musterte mich interessiert. »Tatsächlich hat der Heilige
Vater unserer Herzogin ein Kondolenzschreiben zukommen lassen,
als Robert noch lebte.«

Ich zuckte zurück. »Nein.«

»Doch, doch.« Er schüttelte versonnen lächelnd den Kopf. »Ich
wäre gerne dabei gewesen, als er das Antwortschreiben gelesen hat,
das Robert selbst verfasst hatte.«

Ich musste lachen, obwohl es nicht angemessen war, und zu meinem größten Erstaunen lachte er mit mir. »Ich sehe, der Scharfsinn
hat dich eingeholt.« Er zwinkerte mir zu, und beendete die Ver-
trautheit. Als er aufstand, klopfte er mir die Schulter. »Du kennst
Emma?«

»Die Zofe?«

»Ich habe ihr einige Tuniken und Beinkleider rausgelegt, die sie
für dich gewaschen hat. Geh dir die Sachen holen. Passen werden
sie dir, und einem Bevollmächtigten des Herzogs stehen ordentliche
Kleider gut zu Gesicht.«

Obwohl in seinem Blick ein angeborener Verdruss wohnte,
blitzte er vergnügt. »Gute Stiefel hast du ja schon.«

Dann marschierte er zum Turm. Mir stand vor Aufregung der
Schweiß auf der Stirn. Zum ersten Mal hatte ich das Gefühl, einen
Vater zu haben.

In der Wolke meiner lächerlichen Ergriffenheit wankte ich zum
Hauptturm, um die Gemächer der Orias aufzusuchen. Erst, als
ich auf der Treppe gegen eine Wand lief, kam ich halbwegs zur

Besinnung. Natürlich war es keine Wand. Ich rannte schlicht in Boemund hinein, den ältesten Sohn unseres Herzogs. Im Vorbeigehen klopfte er mir lachend derart gegen die Schulter, dass ich beinahe wieder unten an der Treppe ankam, ohne die Beine dazu benutzt zu haben, aber ich stützte mich rechtzeitig am Gemäuer ab. Ich kannte ihn wenig, obwohl er, wie ich, bloß ein Bastard war. Uns unterschied, dass er von seinem Vater mit Kameradschaft und Vertrauen überhäuft wurde. Das lag vermutlich daran, dass er nicht das Ergebnis einer belanglosen Liebschaft war. Mit Boemunds Mutter war unser Fürst verheiratet gewesen, bis es ihm sinnvoll erschienen war, seine Herrschaft durch die Ehe mit einer Lombardin zu festigen. So waren damals Sichelgaita und ein Dispens ins Spiel gekommen.

Wie der zustande gekommen war, wollte ich gar nicht wissen. Irgendwer dürfte dem Heiligen Vater so lange die Schwertspitze an die Stirn gehalten haben, bis der bemerkt hatte, dass die Eheleute Hauteville zu eng miteinander verwandt waren. Vermutlich hatte mein Vater diese Waffe geführt. Er war der Neffe eines Kardinals und dieser Kardinal war Furcht einflößend, obwohl er inzwischen nicht mehr als ein Greis war, der nicht daran dachte, den Schritt ins Jenseits zu tun.

Moment!

Schlagartig blieb ich stehen und lehnte mich an die kühle Steinmauer. War es nicht so, dass Männer in Frauenkleidern, wie Lily Kirchenmänner abfällig nannte, ihre Bastarde Neffen und Nichten nannten?

War Vater am Ende nicht besser als ich?

Dass ich so wenig über die eigene Familie wusste, machte mich ganz benommen. Ich stieß mich von der Wand ab und strauchelte durch die offene Tür des Gemaches. Dort sah ich etwas, was mich endgültig von meiner Wolke der Seligkeit katapultierte. Lily stand, von der Morgensonne beleuchtet, vor dem großen Bogenfenster. Ihr Haar schimmerte wie Kupfer. Das aufwändig verzierte, safranfarbene Seidenkleid mochte hochgeschlossen sein, doch es schmiegte sich ungehörig an ihren Körper. Daran änderte auch die zweite Lage Seide nichts, der lange Mantel mit den aufgestickten Pfauen. Es war hübsch anzusehen. Doch was mich nadelspitz stach, war die Art, wie ihr Verlobter bei ihr stand. Sie wirkten vertraut miteinander, was man einem künftigen Ehepaar ja wünschte, aber ein Teil von mir weigerte sich, die Verbindung zu akzeptieren. Dass die Frau, für die ich mein Leben gäbe, ausgerechnet ihn heiraten würde, raubte mir einen Freund.

Rasch schaute ich zur Seite und entdeckte Emma, die auf einem Stuhl sitzend mit Flickarbeiten an einem Beinling befasst war. Sie betrachtete die Herrschaften von edlem Geblüt frostig. Von der Bescheidenheit Bediensteter keine Spur. Unsere Blicke trafen sich.

»Jocelin«, sagte sie.

Es war wie ein Weckruf, die Turteltäubchen stoben auseinander.

»Hier sind die Sachen.« Emma deutete auf einen säuberlichen Berg Plünnen auf der Truhe und taxierte mich, als unterzöge sie mich einer Prüfung. »Eine Rasur wäre nötig.«

Mit der Hand schabte ich mir übers Kinn. »Gefalle ich dir dann besser? Dann wird es mir eine Ehre sein.«

Was mach ich hier, ich Idiot?

Mit Emma flirtete man nicht. Es war schwer zu erklären, aber es verbat sich einfach. Deshalb grenzte es an ein Wunder, dass sie hell auflachte. »Ich lass dir heißes Wasser bringen.«

Sie legte die Handarbeit aufs Bett und schritt von dannen. Ob Liliana hinter ihr her stapfte, weil sie was von ihr wollte?

Keine Ahnung, aber bevor sie aus der Tür huschte, streifte mich ihr zorniger Blick.

Sebastien schaute beiden Frauen nach. »Ihr Vater hat ihr den Schmuck geschenkt«, sagte er in gespielt resigniertem Tonfall, bevor er sich rücklings auf das riesige Himmelbett fallen ließ. »Einfach so.«

»Annas Kette? Das bedeutet ja nicht, dass der Juwelier sein Geld bekommt.« Ich trat mir die Hosen von den Beinen, nahm mir von der Truhe eine aus weichem, hellbraunem Wildleder, die vortrefflich zu den Servalstiefeln passen würde, und schlüpfte hinein.

Sebastien grunzte. »Natürlich nicht. Aber er wird nichts zu fordern wagen.«

Ich hatte keine Lust, über Lily, das Juwel und das, was ich eben gesehen hatte, zu reden, obwohl ich Sebastien gerne an seinen Fehltritt erinnert hätte. Ich schlüpfte in eines von Vaters ausgemusterten persischen Hemden. Die Seide fühlte sich verführerisch an. »Was ist mit Tristan?«

Sebastien ließ sich auf die Ellenbogen gleiten. »Ist noch im Loch. Die Herzogin meinte, es würde ihm nicht schaden. Wahrscheinlich hat sie recht.«

Belustigt schnaubte ich, aber Sebastien sah mich unergründlich an. »Was?«, wollte ich wissen.

»Gar nichts, Jocelin. Es ist bloß unheimlich. Du siehst aus, wie Vater ausgesehen haben muss, als er jung war.«

Ich war peinlich berührt, denn es fühlte sich an, als würde ich dem einzigen legitimen Sohn damit etwas stehlen. Ich wiegelte ab. »Tut mir leid. Ist bloß Zufall.«

Er lachte wieder und schwang sich auf die Füße. Erschrocken versteifte ich mich, als er mich brüderlich in die Arme schloss.

»Wenn Du meine Hilfe brauchst, gib Bescheid«, hörte ich ihn rufen und dann war er weg.

Was soll das, Sebastien? Warum machst du es mir unmöglich, dich zu verachten?

Frisch rasiert, neu gekleidet und parfümiert eilte ich in die große Halle. Ich hoffte, dort jemanden zu treffen, der wusste, wo ich irgendeinen LeFerte fand, egal ob Mann oder Weib. Meine Vorfreude hielt sich in Grenzen. Der Baron war ein heuchlerisches Arschloch. Wenigstens hockte dort drinnen Plaisance LeFerte, allerdings mit vor der Brust verschränkten Armen und wütend funkelnden Augen. Lily thronte in einem Lehnstuhl ihr gegenüber und hatte offenbar schon mit der Befragung angefangen. Als sie mich eintreten hörte, wirbelte sie zu mir herum.

»Sie wagt es, mir die Antworten zu verweigern!« Erregt fuchtelte sie mit beiden Händen in Plaisance Richtung. »Mir! Der Tochter des Herzogs!«

»Die nicht mehr als ein Kind ist«, schnappte die Baronin. »Und soweit ich weiß, nicht mit der Aufklärung der Tragödie betraut.« Sie stand auf, wanderte zum Fenster und sah hinaus. Möwen glitten kreischend über den azurnen Himmel. Ich ließ die Frau nicht aus den Augen. Plaisance LeFerte war eine reife, ansehnliche Person, die das mit ihren Bewegungen zu untermalen verstand. Ihr wiegender Gang war zugleich würdevoll und provokativ. Ich wünschte, Lily würde verschwinden. Aber ich wusste, wie vergeblich es wäre, sie darum zu bitten.

»Ich hingegen bin ich dazu ermächtigt«, kam ich umstandslos zum Thema. »Tristan behauptet, dass Ihr ihm in der Tatnacht Avancen gemacht habt.«

Sehr langsam drehte sie sich um, und betrachtete mich prüfend. »Das behauptet er?«

»Ihr hattet eine Liebschaft?«

»Er wurde zudringlich.«

Mit wiegenden Hüften schritt sie zur großen Tafel und klaubte sich einen Traubenkern aus der Silberschale, den sie sich reichlich lasziv in den kirschroten Mund schob. Lily bebte vor Zorn. Plaisance Gehabe war nichts als eine dramatische Aufführung.

»Das klingt mysteriös«, sagte ich.

Die Baronin seufzte theatralisch. »Ich hatte ein besseres Benehmen von ihm erwartet, aber er enttäuschte mich. So trennten wir uns früh, sodass ich den restlichen Abend mit den anderen in der Halle beim Festmahl zubrachte.«

Das musste ich überprüfen, denn wie gesagt, war mein Rang zu gering als dass man mich auf ein Festmahl einlud. Aber ich kaute auf der Tatsache herum, dass Tristan für jene Nacht keinen Zeugen hatte, der seinen Aufenthalt belegte, und somit als Täter nicht auszuschließen war.

»Die Kette«, hakte ich nach. »Habt Ihr sie schon mal gesehen?«

Dame Plaisance' Blick huschte zu Lilys, die das Schmuckstück umliegen hatte, als wäre es für sie bestimmt gewesen. . »Nein.«

In diesem Augenblick stieß jemand die miserabel geölten Portale auf. Im Rahmen stand ein Soldat der Burgwache, dessen Gesicht unter dem Helm verschwitzt glänzte.

»Was ist los?«, herrschte ich ihn an.

»Wir haben eine Leiche.« Besorgt beäugte er Plaisance. Dann wieder mich. »Aber das ist verzwickt.«

Genervt hob ich eine schmale Braue. »Was zum Teufel heißt das? Geht das weniger kryptisch?«

»Wie du willst«, sagte er gedehnt. Wieder schaute er zu Plaisance. »Es ist Guido LeFerte. Man hat ihn bei Sonnenaufgang nackt im Garten des Arztes gefunden.«

Ich pflanzte meinen Arsch auf die Tischkante. »Wundervoll. Weiter.«

»Der Medicus sagt, er weiß nicht, wie der da hingekommen ist. Hat ,nen Kerl bei der Leiche erwischt.«

Ich rieb mir die Stirn. »Wo sind denn jetzt alle?«

»Im Haus des Medicus. Unter Bewachung. Der Medicus verlangt, den Herzog zu sprechen.«

»Der ist in Amalfi«, sagte Lily spitz, »und hat Besseres zu tun.«

»Dann den Grafen.« Womit der Soldat meinen Vater meinte. »Oder die Herzogin. Ist mir egal. Ich sag' nur, was er schreit. Wir haben alle festgesetzt und warten auf Befehle. Weil das was mit dem Mord zu tun hat, hab ich gedacht, ich sag dir Bescheid.«

Von unten her sah ich Plaisance an. Sie wirkte weder geschockt noch erschüttert.

»Ich komme gleich.«

»Ich komme mit!« Unter Lilianas schrillem Schrei zuckte ich, auf dem Weg, mein Pferd in Empfang zu nehmen, zusammen.

»Principessa, ich weiß, wie Euer Vater zu dieser Angelegenheit steht ...«

Sie hackte mehrmals mit der Handkante in die Luft. »Der ist nicht da! Es gibt nichts, was du würdeloser ...«

»... Bastard dagegen tun kannst. Ich weiß, Principessa. So lasset Eure Stute satteln. Ich übe mich in Geduld. Aber es beglückte mein Herz, zu erfahren, womit ich die zarte Blume, die Ihr seid, verärgert habe.«

Einen Augenblick wippte sie auf den Fußballen und wirkte, als würde sie mir eine Antwort geben. Aber dann schnellte sie herum und befahl lautstark einen Stallburschen herbei, den sie mit Befehlen überhäufte. Als sie sich wieder zu mir herumdrehte, verneigte ich mich vor ihr so tief, dass ich meinem Körper einen rechten Winkel abzwang. Das sah zwar sehr sportlich aus, brachte mir aber einen gewaltigen Tritt gegen das Schienbein ein. In Wahrheit erheitert, zischte ich vor Schmerz.

Hinter mir lachte jemand. Als ich mich umsah, war da mein Vater, der mit der Herzogin bei einer Raufe stand. Beide grinsten breit. Sichelgaitas Wangen spannten so, wie sich die Lachfalten um die tiefschwarzen Augen meines Vaters vertieften. Seltsam vertraut wirkten die beiden. Schnatternde Gänse watschelten um sie herum, aus der Schmiede zischteRauch aus der Esse, der Falkner lief mit einem verkappten Tier auf dem Arm an ihnen vorbei, und es erschien mir, als gehörten beide nur hierher. Sie waren eins mit dieser Zitadelle.

In ihrem Fall ergab der Gedanke Sinn. Sie war die Tochter Herzog Gaimars und hier aufgewachsen. Nebulös fragte ich mich, ob die zwei sich auf irgendeine verquere Art mochten, und ihr ewiger Zank etwas anderes als Abneigung zu bedeuten hatte. Ich kam nicht mehr dazu, den Gedanken weiterzuspinnen, denn Lilys Pferd wurde gebracht. Galant wollte ich ihr in den Sattel helfen, was sie mit einer Abfolge von Schlägen auf meine bereit gehaltenen Hände quittierte. Ich kapitulierte. Stumm saß sie auf, und als der Soldat hinzukam, der die Nachricht überbracht hatte, ritten wir los.

»Wie ist er ermordet worden?«, fragte ich ihn.

»Sieht aus wie bei Anna«, brüllte er gegen den uns begleitenden Heidenlärm. Denn wieder eskortierte uns die fürstliche Leibwache, die anscheinend jetzt zu meiner Grundausstattung gehörte. In letzter Sekunde vor dem Aufbruch hatte ich lediglich die Kesselpauken und Fanfaren verhindern können.

Vor dem Haus bellte ich Befehle. »Sichert die Zugänge und sorgt dafür, dass niemand das Haus verlässt oder betritt.«

Einer der Gardisten salutierte vor mir und rannte scheppernd davon. Somit war ich sie los. Ich war mir nämlich nicht sicher, ob sie mehr zuwege brachten, als uns den Weg zu bahnen.

Ich stieg ab und war schon beinahe im Haus, als ich bemerkte, dass Lily auf ihrem Pferd sitzen blieb und rannte pflichtschuldig zurück, um ihr aus dem Sattel zu helfen. Im Halbdunkel des Eingangsbereichs meinte sie dann schnippisch: »Ich fand ja immer, dass Emma prima zu dir passt.«

Ich blinzelte irritiert. »Emma?«

»Ach, nur so.« Mit hochgerecktem Kinn stolzierte sie in die Wohnhalle. Ich lief ihr kopfschüttelnd nach.

Und da watschelte uns Nicos auch schon händeringend entgegen. »Ich verstehe das nicht«, winselte er direkt drauflos. »Als ich Geräusche aus dem Garten hörte und nachsah, lag LeFerte tot neben dem Wasserbecken. Nackt!« Seine Stimme schraubte sich hysterisch in die Höhe. »Der Kerl, der dabeistand, wirkte überrascht. Ich habe ihn auf frischer Tat ertappt.«

»Das ist einer der Haken an dieser Geschichte«, meinte der Soldat lakonisch und schabte sich geräuschvoll über die Bartstoppeln. »Du musst ihn dir ansehen, Jocelin. Ein Riese. Geölte Muskeln, Narben im ganzen Gesicht. Hat wohl mal Krätze gehabt.«

»Der böse Watz«, murmelte ich, während ich die Blicke schweifen ließ.

»Keine Ahnung, wie ich mir vorstellen soll, dass der hier ...« Die schwielige Soldatenpranke zuckte zu Nicos.

»Das sehen wir ja dann.« Entschlossen pilgerte ich in den sonnenüberfluteten Garten. Al-Hawas, bei der Leiche kniend, blickte auf und kam auf die Füße. Ich sah mir den Toten an. Guido LeFertes von zahlreichen Gelagen aufgedunsener Körper lag nackt auf der Wiese. Er stierte mit weit geöffneten Augen in den Himmel, als suchte er oben nach etwas und wirkte überrumpelt. »Kein Blut.« Knapp wies ich auf ihn. »Und keine Kleider. Er wird nicht hier ermordet worden sein.«

Al-Hawas zeigte mir beim Lächeln eine Zahnlücke im Oberkiefer. »Gut erkannt, junger Herr. Dieser hier wird ihn hergeschleppt haben. Die Frage ist nur, in wessen Auftrag und warum.«

Als ich den dröge herumstehenden Muskelprotz in Augenschein nahm, sog ich zischend Luft ein. Den Kerl, umringt von einigen Wachsoldaten, würde ich nicht zum Freundeskreis zählen, und doch erkannte ich ihn. Bloß war ich gehemmt, es in Lilys Gegenwart zuzugeben. Sie stand mit angewiderter Miene neben mir und beäugte den korpulenten, bleichen Körper des toten Barons schräg. Dabei rieb sie sich den Nacken, als litte sie Schmerzen. Ich hatte eine Idee, wie ich sie loswerden konnte. »Jemand soll die Mitglieder des Haushalts befragen, ob sie etwas gesehen oder gehört haben.«

Sofort sprang sie drauf an. »Das mache ich.«

Ich wartete, bis ich ihren wehenden Rock im Inneren des Hauses verschwinden sah, dann fragte ich: »Wie ist er zu Tode gekommen?«

»Seht her.« Hawas ging in die Hocke und hob den Leichnam ein Stück an. Aus der Schulter ragte der Griff eines Kurzschwertes. »Verstehe.«

Mein Blick huschte flink zu dem Schlägertyp, der belämmert dabeistand. »Er ist auf dieselbe Weise getötet worden wie Anna, nur hier hat der Mörder die Waffe im Leib gelassen.«

»Seine Hände weisen keinerlei Spuren eines Kampfes auf. Er muss den Mörder gekannt haben.«

»So sieht es aus.«

Ich drehte mich zu dem Kinderschreck um. »Ich habe eine Idee, wo er getötet wurde.«

Al-Hawas kniff sich zum Zeichen der Ratlosigkeit die Hakennase.

»Dieser hier.« Ich machte zwei Schritte auf den Muskelberg zu und parkte meine flache Hand auf seinem Rücken. »Ist eine Art Mädchen für alles im Hause des Serail.«

»Serail?«

»Ein für exquisite Mädchen bekanntes, äußerst kostspieliges Freudenhaus am Ende der Stadt. Am Nordtor.«

»Oh.« Hawas war erstaunter als der Soldat, der neben dem Gefangenen posierte. Der nämlich grinste breit. »Hab schon davon gehört. Muss man sich nur leisten können.«

Ein wahr gesprochenes Wort, denn ich konnte es mir im Grunde nicht leisten. Und doch war ich der Neugierde erlegen und voller Vorfreude auf die leckeren Mädels und die ungewöhnlichen Sexualpraktiken eines Abend dorthin spaziert. Nichts davon lernte ich an jenem Abend kennen, weil ich in dem Augenblick in Sophia, die Hausherrin, rannte, in dem mich dieser Hohlkopf eingelassen hatte. Die schwüle, duftgeschwängerte Luft kitzelte jetzt noch meine Nase. Die hypnotische Musik, die schemenhaften Bewegungen hinter durchsichtigen Schleiern, all das hatte ich nicht vergessen. Es war eine paradiesische Lasterhöhle, aber die Signora hatte mich so entgeistert angestarrt, als wüsste sie, wer ich war. Auch heute noch war ich ein Unbekannter, aber damals …

Es musste etwa ein Jahr her sein …

Am Arm packte sie mich, zog mich zur Tür, und befahl einen Leibwächter namens Umberto hinzu. Der wenigstens schien hier gerufen zu haben, als der Herr Grips verteilt hatte.

»Bring ihn zur Zitadelle zurück«, befahl sie Umberto.

»Aber …«, protestierte ich.

»Nichts aber«, herrschte sie mich an. Dann wandte sie sich an ihren Knecht: »Sattle dein Pferd, hol seines aus dem Stall und geleite ihn bis zum Tor der Zitadelle.«

Zuerst zögerte der Mann, dann nickte er und enteilte durch die Hoftür. »Und gib ihm die Münzen zurück, die er dem Stallknecht gegeben hat!«, rief sie ihm nach.

An Sophias Schulter vorbei guckte ich sehnsuchtsvoll auf das Sodom und Gomorrha hinter Schleiern und Dünsten.

»Ich …«, kratzte ich raus.

Sie packte mich fest an beiden Oberarmen. »Du wirst dich rettungslos verschulden«, zischte sie.

»Aber ich ...«

»Jocelin!«

Endlich ließ mein Blick von den verrenkten Gliedmaßen und der niedlichen Bauchtänzerin ab, von der ich nur einen Ausschnitt erhascht hatte.

»Hast du einen Spiegel?«

»Ein kleines Stück Bronze«, gab ich blöd zurück.

»Polier es und sieh rein! Geld, das du nicht hast, musst du nicht verplempern für etwas, das du umsonst kriegst.«

»Das ist aber was anderes. Ich ...« Ich schüttelte sie ab, versuchte, wider besseres Wissen an ihr vorbei in die Lasterhöhle zu gelangen, aber erneut packte sie mich bei den Armen. »Du kannst es dir nicht leisten«, zischte sie. »Am Ende schuldest du mir einen Batzen Geld. Ich werde jemanden mit Knüppeln zu dir schicken. Verbeult wirst du deinen Vater um Geld anflehen. Ich sehe es förmlich vor mir.«

Vater anflehen? Der Gedanke schockierte mich derartig dass ich rückwärts zum Ausgang schlingerte. Und da kam schon Umberto, der mir meinen Umhang in die Arme drückte ...

Ich schob die Erinnerung beiseite. Jedes Mal machte sie mich melancholisch. Erst wesentlich später konstatierte ich, dass sie meinen Namen gekannt hatte und wusste, wer mein Vater war.

»Sollen wir ihn einlochen?« Der Soldat rotzte vor Lupos Füße und holte mich in die Gegenwart zurück. Die ganze Geschichte kam mir rätselhaft vor, aber Lupo zu befragen, war sinnlos, der bekam kaum einen Satz fehlerfrei raus. Auf der anderen Seite hatten ihn hier genügend Leute gesehen, es war unmöglich, ihn heimlich im Serail abzugeben.

»Wir nehmen ihn mit«, befahl ich lustlos.

Hawas begutachtete den glänzend kahlen Schädel des Riesen und entdeckte die Delle mit gigantischer Narbe an dessen Stirn. »Ob seine Blödheit mit einem Schlag auf den Kopf zu tun hat?«

»Bestimmt.« Ich wandte mich an die mitgeführte Wache. »Schafft ihn weg!«

Ich würde aus demselben Grund mit Sophia reden müssen, aus dem ich Lupo mitnahm. Es gab zu viele Zeugen, als dass ich sie alle unbehelligt lassen durfte. Bis zu einem gewissen Maß konnte ich versuchen, mich dumm zu stellen. Keinen Boten, erst recht keine Wachleute zu ihr schicken. Ich glaubte, ihr etwas schuldig zu sein, weil sie mich davor bewahrt hatte, mich ins Unglück zu stürzen. Während der Bewaffnete den tumben Toren nach draußen führte, kreuzte Lily den Weg der beiden und kam neben mir zum Stehen.

»Niemand hat was gesehen oder gehört«, ereiferte sie sich.

Ich nahm sie beim Arm und führte sie zum Haus zurück.

»Tristan kommt als Mörder nicht infrage«, sagte ich. »Er ist nach wie vor eingekerkert. «

»Das Ganze mutet seltsam an«, stimmte sie mir zu. »Ich habe die Wachen sagen hören, Guido wäre nicht hier ermordet worden? Glaubst du, Nicos hat etwas mit dem Mord zu tun?«

Mittlerweile standen wir im Kegel des durch die offenen Portale einfallenden Sonnenlichts. Staubkörnchen umtanzten uns. Draußen wartete Nicos, umringt von Bewaffneten, und rang nervös die Hände.

»Ich weiß es nicht, Principessa. Er steckt in was drin oder jemand stellt ihm eine Falle, indem er ihn als Mörder dastehen lässt. Wir müssen herausfinden, wie gut Nicos LeFerte kannte.«

»LeFerte.« Sie rieb sich wieder den Nacken. »Ich weiß nicht, warum er überhaupt in Salerno residierte und nicht in seinem lächerlichen Baronat, bis Vater nach ihm ruft.«

»Dennoch schien er wichtig genug für eine persönliche Nachricht des Papstes.«

»Stimmt, und da kommt schon der Legat. Es hat sich herumgesprochen, wer der Tote ist.«

Wir traten durch die Tür.

Eine von zwei Berittenen flankierte Sänfte quetschte sich durch die Passanten. Ich stöhnte auf, straffte aber die Schulter, um erhobenen Hauptes darauf zu warten, dass sie anhielt. Vielleicht bekam ich raus, was in der päpstlichen Nachricht an den Toten stand. Aber zuerst musste ich die Leute hier loswerden. Den locker herumstehenden, neben ihren Pferden palavernden Gardisten gab ich Befehle. »Bringt den Arzt und den Toren zur Zitadelle! Sie sollen meinem Bruder im Verlies Gesellschaft leisten!«

Bewegung kam in die Mannschaft, Kettenhemden klirrten, und Nicos schrie: »Das könnt Ihr nicht machen! Was maßt Ihr Euch an? Ich bin der Leibarzt der Herzogin! Ich will sofort mit ihr sprechen!«

»Jaja.« Desinteressiert winkte ich ab, den Blick fest auf die Sänfte geheftet, die schwankend zum Stillstand kam. Ein Bewaffneter rutschte tölpelhaft vom Pferd und schob die bestickten Vorhänge zur Seite. Heraus kraxelte umständlich der dürre Legat. Sein Gesicht war stark gerötet, keine Ahnung, ob vor Empörung oder Erschöpfung oder von der Gluthitze. Als er auf uns zu stakste, erhaschte ich mit einem Seitenblick, wie sich Lily erneut den Nacken rieb. »Was ist los, Principessa?«

»Nur Rückenschmerzen«, presste sie heraus.

»Vielleicht solltet Ihr das Näschen nicht immer so hochrecken.«

Ihre grünen Augen sprühten Gift, dann wandten wir uns beide dem päpstlichen Gesandten zu.

»Ist das wahr?«, kreischte er mit hoher Stimme. »Dass der Tote der Baron LeFerte ist?«

Lily rückte so nah an mich heran, dass ich ihren warmen Atem spürte, als sie wisperte: »Ich wusste nicht, dass päpstliche Legaten Kastraten sind.«

Ich unterdrückte ein Lachen. »Dann wäre er dicker.«

Unsere Blicke trafen sich auf eine Weise, die mir in die Knochen fuhr, aber dann erklärte ich dem Legaten, dass das Gerücht den Tatsachen entsprach. Er guckte so pikiert, als wäre LeFerte nur ermordet worden, um ihn zu ärgern. »Dann werde ich die Papiere für den Baron dem Herzog übergeben.«

»Was steht denn drin?«

Ohne mich anzusehen, rieb er sich auf Brusthöhe die Hände. Es waren Hände eines Mannes, der in seinem Leben nie hatte körperlich arbeiten oder sich an der Waffe hatte üben müssen. »Das geht nur den Herzog an.«

»Ich dachte, es wäre eine Privatangelegenheit des Barons.« Ich imitierte den herablassenden Gesichtsausdruck meines Vaters. »Und der ist ja nun dahingeschieden.«

Die Falten in seinem mageren Gesicht gruben sich tiefer. »Dennoch verlangt es die Sitte, dass der Herzog persönlich darüber befindet, ob die Entscheidungen des Heiligen Vaters in die Tat umgesetzt werden.« Er zupfte sich an einem Nasenhaar. »Ich werde die Dokumente beim Herzog hinterlegen.«

Sein Benehmen gab mir den Rest. »Ist das dein Ernst?«, brüllte ich. »Der Mann ist ermordet worden! Vor ihm ein Mädchen, das womöglich seine Geliebte war! Der Brief könnte ein Beweismittel sein!«

Lily zupfte am Ärmel meiner Tunika, als versuchte sie, mir etwas zu sagen. Aber ich funkelte nur den Legaten an, der verschnupft zurückgab, er würde sich von mir nicht einschüchtern lassen.

»Ich bin nur hier, um zu sehen, ob es sich bei dem Toten tatsächlich um den Baron handelt«, sagte er. »Ihr entschuldigt mich.«

Damit stakste er zu seiner Sänfte zurück. Ich brodelte innerlich und war überzeugt, in den Papieren aus Rom das Motiv für den Mord an Anna zu finden.

»Beruhige dich.« Lily drückte mir den Arm. »Es ist doch egal. Wenn die Papiere einmal bei meinem Vater sind, werde ich herausfinden, was drinsteht.«

Zweifelnd sah ich sie an. Ich hatte gesehen, wie sie in der Gegenwart ihres Erzeugers auf Zwergengröße schrumpfte. Als ob sie den Gedanken erraten hätte, fügte sie kleinlaut hinzu: »Ich werde mit meiner Mutter reden.«

Im Stillen räumte ich ein, dass das etwas anderes war. Liliana war die Lieblingstochter der Herzogin. In der richtigen Stimmung mochte sie ihrer Mutter entlocken, was ich zu wissen verlangte. Einigermaßen versöhnt marschierte ich zu unseren bereitstehenden Pferden. Ein Großteil der Stadtwache und der Garde war mit dem Gefangenen unterwegs zur Zitadelle. Im Haus durchsuchten zwei Männer die Räumlichkeiten nach verdächtigen Gegenständen oder Korrespondenz, was durch die Tatsache erschwert wurde, dass

keiner von ihnen lesen konnte. Sie waren nur gemeine Waffenknechte. Womöglich schleppten sie mir stapelweise Rechnungen
und medizinische Abhandlungen als Beweise an.

Aber was half es? Ich konnte unmöglich alles alleine machen,
zumal ich, des Griechischen in der Schrift kaum mächtig, ohnehin Hilfe brauchen würde. Nur noch ein Gardist und ein Soldat
standen mit abgenommenen Helmen bei ihren Pferden, in ihrer
Mitte Nicos. Ich fragte mich eben resigniert, warum sie ihn nicht
endlich wegbrachten, drehte mich zu Lily um, als plötzlich ein
durchdringender Schrei die Luft erfüllte. Wir fuhren herum. Nicos
knickte gurgelnd in die Knie. Der Griff eines Dolches ragte ihm
aus der Kehle, das Blut schäumte ihm aus dem Hals. Mit beiden
Händen tastete er nach dem Griff, bis er, Gesicht voraus, aufs Pflaster kippte. Zuerst wie erstarrt wirbelte ich herum, als ich rasche
Schritte hörte . Suchend warf ich den Kopf hin und her. Der Gardist raste auf die nächsten Häuserzeilen zu. Blitzschnell rechnete
ich mir aus, dass er den Dolch geführt haben musste, aber es kam
schlimmer. Lily raffte den Rock und flitzte hinter dem Meuchelmörder her.

»Heilige Scheiße!«, brüllte ich. »Kümmere dich um ihn!«, befahl
ich dem bestürzt aus der Brünne starrenden Soldaten. Und düste
dem Duo nach.

Bitte nicht, Lily, das ist zu gefährlich.

Man verirrte sich leicht im engen Gassengewirr Salernos, insbesondere, wenn man einem Flüchtenden nachsetzte. Keuchend
schob ich mich durch eine Gruppe übelriechender barfüßiger
Bauern, die mit einem Karren voller Rüben vor einem Gasthaus
standen und erbost zum Eingang gestikulierten. Und ja, ich sah
Lily in der Taverne verschwinden und hastete ihr nach.

»Ich bedauere.« Ich stieß einen Mann um. »Ihr entschuldigt.«
So kämpfte ich mich schubsend durch, bis ich den Schankraum
durchquert hatte und die Treppen weiter hoch in einen finsteren
Korridor preschte, an dessem Ende Lily mit geschürztem Kleid auf
eine Tür eintrat. Dabei keifte sie unaufhörlich. Unter einem meiner
Augenlider zuckte es.

»Principessa, lasst es«, beschwichtigte ich. Doch das stachelte sie nur weiter an. »Aber er entkommt! Dieser Verräter!«

Die Scharnierbänder der Tür rissen.

»Ich halte ohnehin nichts von der Garde, aber dass er so dämlich ist, dass er hinter der Tür wartet, vermute ich nicht.«

Sie schickte mir einen fuchsigen Seitenblick. Die Tür lag in Trümmern. Die Bruchstücke von Lily beiseitegefegt, eröffnete sich uns der Blick in eine kleine Kammer mit einem Bettkasten und einer Truhe. Das Fenster stand weit offen. Die Tierhautbespannung, die als Windschutz diente, hing in Fetzen. Mit beiden Händen am Fenstersims spähte ich hinaus und sah nichts als schindelbedeckte Dächer.

»Das hier«, quetschte ich raus, »hat mit der Verschwörung zu tun. Jemand wollte Nicos zum Schweigen bringen. Und er hat Leute in unseren Reihen.«

Lily zog den Atem mit einem zischenden Geräusch durch ihre ungewöhnlich weißen Zähne, aber sie sagte nichts mehr, während wir mit hängenden Schultern zurück zu den Pferden schlurften.

Dort eilte uns der junge Wachmann aufgebracht entgegen.

»Es tut mir leid, Herr« stöhnte er. »Ich habe nichts gesehen. Ich konnte das nicht wissen. Er ist doch einer von uns! Nie …« Er verstummte mitten im Satz. Hawas fuhrwerkte an Nicos Körper herum. »Ein Krummdolch«, konstatierte der, »der in den Hals gerammt wurde.«

Ich hob die Hand. »Das ist furchtbar bewegend, Hawas, aber er ist tot. Wer ihn umgebracht hat, wissen wir.«

Ich drehte mich zu Liliana um, um ihr die Leviten zu lesen, aber der Anblick, den sie bot, erstickte jeden diesbezüglichen Versuch im Keim. Mit vor dem Schoß gefalteten Händen stand sie da. Das Licht der Sonne fiel auf sie, und mein Blick verfing sich in ihrem feurig lodernden Haar. Wie eine spitze Flamme, schoss es mir durch den Sinn. Dieses Mädchen ist eine spitze Flamme, die niemand je löschen wird.

Pünktlich zum Abendessen trudelten wir in der Zitadelle ein. Schon im Hof wurde die Principessa von einem Bediensteten erwartet, der sie zu ihrer Mutter zitierte. Auf mich wartete der Graf, der mich zu allem konfiszierten Plunder ins Arbeitszimmer des Herzogs lotste. Baff registrierte ich, dass er mir was zu Essen bringen ließ. Zwei Scheiben Fleisch, perfekte Stücke, auf dicken Brotfladen, Wein und eine kleine Schale mit Kirschen. So exzellent aß ich normalerweise nicht. Durstig kippte ich den Inhalt des Silberbechers hinunter.

Allein wühlte ich eine Weile im zusammengetragenen Kram des Arztes. Zugegeben, einiges davon war mysteriös. Das hölzerne Rohr zum Beispiel, das sich zu einem Ende hin trichterförmig verbreiterte. Es war stumpf und somit als Mordwerkzeug gänzlich ungeeignet. Ich gähnte. Inzwischen hielt ich nichts mehr davon, den Mord an Anna von der vermuteten Verschwörung zu trennen. Alles war miteinander verflochten, aber was denkbare Beteiligte anging, hatte ich ein paar vage Theorien, war aber keinen Schritt weiter. Da waren Rom und vor allem Gisulf, ein alter Feind, der von Rom aus agieren könnte. Doch Nicos war Byzantiner. Was konnten die damit zu tun haben?

Robert Hauteville hatte, infolge der Eroberung vormals byzantinischer Städte, zahlreiche griechische Untertanen. Möglich, dass sich einige von ihnen ihre alte Herrschaft, unter dem Schutz Konstantinopels, zurückwünschten. Bari, zum Beispiel, war ein Rattennest voller Intriganten. In der Vergangenheit schon hatten Aufstände in Apulien dort ihre Wurzeln gehabt, waren von dort unterstützt worden, aber hier waren wir in Salerno. Die meisten Einwohner hatten unter Fürst Gisulf, der nach unserem Sieg nach Rom geflohen war, qualvoll gelitten. Man erzählte sich, dass er Freude an der Marter anderer empfunden haben sollte, und es lebten noch genügend armselige Gestalten, die davon Zeugnis ablegten. Gedanklich brachte mich das zum Ausgangspunkt zurück. Was, wenn er von Rom aus die Strippen zog?

Möglich. Doch all die Gedankengänge nützten nichts, solange wir nicht wussten, wer hier vor Ort in die Verschwörung verstrickt war. Ich sollte nach dem flüchtigen Gardisten suchen zu lassen.

Wer war er? Wer hatte ihm befohlen, Nicos den Dolch in die Kehle zu rammen?

Warum es geschehen war, lag auf der Hand. Jemand hatte gesehen, dass ich ihn mitnehmen wollte, und fürchtete, er würde plaudern. Seufzend sank ich in den samtgepolsterten Lehnstuhl zurück und ließ den Blick schweifen. Ledergebundene Folianten und Pergamentrollen hatte ich an den Rand des Tisches geschoben. Auch in den Wandregalen stapelten sich Pergamente, deren Wachssiegel herunterbaumelten. Ein ausgestopfter Falke löste Erinnerungen an meine Kindheit aus.

Ich tat Vater unrecht, wenn ich behauptete, als Bastard könnte ich ebenso tot sein, denn indem er für meine Ausbildung gesorgt hatte, hatte er mich zugleich als Sohn anerkannt. Leider waren seine Ansprüche immer monströs gewesen, wahrscheinlich weil er sich zum Maßstab nahm. Und er beherrschte als Neffe eines Kardinals alle möglichen Sprachen und Schriften. Nicht weniger verlangte er von seiner Brut. Er hatte Mönche herbeigeholt, die mir Latein beigebracht hatten. Ich hatte es gehasst. Alles andere war ebenso eintönig. Langweilige Wochen, öde Monate, erschöpfende Knappenjahre. Täglich seine Mähre füttern und striegeln. Seine Waffen und das Sattelzeug säubern, es ausbessern und ölen. Stundenlange Übungen mit dem schweren, drei Fuß langen normannischen Schwert, das sich später als unwiderstehlich erwiesen hatte. Und die Exerzitien als lebensrettend.

Was mir quälend erschienen war, hatte sich als nützlich entpuppt , aber hatte ich etwas draus gemacht? Ehrlich gesagt hatte es für mich nur Suff, Spiel und Weiber gegeben.

Ich lachte trocken auf, stemmte mich aus dem Stuhl, um hinaus in den Hof zu spähen. Es war schnell dunkel geworden. Ich entschied, unten im Verlies nachzuhören, ob die Befragung Lupos etwas ergeben hatte. Mir brannten ohnehin die Augen vom fahlen Kerzenlicht, und meine Gedanken schweiften dauernd ab.

Ohne auf der Treppe jemandem zu begegnen, trat ich in die zikadenkreischende Nacht hinaus. Der Hof war von Fackeln erleuchtet. Mich erstaunte immer wieder, wie viele Menschen hier lebten. Die Fürsten, Barone, deren Gesinde und unzählige mehr hausten hier mitsamt ihren Familien. Einige sogar recht komfortabel. Selbst die Wachsoldaten und Gardisten hatten mit Gemeinschaftsunterkünften ein Dach überm Kopf. Trotzdem war es mitunter eng, je nachdem wie viele Barone zu Gast waren, um die nächsten militärischen Schachzüge mit dem Herzog zu planen. Zwei Fackelträger erregten meine Aufmerksamkeit. Der Klang einer Bucina hallte gebieterisch innerhalb der Mauern und wiederholte sich zweimal. Wachen rannten herum, die Seilwinden des Tors rasselten. Kaum offen sprengte Robert Hauteville, umgeben von Rittern, in den Hof. Ihre Kettenhemden und Stahlhauben glänzten silbern im Mondlicht. Die herbeigerannten Knechte waren dabei, die Pferde wegzuführen, als mein Vater über den Hof marschierte. Dabei rief er dem heimgekommenen Trupp etwas zu. Es schien lustig gewesen zu sein, denn die Männer lachten so laut, dass es das vertraute Klappern eisenbeschlagener Hufe übertönte. Die anwesenden Burgwachen salutierten oder senkten das Haupt. Es war eigenartig, meinen Vater ohne das abweisende Gehabe zu erleben.

Ich ging weiter, aber innerlich fühlte ich einer namenlosen Sehnsucht nach. Vollmondnächte bekamen mir einfach nicht. Nach wenigen Schritten bemerkte ich, dass sich an der Südmauer eine Gestalt herumdrückte. Ich kniff die Augen zusammen. Tatsächlich, jemand huschte verstohlen die schiefen Steintreppen zu den Gemeinschaftsunterkünften der Gardisten hoch. Das musste ich mir ansehen. Ich stapfte los.

Diskret linste ich an dem ledernen Vorhang vorbei, der den Eingang markierte. Neben jeder Strohmatratze lagen jeweils ein großer Beutel, unter denen sich der junge Kerl umsah. Endlich schien er gefunden zu haben, wonach er suchte. Er fegte einen Helm von der Matratze, setzte sich und wühlte in dem Sack. Es war Zeit einzugreifen.

»Gott zum Gruße!«, blökte ich.

Der Bursche sprang fast aus der Tunika und ließ den Beutel fallen. »Äh, ja, guten Abend«, stammelte er. Er warf einen Blick über meine Schulter zum verheißungsvoll leuchtenden Ausgang. »Ich schwöre bei Gott, ich wollte nichts stehlen.«

Er sah verheult aus. Und, du lieber Himmel, es war der Soldat, der vor Nicos Haus so erschrocken darauf reagiert hatte, dass sein Kamerad, der flüchtige Gardist, den Arzt getötet hatte. Ich versetzte mir gedanklich selbst einen Arschtritt. Weshalb war ich nicht auf die Idee gekommen, in den Hinterlassenschaften des Flüchtigen nach Hinweisen zu suchen, die seinen Verrat erklärten?

»Wie heißt du?« Ich starrte in sein vor Angst steifes Gesicht

»Ilario, Herr.«

»Gut, Ilario.« Ich klopfte ihm kameradschaftlich auf die Schulter. »Dann leere den Lederbeutel unseres verräterischen Freundes aus, und wir sehen uns gemeinsam an, was er zutage fördert.«

Zittrig verteilte er den Inhalt auf dem Strohsack. Neben abgetragenen Kleidungsstücken, einem Kästchen mit Nähutensilien, einem Fläschchen Öl zur Pflege des Kettenhemdes, ein paar Lappen und einem kleinen Schnitzmesser fanden wir nichts weiter Bemerkenswertes. Abgesehen vielleicht von einer halbfertigen Schnitzarbeit, die ich in der Hand behielt.

Neben mir zappelte Ilario. »Ich wollte nichts stehlen. Ehrlich nicht, Herr. Und das da ist nichts von Bedeutung. Das, was Ihr da in der Hand habt.«

Nanu? Die Reaktion machte mich neugierig. Ich drehte das Ding hin und her, begriff erst nicht, dann staunte ich. Verschlungene Gestalten, die Schnitzereien steinharter Bauchmuskeln. Diese beiden hölzernen Figuren versanken in einem leidenschaftlichen Kuss. Erst da dämmerte es mir. Die geschnitzten Gestalten, eine talentierte Handarbeit, waren beides Männer. Sie trugen ansatzweise die Züge des Verräters und des aparten Ilario. Mit genervt gespanntem Mund sah ich ihn an. Er bebte.

»Sodomiten also,« meinte ich gleichgültig, wobei ich diese Bezeichnung für Männer, die einander liebten, immer schon unpassend gefunden habe. Mir war bewusst, dass sie die Formulierung Männerliebe auf das Widerlichste herabwürdigte. Nur, mir war es egal. Ich vollzog das nicht nach, fand aber nichts Verwerfliches daran.

Ilario lief der Schweiß in Strömen zu den Schläfen hinab. »Bitte, Herr«, jammerte er. »Ich suchte nur diese Arbeit. Ich ..., ich, habt Erbarmen, Herr. Ich flehe Euch an, sagt es nicht dem Bischof. Oder dem Prälaten, oder ...«

»... überhaupt jemandem im Gewand eines Geistlichen?«

»Bitte!« Er fiel auf die Knie und klammerte sich an meine Hosen.

»Lass los«, zischte ich, »und steh auf!«

Schluchzend rappelte er sich hoch. Sein Gesicht war klatschnass, die Augen quollen vor Furcht über.

»Ilario«, sagte ich mit einem Hauch Ironie, die ich mit einem strahlenden Augenaufschlag garnierte. »Ich sehe, dass du bestrebt bist, die Neigung geheim zu halten. Mir von deinem Kameraden zu erzählen, würde dabei helfen.«

Zur Antwort bekam ich ein lang gezogenes Winseln. Ich stöhnte halb verzweifelt auf. »Dir ist bekannt, wie die Kurie im Allgemeinen mit Sodomiten verfährt?«

Oh, das hätte ich besser nicht gesagt. Es sah aus, als würde er gleich in Ohnmacht fallen. Ich suchte etwas zu trinken, entdeckte auf einem wackeligen Tisch einen tönernen Krug und einen Lederbecher, den ich ihm mit dem dünnen Wein aus dem Krug füllte. Entmutigt blinzelte Ilario die Tränen weg. Immerhin zitterte er weniger, nachdem er getrunken hatte. Mit kratziger Stimme stammelte er drauflos. »Ich kann nur wenig sagen, Herr. Nur dass wir uns gewissen Vorlieben ..., äh ... Wir ...?«

»Ihr wart verliebt.«

Er verzog den Mund wie ein kleiner Junge.

»Wo kam er her? Wie heißt er?«

»Enzo, Herr. Er stammt aus Salerno.«

»Hat er Familie hier? Eltern?«

»Ich weiß nicht.« Er würgte die Wörter heraus, als hätte er Husten. »Er sagte, er wäre Waise. Aber er war schon lange Gardist. Es hat ihn mit Stolz erfüllt.«

»Hervorragend. Das ist ein guter Grund für Verrat.«

Mit Ironie konnte Ilario nichts anfangen. Perplex guckte er mich an. »Er war schon Gardist beim vorherigen Fürsten«, flüsterte er den Binsen zu.

»Bei Gisulf von Salerno.«

Er nickte hektisch.

»Ich nehme nicht an, dass er beim Liebesspiel hetzerische Worte über unseren Herzog verloren hat?«

Er errötete bis zum Haaransatz. »Er hat überhaupt nicht viel geredet.«

Ich seufzte. Eine Weile standen wir da. Dann erlöste ich Ilario aus seinem Elend. »Ist gut.« Ich tätschelte ihm den Oberarm und streckte ihm die Schnitzerei hin. »Ich verzichte auf eine Meldung. Im Gegenzug erwarte ich Loyalität.«

Der riesige Mühlstein, der von seinem Herzen stürzte, schien hörbar zu Boden zu poltern. »Ja, Herr, natürlich, Herr.«

»Diese Arbeit hier vernichte. Wirf sie ins Meer oder verbrenne sie. Es ergibt wenig Sinn, mit dem Beweis deines absonderlichen Lebenswandels im Gepäck durchs Leben zu stapfen.«

»Ja, Herr, natürlich Herr.«

Als ich die Unterkunft verließ, verfolgte mich sein leises Schluchzen. Wahrscheinlich weinte er vor Erleichterung. Es ist alles andere als angenehm, was die Kurie mit Männern seiner Neigungen anstellt, und wenn ich mich nicht täuschte, hatte ich einen neuen Freund fürs Leben, sobald ihm aufging, dass ich nichts gegen ihn unternahm. Eine Weile würde er bei jedem Talar zusammenzucken und mich memmenhaft aus der Ferne beäugen, aber irgendwann dürfte er es begriffen haben. Doch diese kleine Geschichte hatte mir nichts eingebracht. Der verräterische Gardist war in der alten Loyalität zu Gisulf verfangen und geneigt, ihm treu zu dienen. Das brachte mich nur dahin, wo ich ohnehin schon war. Nun wollte ich endlich hören, ob man aus Lupo etwas Verwertbares herausgekriegt hatte. Energischer als vorhin stiefelte ich sporenklirrend die feuchte Treppe hinab. Unten runzelte ich die Stirn. Der Gestank, der mir entgegenschlug, war neu. Als ich Tristan hier einquartiert hatte, hatte es nur leicht nach Moder gerochen, jetzt aber, was die Arbeit der Knechte bezeugte, stank es nach Urin und Blut. Einer der Büttel wies mir den Weg zur Zelle, in der der Tölpel im feuchten Stroh vor sich hin jammerte. Ich räusperte mich. Er reagierte nicht.

Ich probierte es mit Worten, aber alles, was ich damit erreichte, war, dass Tristan in seiner Zelle nebenan meine Stimme erkannte und sofort zu brüllen anfing.

»Jocelin? Lass mich raus! Bitte lass mich hier raus!«

Fragend hob ich eine Braue. Der Knecht zuckte mit den Achseln. »Seit wir angefangen haben zu arbeiten, krakeelt er rum.«

»Jocelin!«

Ich trat an die Holztür, hinter der er brüllte, und öffnete den Schieber. »Es liegt nicht in meiner Hand, mein Lieber. Es ist die Herzogin selbst, die dich gerne eine Weile hier unten verwahren will.«

»Aber was macht ihr denn da?« Panik lag ihm in der Stimme. Natürlich. Er dürfte das Kreischen und Wehklagen des Toren gehört haben.

»Wonach hat es sich denn angehört?«

Hasserfüllt brüllend warf er sich gegen die alte Holztür. Weil ich ihn stehen ließ, tobte er weiter, bis er zu heulen anfing.

Er ist dein Bruder, verdammt.

Unbehaglich stakste ich in die Zelle des Torwächters. Er zuckte zusammen, drückte sich an die schimmelige Wand und glotzte mich trübe an. »Und?«, ächzte ich.

Der Knecht spie Rotz aus, sagte dann: »Er stammelt nur. Ne Frau hat ihm Münzen gegeben, damit sie zu LeFerte bringt, bevor das Mädchen bei ihm wäre, und so weiter. Nur dummes Zeug.«

Eine Frau?

Lupo mümmelte vor sich hin. Das war unerträglich. Den Kopf in die Arme vergraben, schwankte er vor und zurück, aber wenn er sich bestechen lassen konnte, war er nur halb so dämlich, wie er tat. Mir war das alles zuwider, trotzdem ging ich vor ihm in die Hocke. Die Fackeln in den Wandhalterungen warfen bizarre Schatten auf uns. »Wer?«

»Er weiß keinen Namen.« Der Knecht kratzte sich lautstark. »Da halfen die heißen Zangen nicht.«

»Eine Frau«, krähte Lupo. »Es war eine Frau.« Zu unserer allergrößten Irritation bäumte er sich plötzlich auf, stieß mehrfach

Laute aus, die an einen trunkenen Esel erinnerten, und sackte zusammen. Der Knecht kratzte sich schabend den Schorf auf dem kahlen Kopf. Ich maß ihn scharf und breitete die Hände aus, was er verstand. Er kniete sich in den Dreck und fühlte Lupo den Puls. Bedauernd schüttelte er den Kopf. Ich versuchte nicht einmal, meinen Ärger darüber zu verbergen, dass es nicht mehr zu einer Gegenüberstellung mit Plaisance kommen würde.

»Vielleicht empfehle ich meinem Fürsten, dass er sich für die Arbeit hier unten Leute sucht, die etwas von ihr verstehen«, spuckte ich angewidert aus.

»Mein früherer Herr war mit meiner Arbeit zufrieden.« Der Mann scharrte mit einem Fuß.

»Das wundert mich nicht.« Ich tupfte mir mit einem bestickten Tuch den Schweiß aus der Stirn. Ich hatte eine Ahnung davon, wie affig das aussah, aber es war mir gleich, ich war stinksauer. »Es sollte eine Kunst sein, die Leute so zu bearbeiten, dass sie überleben.«

»Das war dem früheren Fürsten nicht so wichtig.« Gelangweilt hob er eine Schulter. »Meistens waren hier nur Leute drin, die nichts verbrochen hatten.«

Resigniert ließ ich ihn stehen und marschierte über die vergammelten, im Gang ausgestreuten Binsen zur staubigen Treppe. Augenscheinlich fürchtete der Mann um seine Arbeit. Hastig watschelte er hinter mir her, um mir ein zweites Loch ins Ohr zu quatschen. »Aber im Blenden bin ich gut, Herr. Wenn Ihr einen herbringt, dem ich die glühenden Stäbchen in die Augenhöhlen … oder, oder … die Streckbank!«

Er streckte einen Finger zu den rußschwarzen Deckenbalken, als wäre ihm ein Licht aufgegangen. »Ja. Darin bin ich ein wahrer Meister. Wenn Ihr mir nur Gelegenheit gebt, es Euch zu beweisen. Vielleicht gibt es ja einen Kerl, der Euch zuwider ist, den kann ich …«

Ich liebäugelte mit dem Gedanken, dem Typen irgendwas auf den Schädel zu schlagen, nur damit er das Maul hielt, doch außer den Wandfackeln war hier nichts, und in Brand setzen wollte ich ihn auch nicht. Wie durch ein Wunder verstummte er schlagartig, nur weil ich stehen blieb und ihn taxierte.

»Kannst du tanzen?«, fragte ich matt.

Er gaffte mich dämlich an, nickte aber. Er hätte alles bejaht.

»Dann tanz ab«, empfahl ich ihm.

Im Hof war noch eine Menge los. Die Augustnächte waren heiß, und wer immer konnte, mied die stickigen Räume. Alle drückten sich an den Mauern rum. Ich fühlte mich ausgelaugt, nicht nur von dem Müll da unten. Verloren stand ich in der Nähe des Hauptturmes, legte beide Hände aufs Gesicht und hielt in der Bewegung inne, als ich mir das Haar zurückstrich. Am Brunnen wartete ein Bursche mit zwei Pferden am Zügel, der mir bekannt vorkam. Der Mann gab vor, die beiden Gestalten am Brunnen nicht zu beachten, aber es waren mein Vater und eine Frau. Dezent gekleidet verriet allein der hochwertige Leinenstoff ihres hellgrünen Kleides, dass sie nicht sparsam haushalten musste. Sie schaute an ihm hoch. Ihr leichter Umhang hatte eine bestickte Kapuze, die den Großteil ihres Gesichts verbarg. Der Graf hielt sie an den Ellenbogen, hörte ihr zu und schüttelte bedauernd den Kopf. Er wirkte nur halb so maniert wie sonst. Ich nahm die Hände vom Kopf. Er schaute rüber, und obwohl er bestimmt versucht hatte, ausdruckslos zu bleiben, musste sie bemerkt haben, dass er etwas fixierte, denn sie folgte seinem Blick. Die Kapuze glitt ihr vom Kopf. Auf ihrer Schulter lag ein schwarzer geflochtener Zopf, Ihre Augen weiteten sich.

»Jocelin!«, rief sie halblaut. Einen Augenblick wirkte es, als würde sie einen Schritt auf mich zu machen, aber er hielt sie am Ellenbogen fest, sodass sie es aufgab.

Wer war das?

Jocelin. Etwas in ihrer Stimme klang leidlich vertraut, doch ich konnte den Finger nicht drauflegen. Mir war alles zu viel. Ich türmte geradezu. Im Grunde zog es mich zum Südturm, der unten die Männer der Burgwache beherbergte, zwischen denen ich im Stroh tief schlafen wollte, aber ich war trotz allem hungrig und hoffte, von irgendwoher einen Fladen Brot mit etwas Käse zu bekommen.

Ablenken. Nicht denken, nicht fühlen, nur sein.

In der Küche, die sich direkt neben der großen Halle befand, wurde ich fündig. Ich ließ mir ein Tuch füllen, erduldete, wie die Magd mit mir flirtete und rannte wieder weg, sobald sie die Zipfel zugebunden hatte. Ich war beinahe draußen, als ich sah, dass die Tür zur Halle offenstand. Mehr zufällig warf ich einen Blick hinein und war überrascht, dass jemand drin war. Auf dem Tisch unter der großen Gewölbedecke stapelten sich leere Becher und Trinkpokale, aber bei der Mitte der langen Tafel stand Emma und hielt sich verteufelt gerade. Sie schaute Sebastien an, der einfühlsam und so leise sprach, dass ich nur wenige Worte verstand. Emma starrte stumm auf seine vom Fackel- und Kerzenlicht leuchtenden dunklen Locken. Er legte eine Hand auf ihr Herz.

Mir wollte das Herz zerspringen.

Ich dachte, er liebt... flüsterte Lily in meinem Kopf. Das hatte sie gesagt, als sie von seinem Techtelmechtel mit Anna erfahren hatte.

Principessa, mit Liebe hat das nicht immer was zu tun, hatte ich ihn gerechtfertigt.

Ich kam mir blöd vor, so unendlich töricht, dass ich davon nichts gemerkt hatte. Und was machte ich hier?

Ich sollte zügig verschwinden, und doch war ich wie angenagelt. Sebastien sagte einmal mehr ein paar Worte. Seine Stimme klang rau. Ich verstand das Wort Heirat und wusste, dass er nicht Emma meinte. Sie drehten sich gleichzeitig zur Bö hin, die wie in einem Spuk durch den Fensterbogen vom Meer hereinwehte. Eine Wandfackel erlosch. Beide starrten die einzige Kerze an, die auf der Tafel blakte und so der Halle einen Rest Licht schenkte. Der Docht bog sich, die Flamme flackerte, dann sahen sie sich an und kamen sich näher. Sie standen da und warteten, als wüssten sie nicht, worauf. Er beugte sich vor, hob einen Arm und berührte zärtlich ihre Schulter.

Als hätte sie darauf gewartet, legte sie ihren blondbezopften Schopf an seine Brust. Ich sah nicht ihren, nein, ich sah seinen Rücken beben. Er kämpfte Tränen nieder, und mit einem Mal verstand ich, dass der Termin seiner Hochzeit mit Lily feststand. Und dass ich hier keinen jungen Fürstensohn sah, der eine Bedienstete bezirzte, um sie in unlauterer Absicht ins Heu zu locken.

Ich sah zwei Menschen, die sich liebten.

Brüsk wandte ich mich ab und stiefelte in die Nacht. Zuerst wusste ich nicht, wohin. Ich lief wie benommen, unfähig zu denken. Am Ende erklomm ich die zur Meerseite gelegene Wehrmauer, grüßte den Wachhabenden mit einem Kopfnicken und suchte mir einen Platz zwischen den Zinnen. Die Serviette legte ich zugeknotet neben mich. Nach essen war mir nicht mehr zumute, ich fühlte mich leer und sah in den Himmel. Es gab keinen Trost von dort. Die Sterne versteckten sich hinter einer schwülen Wolkendecke.

Lily würde Sebastien heiraten. Bald. Ihn, der eine Bedienstete liebte und Lily nicht so anbetete, wie sie es verdiente. Nicht so wie ich. Die Ahnung, dass Lily Sebastien vermutlich selbst nicht liebte, war ebenso wenig tröstlich wie die Tatsache, dass der Termin dieser Eheschließung vorhersehbar war. Demzufolge nichts, was mich hätte verblüffen dürfen.

Ich kam mir wie ein Kind vor, weil ich trotzig dachte, wie ungerecht eine Welt war, in der zwei Menschen, die einander liebten, nicht zusammen sein durften. Emma und Sebastien. Die beiden waren als Paar vollkommen. Mir schwamm durch den Sinn, dass die Ungerechtigkeit der Grund für all jene Fehltritte war, die Bastarde wie mich produzierten. Weil niemand da sein durfte, wohin er gehörte. Weil sich alle den Konventionen unterwarfen, jeder nur in seinem Stand heiraten durfte und dabei unglücklich wurde oder gleichgültig.

Dankbar klammerte ich mich an diesen Gedanken, denn er führte mich zu Plaisance, die den Tod ihres Mannes mit erstaunlicher Gelassenheit quittiert hatte. Und zu Guido LeFerte selbst, der sich in Hurenhäusern rumtrieb und eine Liaison mit der blutjungen Tochter des Leibarztes unterhalten hatte. Des Arztes, der seinerseits

Teil einer Verschwörung war. Wenn ich nur wüsste, welche päpstliche Nachricht für LeFerte in den Taschen des Legaten schlummerte. Ich konnte es drehen und wenden wie ich wollte, ich war sicher, in diesem Pergament das Motiv für beide Morde zu finden.

Mit einem Mal näherten sich leise Schritte. Ich drehte mich um und stutzte. Lilys Gesicht war erhitzt, als schämte sie sich ihrer Aufmachung. Dabei war es mir gleich, dass sie im Nachthemd und barfuß war. Fast manisch rang sie die Hände. Sie musste schon im Bett gelegen haben, ihre roten Locken standen in alle Himmelsrichtungen ab – ein atemberaubender Anblick. Ich rührte mich nicht von der Stelle, weidete mich an ihrer sommersprossigen Haut und am lieblichen Schwung ihrer rosenfarbenen Lippen. Sie trat mit einem kleinen nackten Fuß auf den anderen, als drängte es sie, mir etwas Wichtiges zu sagen. Kurz dachte ich, sie wollte mir von der bevorstehenden Hochzeit erzählen, doch dann fiel mir ein, dass ich nicht in der gesellschaftlichen Stellung war, die es ihr erlaubte, mit mir intime Gespräche zu führen.

Sie ist hier, du Narr. Im Nachthemd. Was könnte es Intimeres geben?

Genau. Gerade kam mir der Standesdünkel völlig idiotisch vor. Es war schließlich mitten in der Nacht, und wir waren allein auf diesem Stück der Wehrmauer. Unter uns rauschte die Brandung, über uns wölbte sich der nachtschwarze Himmel, übersät mit unsichtbaren goldenen Sternen unter einem milchigen Schleier. Sie sagte in vorwurfsvollem Ton: »Ich habe dich überall gesucht. Ich habe nachgedacht und hatte eine Idee.«

Ich wies neben mich auf die Mauer. »Möchtet Ihr ein Stück Käse, Principessa? Etwas Brot? Wein habe ich auch hier, mit dem Ihr beides herunterspülen könnt.«

Sie taxierte mich rätselhaft und gestikulierte verneinend. »Nein, hör zu, Jocelin! Das Papier des Papstes für den Baron …«

»Ich habe gehört, Euer Hochzeitstermin steht fest, Principessa.«

Ihre Augen bekamen einen gefährlichen Glanz. »Na und? Das ist nicht das, worüber ich ausgerechnet mit dir sprechen …«

»Wo ich doch nur ein würdeloser Bastard bin.«

Vor diesen schneidenden Worten zuckte sie zurück. Aber ich war noch nicht fertig. »Das bin ich. Würdelos. Denn ehrlich, Signorina, von Würde lernt man wenig, wenn man …« Ich schluckte einen Teil der Wut herunter. »Wusstet Ihr, dass mein Vater mich die ersten Jahre nach meiner Geburt in die Obhut einer Bauernfamilie gab? Nein, warum sollte Euch etwas derart Profanes interessieren. Sie sackten bloß das Geld ein, das er ihnen mit einem Boten zukommen ließ. Sie lebten gut davon, bauten ein Haus aus Steinen und nannten es ihr Eigen. Eines mit Boden aus festgestampfter Erde ohne Stroh für die Tiere. Mit dem Geld konnten sie es sich leisten, die Säue, Ziegen und Hühner in einem Pferch außerhalb des Hauses zu halten. Und mich, ihren Goldesel, ließen sie so gerade nicht verkommen.« Ich schämte mich der Bitterkeit, und doch sprach ich weiter. »Die Lieblosigkeit kam mir normal vor. Nichts anderes kannte ich, seit dem ersten Atemzug. Lieblosigkeit und Darben. Erst als Knappe erfuhr ich, dass sie nicht meine herzlosen Großeltern waren, deren Kind, meine Mutter, bei meiner Geburt verstorben war. Sie waren nichts, nur Fremde, die bezahlt wurden, mich großzuziehen und diese Arbeit miserabel machten. Aber als ich das verstanden hatte, gab es da nicht mal mehr die Vorstellung einer toten Mutter, von der ich mir eingeredet hatte, sie würde mich lieben können, wenn sie noch lebte.«

Lily schwieg. Immer noch mied ich ihren Blick. »Ihr mögt es Euch nicht vorstellen, Principessa, aber sie nannten mich nicht mal beim Namen.«

Jocelin! Ich hörte eine Stimme nach mir rufen.

Was für eine verfluchte Nacht, ich hatte schon Halluzinationen. Ich sah Lily fest an und fand einen unbegreiflichen Ausdruck in ihren Augen, von dem ich hoffte, er wäre kein Mitleid. Das wäre unerträglich, da könnte ich mich gleich die Mauer hier hinabstürzen. Vielleicht würde ich das ja machen. Nachher. Wenn Lily wieder fort war.

Ich hörte sie leise atmen. Und ich konnte meinen Mund nicht halten. Nüchtern redete ich weiter. »Irgendwann hat er wohl gedacht, er sieht mal nach seinem Kind, der große Graf. Er fand einen dreckstarrenden Knaben, der nicht vernünftig sprechen konnte, weil nie ein Wort an ihn gerichtet worden war. Ich weiß noch, wie er mich hochhob. Es fühlte sich gut an.« Halb verzweifelt lachte ich auf. »Nicht so gut hat sich der angewiderte Ausdruck in seinen Augen angefühlt.«

Ich zuckte die Achseln und blickte hinunter in die Brandung. Wie es sich anfühlen würde, dort unten aufzuschlagen?

»Der Rest ist Geschichte. Ich wurde kräftig und setzte Fleisch an. Ich lernte zu kämpfen, zu lesen und zu schreiben. Meinen Vater sah ich nur, wenn er mir wieder einen neuen vertrockneten Gelehrten präsentierte, der den Rohrstock parat hielt. Wenigstens so lange, bis ich sein Knappe wurde.«

Ich bemerkte erst jetzt, dass Lily längst neben mir saß. Zwischen uns lag die Serviette mit dem Proviant. Starr hing ihr Blick an meinen Lippen. In mir stieg immer mehr Scham auf. Am liebsten hätte ich all die Worte wieder eingefangen und zurück in den Mund gestopft. Nie zuvor hatte ich so vertraut mit einem anderen Menschen geredet. Sie war so still, dass sie nicht einmal zu atmen schien, während mein Herz schnell schlug.

Wie ich sie küssen wollte, sie umarmen. Ich wusste nicht, was sie sagen würde, wann wir überhaupt wieder anfangen würden zu reden, aber was sie tat und was sie sagte, machte alles, was in der Zukunft lag, leichter und schwerer zugleich. Über die verknotete Serviette hinweg griff sie meine Hand. »Ach, Jocelin.«

Sie hob meine Finger an ihre weichen Lippen und küsste sie. Nach einer Weile trällerte sie überdreht: »Ich hatte im Bett eine Idee, Jocelin. Ich wette, das Papier des Papstes ist ein Dispens.«

Der abrupte Themenwechsel schien rätselhaft, aber er rettete mir das Leben. Er gab mir meine Würde zurück. Mit der flachen Hand schlug ich mir gegen die Stirn. »Aber ja! Ein Dispens. Guido hatte vor, sich von Plaisance scheiden zu lassen.«

»Vermutlich.« Sie knotete die Serviette auf und nahm sich ein Stück Ziegenkäse. »Alles andere ergäbe keinen Sinn. Er wollte sie loswerden. Vielleicht wollte er sogar die kleine Anna heiraten, aber das ist nur geraten.«

»Und Plaisance würde hinter Klostermauern verschwinden.«

»Hmm«, gab sie kauend zurück. »Was nichts für eine Plaisance LeFerte wäre. Weil sie nicht reich sind, wäre sie nur eine normale Nonne. Eine verstoßene Frau.«

»Wie seid Ihr darauf gekommen?« Ich lächelte schief.

»Ach, ich habe Boemund während des Essens an der Tafel nur angesehen und daran gedacht, dass seine Mutter ja auch per Dispens von meinem Vater geschieden worden war. Ja, ich weiß, sie wurde nicht in ein Kloster geschickt, sondern hat wieder geheiratet. Aber es kam mir beim Anblick Boemunds in den Sinn.« Sie zog eine kleine Grimasse.

»Ja, seltsam«, murmelte ich. »Als ich Boemund am Morgen traf, kam dieser Gedanke auch kurz angeflogen, aber ich habe ihn nicht zu packen bekommen.«

»Dafür hast du ja mich.« Sie griff nach dem Krug mit Wein, nahm einen Schluck und verzog angeekelt den Mund.

»Verzeiht, Principessa, er ist stark verwässert.«

»Na ja, macht nichts.« Sie nahm einen weiteren Schluck. »Die Sache ist nur die: Wenn Vater morgen das päpstliche Schreiben erhält, wird er die Entscheidung des Papstes in Fakten umwandeln.«

»Sie wird in ein Kloster müssen.«

»Genau. Und zwar völlig ohne Habe, denn Papa wird das Baronat wahrscheinlich an wen anderes vergeben.«

Ich runzelte die Stirn. »Sie wird vorher versuchen, an das Dokument zu kommen, um es zu vernichten.«

Lily nickte. »Wird sie. Möglicherweise erwischen wir sie dabei, und dann hätten wir einen Beweis.«

Wir kamen nicht dazu, Plaisance LeFerte eine Falle zu stellen. Einerseits war sie schneller als wir und andererseits ungeschickt genug, nicht umsichtig vorzugehen. Nach einer unsteten Nacht im Freien weckte mich das unverkennbare Lamento unserer Herzogin. Es hörte sich bei ihr immer an, als lägen feindliche Schiffe im Hafen, aber die Jahre am Hof hatten mich gelehrt, dass sie sich in Wahrheit über ein verkochtes Suppenhuhn aufregte. Wenn sich eine echte Tragödie ereignete, agierte sie erstaunlich überlegt.

Jedenfalls riss es mich aus dem Schlaf. Ich schreckte hoch, suchte nach Orientierung und warf die Decke von mir. Dem Gekeife entgegenschlurfend ordnete ich mein Haar mit den Händen. Der nächtliche Wolkenschleier hatte sich verzogen. Die aufgehende Sonne tauchte alles in gleißendes Licht, in dem ein Pulk Menschen nahe beim Turm rumorte. Was war da los?

Die Traube öffnete sich, Männer trugen einen Körper heraus, den sie in eine bereitstehende Sänfte betteten. Ich legte einen Zahn zu und bremste neben der wetternden Herzogin scharf ab. Der Verletzte! Das war der päpstliche Legat!

»Ist er tot?«, fragte ich. Eine Magd schüttelte abwesend den Kopf und reckte den Hals, um besser zu sehen. Zwischen den Schaulustigen diskutierten zwei Söhne des Herzogs, Boemund und Guy. Ein paar verschlafene Barone beschimpften die Wachmänner, weil sie der Ansicht waren, dass sie ihre Arbeit nicht gemacht hatten. Jeder suchte bereits nach einem Schuldigen, für das, was auch immer dem Legaten widerfahren war, mein Vater hingegen saß gelangweilt auf der Innentreppe der Mauer. Es hätte mich gewundert, wenn ihn der Überfall auf einen Kirchenmenschen überhaupt berührte. Auch der Wutanfall der Herzogin galt in erster Linie dem Ruf, den sie zu verlieren hatten, wenn in ihrer Zitadelle Legaten überfallen wurden.

»Jocelin«, rief Liliana von irgendwoher. Ich drehte mich suchend um und entdeckte ihren hübschen Kopf im Türspalt des Turms. Hektisch winkte sie mich herbei. Ich schlüpfte durch den Spalt, den sie vergrößert hatte.

»Wir müssen uns beeilen.« Sie sprang schon die Treppen hoch. »Jemand hat dem Legaten seinen Nachttopf auf den Kopf geschlagen. Nur weil das Ding klirrend zu Bruch ging, hat es eine Dienstmagd gehört. Das ist die offizielle Version.« Sie schnaufte verächtlich. Im Erker des Zwischengeschosses griff ich nach ihrem

Arm. Sofort schüttelte sie ihn ab, aber glücklicherweise blieb sie stehen. Sie war schon vollständig in Tagesmontur. Sie trug ein langes, tunikaartiges Kleid aus aprikosenfarbenem Leinen mit weißer, brettchengewebter Borte. Zwar hatte sie versucht, ihr Haar mit farblich passenden Bändern zu bändigen, aber die Locken wippten schon wieder in Freiheit.

»Wartet«, ächzte ich. »Was heißt hier offizielle Version?«

»Das ist nicht wichtig!« Sie stampfte mit dem Fuß auf. »Die Magd schläft auf einer Binsenmatte vor der Tür des Legaten, seit er hier ist. Den Rest kann sich jeder denken.«

Sie rümpfte angeekelt die Nase. Denken konnte man sich den Rest in der Tat. Bis zu einem gewissen Grad teilte ich, nicht nur wegen Dingen wie diesen, die Aversion meines Vaters gegen die Kurie.

»Komm schon! Mann, bist du heute schwer von Begriff!«

So langsam wurde ich wacher. Sie hatte ja recht. Wenn Plaisance den Legaten erst vor kurzer Zeit überfallen hatte, würden wir sie erwischen, bevor sie das Schreiben des Papstes vernichten konnte. Wenn ihr das gelänge, wäre sie immer noch keine wohlhabende, aber doch eine ehrbare Witwe.

Oben auf der Treppe hob Lily die Hand. »Hier«, wisperte sie und deutete zur Tür, die zum Söller führte.

Plaisance, die sich im Söller zwischen den Zinnen damit abmühte, in einem Kohlebecken Feuer zu entfachen, sah uns verdattert an. Das Dokument hatte sie, damit es der Wind nicht fortwehte, unter den linken Fuß geklemmt. Sie zuckte zwar zusammen, hielt aber nicht in der Arbeit inne. Die ersten Kohlen glühten schon. Eine kleine Rauchfahne stieg vom Becken auf und färbte den Baldachin über einer Sitzgruppe aus gepolsterten Stühlen grau.

Aber ihr zweiter Blick, bei dem sie das Pergament hochnahm, führte an meiner Schulter vorbei zum Treppenaufgang, den wir eben noch hochgestürmt waren. Wir drehten uns um. Dort stand Cesare de Fécamps, Graf von Oria, mein Vater, der sie nadelspitz beäugte.

Sie stöhnte. Ich tat es ihr gleich. Wenn ich mich auch ärgerte, dass er uns gefolgt war, leuchtete mir doch ein, dass sie sich mir nicht ergeben hätte. Und dass er Lily und mich beobachtet, zwei und zwei zusammengezählt hatte, denn ihn verfolgte die Dummheit stets vergeblich.

»Warum seid Ihr bloß so hartnäckig bei der Verfolgung des Mörders?« Plaisance klang frustriert und sank auf einen der Stühle unter dem flatternden Baldachin. »Warum könnt Ihr Euch nicht um Wichtigeres kümmern? Um eine Verschwörung zum Beispiel?«

Obwohl sie mit dem Grafen gesprochen hatte, antwortete ich. »Ich hätte Euch auf keinen Fall davonkommen lassen.«

»Wie du meinst«, sagte sie spitz. Sie starrte mich mit müden Augen an.

»Vielleicht«, meldet sich Lily zu Wort, »solltet Ihr der Reihe nach erzählen.«

Plaisance strich sich über die in Falten gelegte Stirn. Sie wirkte erschöpft und um Jahre gealtert. »Für ein Mädchen bist du ziemlich vorlaut.«

»Sie ist nicht einfach ein Mädchen«, entgegnete ich angriffslustig. »Sie ist die Tochter des Herzogs.«

Ich zog mir den zweiten Stuhl herbei und entschied, meines Vaters Anwesenheit vorerst zu ignorieren.

»Warum sollte ich ausgerechnet dir etwas erzählen?«

»Mir, einem unwürdigen Bastard blablabla, und so weiter«, leierte ich runter und unterstrich die vorgegebene Langeweile mit einer laschen Handbewegung. »Weil ich ein Wort für Euch einlege? Solltet Ihr etwas sagen können, das uns hilft, die Verschwörung aufzudecken, würde ich es tun.«

Flink huschte ihr Blick zu meinem Vater, der mit vor der Brust verschränkten Armen im Zugang zum Söller lehnte. Es war, als forderte sie eine Versicherung über das Gewicht des Wortes, das ich einlegen könnte.

Statt seine Rolle als Beobachter beizubehalten, bezog er klar Stellung. »Er ist der Bevollmächtigte des Herzogs.«

Was das für das Gewicht meiner Zusagen bedeutete, ließ er damit offen, aber er hatte verdeutlicht, dass sie mit mir zu reden hatte.

»Gut«, sagte ich. »Dann lasst uns anfangen. Euer Gemahl hatte eine Liebschaft mit der kleinen Anna und damit fing der Ärger an.«

Plaisance lachte verächtlich. »Wenn es nur eine Liebschaft gewesen wäre. Davon hatte er zahlreiche. Überhaupt war er unersättlich, suchte jedes Hurenhaus der Stadt auf und verging sich an den Mägden, ohne um deren Einverständnis zu bitten.«

Die Frau klang verbittert, das lag auf der Hand.

»Aber es wurde ernst zwischen Anna und Eurem Gemahl.« Schon während ich es aussprach, kam es mir merkwürdig vor. Ich konnte mir beim besten Willen nicht vorstellen, dass sich ein Mädchen wie Anna in einen deutlich älteren, derart grobschlächtigen Mann verliebte. Eine Idee schlich heran, die ich vorsichtig formulierte: »Wie habt Ihr von der Liebschaft erfahren?«

Eine Weile dachte ich, sie würde nichts sagen. Der Baldachin knatterte in der Brise und Lily scharrte ungeduldig mit den Füßen. Krampfhaft hielt Plaisance ihren in der Brise flatterten Schleier fest. Mit halb geschlossenen Lidern sprach sie weiter: »Als der Sohn des Herzogs, Guy, im letzten Frühling erkrankte, hatte die Fürstin mehrfach nach Nicos rufen lassen. Er brachte seine Tochter mit und ließ sie in der Halle warten. Guido strich in der Nähe herum.«

»Ihr seid ihnen in die Halle gefolgt und habt gelauscht«, stellte ich fest.

»Nein.« Sie machte eine wegwerfende Handbewegung. »Vor der Halle steht ein Schrank.«

Fast hätte ich gelacht. Lily errötete zart. Der Graf schnaubte belustigt.

»Ihr schlüpftet in den Schrank«, mutmaßte ich.

Plaisance LeFerte nickte träge. »Ich schlüpfte in den Schrank. Mit meinen eigenen Augen sah ich, wie sie sich umarmten. Mit meinen eigenen Augen …«

»Nein«, fuhr Lily auf, die zu viel Zeit damit verplempert hatte, sich zu schämen. »Das ist unmöglich. Durch das Loch kann man nichts sehen, nur hören. Und außerdem … als Guy krank war, hat Mutter ihn eigenhändig gesund gepflegt. Sie hat sich als junge

Frau schon für Medizin interessiert und fördert die Muliere nicht nur mit Schenkungen. Sie kann das.«

»Ihr müsst irren, Principessa«, beharrte Plaisance.

»Auf keinen Fall!« Sie durchschnitt die Luft mit der Hand. »Ich weiß noch, wie sie ihm befahl, kein solcher Jammerlappen zu sein. Es war nichts, er hatte sich bloß erkältet. Allein das Fieber war hartnäckig.«

Fuchsig musterte sie Plaisance, deren Blicke umherschweiften, als suchte sie nach einer anderen Erklärung. »Mit einer Verschwörung habe ich nichts zu tun«, wisperte die Frau.

»Also, woher«, drängte ich.

Sie blickte mich verzweifelt an. »Eine Frau hat es mir gesagt.«

»Eine Frau? Wer?«

Sie warf die Arme in die Luft. »Ich weiß es doch nicht! Sie sagte, sie hätte als Gast im Haus des Arztes was mitbekommen. Vor der Sonntagsandacht in der Kathedrale zog sie mich beiseite. Sie warnte mich, dass Guido so vernarrt in die Kleine wäre, dass er sie heiraten wollte.«

Ich zog die Brauen zusammen. In der Pause, die sie machte, überlegte ich angestrengt, welches Motiv eine Fremde haben sollte, Plaisance damit zu überfallen. Mir fiel keins ein.

»Überrascht war ich nicht«, sagte Plaisance dann. »Guido war so ein Mann.«

»War sie eine Edeldame?«, warf ich ein.

Sie bedachte mich mit einem Ausdruck tiefster Verachtung. »Glaubst du, ich gäbe was auf das Wort einer lumpigen Bäuerin?«

»Wie sah sie aus?«

»Wie soll sie schon ausgesehen haben. Sie war blond.«

»Mehr fällt Euch nicht dazu ein?«

»Ich kann nur sagen, was ich weiß.«

»Dann fangt mal damit an.«

»Viel ist es nicht«, räumte sie zerknirscht ein. »Nach der Messe löste sie sich aus der Gruppe um den griechischen Tuchhändler Cyrus, der selbst die Messe nicht besucht hatte. Die haben ja eigene Kirchen.«

Ich drehte mich zu Lily, weil ich ihr bestätigendes Nicken spürte. Sie schien diesen Tuchhändler zu kennen. Das verwunderte mich wahrhaftig nicht. Sie besaß viele Kleider.

»Ich stand direkt daneben«, redete die Witwe weiter. »Sie sprachen wirres Zeug, das mich nicht interessierte, aber über jemanden hier in der Zitadelle, ohne einen Namen zu nennen. Über jemanden, dem ein Geschenk winkte, wenn er seine Rolle spielte.« Nachdenklich legte sie den Kopf schief, dabei fiel ihr der geflochtene Zopf von der Schulter. »Ich habe nie darüber nachgedacht.«

»Aber jetzt ist es wichtig«, bohrte ich. Ich beschloss, die Habseligkeiten Guido LeFertes zu durchsuchen. Vielleicht fand sich darunter der ein oder andere Hinweis. Aber ich hatte noch Fragen zur Tat.

»Was mich interessiert«, lenkte ich sie zurück. »Wie konntet Ihr Euch Anna nähern, um sie zu töten? Ebenso Eurem Mann?«

»Ach, das war simpel. Ich habe sie im Namen eines anderen dort hinbestellt. Sie hielt es für ein Stelldichein.«

»Und die Kette? Habt Ihr Anna die Kette nachträglich umgehängt?«

»Du bist mir ja ein schlaues Bürschchen.« Die Bemerkung klang lahm. »Unsinn. Ich hatte die Kette zuvor in ihr Zedernholzkästchen gelegt und einen Boten geschickt, der angeblich in Tristans Auftrag kam, sodass sie glaubte, es wäre sein Geschenk.« Inzwischen erschien mir die Frau reichlich erschöpft.

»Tristan hatte die Kette gekau... besorgt«, sagte ich.

»Wieder eine geniale Schlussfolgerung«, ätzte sie.

Plötzlich fand ich die Erklärung dafür, dass Annas Vater meinen Bruder Tristan die ganze Zeit im Verdacht gehabt hatte. »Ihr habt zahlreiche Botschaften überbringen lassen, damit es so wirkte, als würde er um sie werben.«

Sie nickte schwach.

»Warum er?«

Sie guckte mich an, als wäre ich völlig verblödet. »Weil er blasiert ist? Weil er sich förmlich anbietet?«

»Ihr verabscheut ihn?«

»Pft.«

»Hat er Euch Avancen gemacht?«

Wenn Blicke töten könnten, wäre ich dahingeschieden, aber der Blick löste einen Geistesblitz aus. »Er hat Euch eine Abfuhr erteilt«, rief ich.

»Abfuhr«, spuckte sie aus. »Kein Mann, der seine Sinne beisammenhat, vergeudet seine Zeit damit, dieses Schreckgespenst Anais zu umwerben und eine Frau wie mich abzuweisen ..., ach, er hat es nicht besser verdient.«

Anais? Ich rieb mir den Nacken. Tatsächlich scharwenzelte Tristan ständig um die Bleiche herum, aber dass er in sie verliebt wäre, hätte ich nie vermutet.

»Nun verstehe ich Tristans Rolle bei all dem«, erklärte ich. »Ihr habt sie ihm geklaut, um den Verdacht auf ihn zu lenken?«

»Ein ganz Kluger bist du. Wie ich eben sagte.« Selbst ihre Gehässigkeit hatte eine lustlose Note.

»Was dann ja beim Mord an Eurem Gemahl nicht mehr gelang.«

Sie seufzte schwer, ehe sie müde zurückgab: »Es funktionierte nicht, weil es unserer Herzogin gefiel, Tristan länger im Verlies zu verwahren.«

»Ihr habt die Leiche in den Garten des Arztes schleppen lassen?«

Verdutzt sah sie von einem zum anderen. »Nein, das habe ich ...«

»Das wird teuer gewesen sein.«

»Nein«, beharrte sie. »Ich habe ihn da liegen lassen. Ich habe ...«

»Jocelin.«

Ich drehte mich zu Vater um. Er glaubte ihr, dass sie nichts mit der Fortschaffung der Leiche ihres Gemahls aus dem Freudenhaus zu tun hatte. Aber warum? Weil er etwas wusste?

Plaisance verschloss sich. Sie hatte nichts mehr zu sagen, und ich ahnte, dass es nicht genug war, um ihr die Anklage und Bestrafung wegen des Doppelmordes zu ersparen. Allzu Erhellendes zur Aufklärung der Verschwörung hatte sie nicht beizutragen.

»Das Pergament«, forderte mein Vater. »Wir sollten einen Blick hineinwerfen.«

Ich streckte die Hand danach aus. Plaisance reichte mir die Rolle, die sie die ganze Zeit auf ihrem Schoß festgehalten hatte, nach einem kurzen Zögern. Mein Vater schlenderte herbei, als ich anfing, das zerdrückte Ding mit dem päpstlichen Siegel aufzurollen. Weil sein Latein besser war als meins, erfasste ihn die Überraschung schneller als mich. Er stieß ein ungläubiges Lachen aus. Plaisance, stocksteif mit geschlossenen Augen dasitzend, riss die Lider wieder auf, wagte aber keine Frage. Dafür mischte sich Lily ein, der wir die Sicht auf das Papier verstellten.

»Was ist denn?«, drängte sie.

»Es ist ein Dispens«, antwortete ich gedehnt.

Vater vervollständigte den Satz: »Aber nicht für die Ehe LeFerte.«

»Was soll das heißen?« Lily hasste es, etwas nicht zu begreifen.

»Es ist die Ehe zwischen Anais, der ehemaligen Fürstin von Salerno, und ihrem Gemahl Gisulf, die mit dieser päpstlichen Entscheidung annulliert wird«, erklärte Vater lapidar. »Was uns nachdenklich machen sollte.«

Plaisance LeFerte schrie schrill auf, aber wir reagierten zu spät. Sie stand bereits am Söller und schwang die Beine über die Brüstung. Wie gelähmt warteten wir auf das Geräusch des Aufpralls ihres Körpers im Hof. Kurz darauf brach unten das Geschrei los. Der Graf fing Liliana, die zur Brüstung gestürmt war, um runterzusehen, wie nebenher in der Taille ein. »Na na na, das dürfte eine schöne Sauerei sein.«

Lily, die völlig aufgelöst zur Brüstung zeigte, schrie: »Sie weiß mehr über diese Frau! Das muss so sein! Jetzt können wir sie nicht mehr fragen!«

Träge angelte Vater nach dem Papier, das er mir hinstreckte. »Ich weiß.«

»Aber die Sache mit dem Schrank …«, versuchte ich es.

»Jeder weiß von dem Schrank, und wer mit zuverlässiger Regelmäßigkeit drinsitzt.«

»Ich schäme mich nicht dafür!«, rief Lily.

»Das wäre auch überreagiert, Principessa«, meinte der Graf. »Wo es bei den Frauen Eurer Familie Folklore ist. Ich glaube aber auch, dass Plaisance mehr hätte sagen können.«

»Weil sie mit drinhängt?«, fragte ich.

Er wiegte den Kopf hin und her. »Möglich. Oder sie hat zufällig Indizien mitbekommen und uns nicht gewarnt, um wegen der Morde unsere Aufmerksamkeit nicht auf sich zu lenken. Vergessen wir nicht, dass alles, was sie vorhin sagte, dazu diente, ihre Haut zu retten.«

Wir schwiegen, während unten ein Tumult wütete. Ich musste nicht hinsehen, um zu wissen, was da abging. Hektisches Gewusel um den zerschmetterten Körper der berückenden Plaisance.

»Ich werde dem Herzog davon berichten«, brach Vater das Schweigen. »Dir ist klar, mit wem du reden musst?«

»Aber Anais?«, wandte ich zweifelnd ein. »Sie scheint mir außerstande, alleine zu atmen, geschweige denn, Teil einer Verschwörung zu sein.«

»Befragen wirst du sie müssen, Jocelin.« Er fixierte die Prinzessin mit seinem Blick. »Allein.«

Sie ballte die Fäuste, zögerte, wirbelte dann herum und raste förmlich hinunter.

»Warum glaubt Ihr nicht, dass Plaisance die Leiche ihres Mannes in den Garten ...«

Er hob die Hand. »Mir hat jemand gesagt, wer es war.«

»Und?« So mit ihm zu reden, war gewagt.

»Ihr Name ist Sophia. Ihr gehört der Serail.«

Fassungslos starrte ich ihn an. »Und damit geht sie zu Euch? Weshalb ... wer ...?« Ratlos schüttelte ich den Kopf.

»Nur zu mir, Jocelin. Und das nicht freiwillig. Ich habe sie herbestellt. Spätestens mit Lupos Verhaftung wusste jeder, dass LeFerte in ihrer Lusthöhle krepiert ist. Sie rechnete nicht damit, dass Lupo erwischt wird, aber, Jocelin, mich interessiert brennend, woher du den Tölpel kanntest.«

»Äh, ich ...« Mir brach der Schweiß aus. »Keine Ahnung, ich ...«

»Und warum du das Naheliegendste nicht getan hast, nämlich die Inhaberin zu befragen.«

Ich krallte meine Finger in den Kragen meiner Tunika, um sie zu weiten. Zugleich wurde ich wütend, weil er es immer wieder hinbekam, aus mir einen Jungen zu machen.

»Ich wollte ihr nicht schaden«, wisperte ich.

»Warum nicht?« Die beiden Worte kamen blitzschnell.

»Sie hat mich mal vor einer Dummheit bewahrt.«

Sein Blick brannte auf mir. Ich sah ihn an. Unbefangen saß er im Stuhl unter dem Segel, hatte ein Bein über das andere gelegt und den Arm auf der Lehne des danebenstehenden Stuhls. Er musterte mich kühl, ja, aber ohne Vorwurf.

Plötzlich klatschte er in die Hände, um den Moment zu beenden. »Sophia sagt, der Tuchhändler Cyrus habe viele Gäste, darunter eine Frau. Wie die Leute heißen, weiß sie nicht, und einiges in diesem Haus kommt ihr befremdlich vor. Sie wollte, dass wir uns das ansehen, aber weil sie nichts beweisen kann, ließ sie den Toten in den Garten eines Mannes bringen, von dem sie denkt, dass er mit drinhängt. Um unsere Aufmerksamkeit auf die Sache zu lenken.«

Dankbar, von meinen Verfehlungen abgelenkt zu haben, fragte ich: »Und Ihr glaubt ihr?«

»Das solltest du auch.«

»Woher kennt ...«

Erneut hob er die Hand. Es wäre eine blöde Frage gewesen, denn mal ehrlich; er musste ebenso wenig in einen Puff wie ich. Und wenn er da bloß Kunde wäre, würde er ihr nicht derart vertrauen, dass er ihre Aussage so fraglos akzeptierte.

Aber warum? Wann? Wie? Versunken kaute ich auf der Unterlippe, dachte an die melancholische Nacht, die hinter mir lag, daran, dass Liliana mich gerettet hatte. Vorher hatte ich ihn mit einer Frau unten ...

Jocelin.

Ich hob den Kopf, weil ich glaubte, eine Bewegung an der Tür gesehen zu haben. Ich blinzelte, sah nichts, ging sogar hin. Aber da war nichts als der Lärm, der von unten hochkam.

»Sprich zuerst mit Anais.« Vater stand auf.

Als er an mir vorbeiging, wuschelte er mir durchs Haar. Entgeistert sah ich ihm nach. Das hätte ich gebraucht, als ich ein Kind gewesen war. Aber es war in Ordnung. Auch jetzt noch.

11

Sabina

Sabina die Montefortuna ließ den Burschen stehen, der eben seinen Bericht beendet hatte. Fiebrig nestelte er an den Kordeln seiner Bundhaube und schien auf einer Belohnung zu warten, doch sie raste die Treppen hoch ins Kontor. Zuerst fand sie Rainulf darin nicht. Das Zimmer war überladen, alles quoll über von Rechnungsbüchern und unsortierten Dokumenten. Das Licht war diffus, überall flackerten Lampen, und die Luft war so stickig, dass Sabina würgte. »Rainulf!«

Hinter einem Stapel verdorbenem Stoff, der demnächst ausrangiert würde, tauchte er auf. Sein dunkles Haar war verwuschelt, und sie hätte gefragt, was er da gemacht hatte, wenn sie nicht so aufgeregt gewesen wäre.

»Sie hat sich umgebracht!«, gellte sie.

Er setzte sich an Cyrus' Schreibtisch und zog eine Grimasse. »Diese Plaisance nehme ich an.«

»Wer denn sonst?« Sabina umarmte sich selbst.

»Macht doch nichts«, meinte er salopp, als er die Beine auf den Tisch legte. »Es fällt mir schwer zu glauben, dass es Euch derart belastet. Sie war das Werkzeug, das uns Anna vom Hals schaffte.« Mit dem kleinen Tischmesser, nach dem er geangelt hatte, reinigte er sich die Fingernägel. »Schade eigentlich«, summte er. »Anna war ein entzückendes kleines ...«

»Unser Spion sagte, dass sie Tristan die Schuld in die Schuhe schieben wollte.«

Klirrend fiel das Messer zu Boden. Rainulf nahm die Füße vom Tisch und angelte es wieder hoch. »Damit ist dann erklärt, wie er in den Kerker kam. Zu blöd, dass unser Spion aus der Garde aufflog.«

Sabina, die in der engen Stube hin und her getigert war, stürzte zum Tisch und stemmte sich darauf vor. »Wir müssen die Sache abblasen.«

Rainulfs Miene verfinsterte sich. »Das lehne ich ab.«

»Aber Guido ist tot, und er …«

»Er war nur eine Schachfigur, Sabina. Ihr glaubt doch nicht ernsthaft, dass er die Rolle eingenommen hätte, die wir ihm in Aussicht stellten.«

Perplex riss sie die Augen auf. Sie hatten Guido betrogen? Das war ihr neu.

Aufgebracht stürzte sie zum Fenster. Mit den Händen am Sims und dem Rücken zu Rainulf sagte sie: »Es ist zu riskant. Wenn Plaisance ihnen von einer Frau … von mir erzählt …«

»Sie kannte Euren Namen nicht. Es gibt viele Frauen in Salerno.«

»… und Guido lag tot in Nicos‘ Garten. Aller Augen sind auf Nicos. Und bald auf uns.«

»Höchstens auf Cyrus. Wir wohnen nur in seinem Haus.«

Einen Moment überlegte sie, ob Rainulfs Spiel derart falsch war, dass er den Tuchhändler am Ende ebenso betrügen würde, wie er es Guido LeFerte zugedacht hatte. Und was es für sie bedeutete. Aber sie sagte nur: »Dann müssen wir uns woanders einquartieren.«

»Nein, meine Liebe.« Plötzlich war er hinter ihr und strich ihr sanft über den Rücken. »Seid nicht so hasenherzig. Wir machen weiter.«

12
Jocelin

Ich gebe zu, eine Weile ohne Plan umhergestrichen zu sein. Zum einen, weil ich über das Verhältnis zwischen einer Puffmutter und dem Grafen nachdachte, zum anderen, weil ich das Gespräch mit Anais von Salerno aufschob. Sie lebte zurückgezogen in zwei Räumen des Westflügels im Exil. Wie ein Geist schlich sie umher. Stets bemüht nicht aufzufallen, als fürchtete sie, zu ihrem grausamen Gemahl zurückgeschickt zu werden.

Sie war mir nicht geheuer. Aber es half ja nichts, ich musste es hinter mich bringen. Ich schloss kurz die Augen vor dem grellen Tageslicht, das mich bestürmte. Gerüche strömten auf mich ein. Klare Seeluft, vermischt mit dem Duft von Macchien und Pinien und dem fauligen Gestank, den viele Menschen erzeugten, die in einer Wehranlage miteinander lebten. Die Aufregung um den Freitod der eleganten Plaisance hatte sich gelegt. Ihr zerstörter Leib war fortgeschafft worden, allein Blutflecken auf den schiefen Pflastersteinen zeugten noch von ihrer Existenz.

Ich verstand ihr impulsives Handeln. Vor dem Hintergrund des wahren Inhalts des Dokuments mussten ihr all ihre Anstrengungen plötzlich vergeblich erschienen sein. Und doch, das hatte sie gewusst, wäre sie bestraft worden.

Erstaunlich, wie schnell sie vergessen war. Bei den Schweinekoben spielten schon wieder lumpige Kinder. An der Ostseite der Mauer machten ein paar Wachleute Übungen mit dem Bogen unter den Augen dreier Ritter und vor der Zisterne stand ein Geistlicher bei der Herzogin.

Ein Geistlicher?

Sensationslüstern flanierte ich dazu, um zu hören, was er sagte. Er blies sich tüchtig auf. Verkündete lautstark, nicht die rechten Worte der Empörung zu finden für diese Todsünde, die ein Selbstmord wäre, und dass er sich außerstande sähe, die Baronin in geweihter Erde zu bestatten, geschweige denn eine Messe für sie zu lesen. Die Herzogin sah gereizt aus. Mittlerweile hatte sie ausreichend Zeit gehabt, sich sorgfältig um ihre Morgentoilette zu kümmern. Ihr Kleid war am Oberteil so eng, dass der Prälat verzweifelt versuchte, ihr nicht in den üppigen Ausschnitt zu starren. Manisch zupfte er sich am Kopfhaar. Als sie mich sah, winkte sie mich dazu und ließ den Mann ins Leere zetern.

»Du sollst wissen«, sagte sie streng, »wie zufrieden wir mit deiner Arbeit sind.« Ihre Mundwinkel zuckten. »Aber du sollst auch erfahren, dass ich heute Morgen den Befehl gab, Tristan aus dem Kerker zu holen. Er ist im Badehaus.«

Mit der Hand wies sie ausladend zu dem rechteckigen Gebäude neben dem Hauptturm. »Er wird sich wieder herrichten und noch ist er kleinmütig. Wie ich ihn kenne, wird er sein großes Mundwerk bald wieder aufreißen. Es hilft wenig, ihm zu erklären, dass du einen Auftrag des Herzogs ausführst. Er ist fuchsteufelswild und macht dich für seine missliche Lage verantwortlich.«

Ich verneigte mich. »Ich danke Euch für die Warnung, Duchessa, ich habe mit nichts anderem gerechnet.«

»Dann ist es ja gut. Du weißt, wir wünschen eine vollständige Aufklärung der Verschwörung. Auch wenn mein Gemahl die Bedrohung nicht ernst nimmt, droht ihm Gefahr.«

»Ich verfolge ein paar Spuren …«

»Verfolge sie und erstatte deinem Vater Bericht. Und jetzt geh!«

Sie scheuchte mich mit der Hand weg wie einen Hund. Ich schaute zu Anais' Turm. Immer noch rang ich mit mir und schob die Begegnung auf. Besser fand ich es, zuerst die Habseligkeiten Guido LeFertes zu durchsuchen. Danach musste ich mir diesen Tuchhändler Cyrus genauer ansehen. Und weil mir Tristans Rolle fragwürdig erschien, wäre es immer noch eine prima Idee, mit Annas Dienerin Zoe zu reden.

Als ich auf dem Weg zu LeFertes Kemenate die breiten Steintreppen in der Zitadelle emporstieg, sah ich durch die offenstehende Tür der Gemächer Orias Emma im durch das Fenster fließende Licht sitzen und an einem Hemd nähen. Plötzlich fiel mir ein, dass sie eine Weile als Zofe an Anais ausgeliehen worden war, als wir Salerno belagert hatten. Sie kannte die Frau, vielleicht konnte sie mir etwas über sie erzählen. Klimpernden Kettenhemdes stiefelte ein Wachmann vom Söller herab, den ich mit barscher Stimme herbeibefahl. Es war Ilario, der dienststeifrig vor mir strammstand. Sein Gesicht war verquollen. Ob vor Liebeskummer oder Angst vor dem, was ihm blühte, sollte ich ihn doch verpetzen, war mir einerlei. Wahrscheinlich traf beides zu.

»Geh und bewache das Gemach des Barons LeFerte«, ordnete ich an. »Lass niemanden hinein oder heraus. Und hol dir einen Kameraden dazu.«

»Jawohl.« Zackig drehte er sich um und war weg. Ich blieb eine Weile im Türrahmen stehen und betrachtete Emma. Sie sah aus, als konzentrierte sie sich allein auf ihre Arbeit und als sie aufschaute, gab sie mit nichts preis, was sie fühlte.

Ich hüstelte. »Darf ich reinkommen?«

Sie nickte nur, zuckte mit dem Kinn zum freien, mit grünem Samt gepolsterten Stuhl unter dem Fenster, ehe sie einen neuen Faden von ihrer Garnrolle abriss und einfädelte.

»Wo hat man denn den verletzten Legaten hingebracht«, fragte ich, nur um nicht direkt zum Thema zu kommen. Emma hatte etwas Königliches an sich.

»In das Siechenhaus der Muliere Salernitani.« Sie sortierte eine Hose auf ihrem Schoß und nahm sich den eingerissenen Saum vor. »Ein Zeichen des untrüglichen Humors unserer Herzogin.«

Ich warf den Kopf in den Nacken und lachte schallend. Sie lächelte schmal.

»Der päpstliche Legat in einem Hospital voller angehender Ärztinnen«, japste ich. »Aber wahrscheinlich ist es ihm lieber, als von sarazenischen Ärzten behandelt zu werden.«

»Gewiss.« Sie ließ die Arbeit los und sah mir direkt in die Augen. »Aber deshalb bist du nicht hier.«

»Nein.« Ich rieb mir über die Stirn. »Ich weiß nur nicht, wie ich anfangen soll.«

Unter ihrem dünnen Obergewand pochte ihr Herz rasch. Wie eine besiegte Herrscherin saß sie da. Ich musste ihr unbedingt sagen, dass ich nicht als Freiender hier war. Ich schnappte nach Luft und plapperte drauf los. »Im Zuge der Ermittlungen hat sich herausgestellt, dass ein Gespräch mit Anais von Salerno unumgänglich ist. Aber bevor ich mich zu ihr begebe, möchte ich hören, was du mir zu erzählen hast. Du kennst sie ja ein wenig besser.«

Sofort entspannte sie sich. »Anais?« Sie lächelte knapp. »Sie ist das, was du in ihr siehst. Ein atmendes, furchtsames Wesen.« Sie nahm ihre Arbeit wieder auf.

»Mag sein. Aber bevor wir Salerno eroberten, war sie schon bei uns in Oria gewesen. Ich erinnere mich vage an diplomatische Gespräche, zu denen mein Vater gemeinsam mit der Herzogin, nach Salerno aufgebrochen war. Sichelgaita wollte ihren Bruder dazu bringen, die Politik gegen den Herzog aufzugeben und …«

»Ich war dabei. Als Zofe der Herzogin. Es war zuerst ja nur ein Besuch gewesen.«

»Genau, aber es gab einen Eklat, ihr kamt zurück und brachtet Gisulfs Weib, Anais, mit.«

»Der Eklat hatte mit Anais nichts zu tun.« Sie ließ die Nadel sinken und hob den Blick. Ich erwiderte ihn fragend, sah sie direkt an. Die lange schmale Nase, die roten Lippen und das für ein Mädchen recht markante Kinn. Und diese Augen. Undurchdringlich schien ihr magischer Blick. Nie riet man, was sie dachte.

»Die Herzogin war schon erzürnt nach Salerno aufgebrochen«, erzählte sie. »Sie war wütend, weil sie glaubte, dass ihr Bruder etwas mit dem Giftanschlag auf unseren Herzog damals in Bari zu tun gehabt hatte. Und dein Vater, na ja.« Sie lächelte. »Er ist kein Meister der Diplomatie, wenn er verärgert ist.«

»Seine Zunge ist ebenso scharf wie sein Schwert, ich weiß.«

»So gab ein Wort das andere und Gisulf kerkerte deinen Vater, den ersten Ritter des Herzogs von Apulien und Kalabrien, ein.

Gisulf hatte eine Vorliebe fürs Amputieren. Er plante, deinen Vater zu entmannen und krakeelte das überall herum.«

Verschreckt legte ich beide Hände zwischen die Beine. »Du lieber Gott. Wie ist er da rausgekommen?«

Emma zuckte die Achseln. »Boemund hat es gefallen, sich den Ruf zunutze zu machen, den dein Vater hat. Viele Jahre zuvor, als Gaimar von Salerno noch gelebt hat, war der Graf ja bloß Hauptmann der Burgwache gewesen. Jedes Mädchen der Stadt wollte von ihm beglückt werden. Gerade du wirst wissen, was ich meine.«

Huschte ihr da ein Hauch Ironie in die Stimme?

»Nun, obwohl Jahre verstrichen waren, kannten sie ihn noch. Viele Frauen hatten junge Töchter. Boemund ist in jedes Waschhaus und hat erzählt, was der Fürst Cesare de Fécamps anzutun plante. Die Frauen schickten ihre Mädchen raus, er öffnete heimlich die Weinkeller und in einem lasziven weinseligen Gelage der Burgwachen gelang es ihm, deinen Vater zu befreien.«

»Und Vater nahm Anais mit. Warum? Hat sie sich an die Fliehenden drangehängt?«

»Unsinn«, sagte sie barsch. »Sie wäre niemals in der Lage, etwas alleine zu entscheiden. Sie ist eine, die gerettet werden muss.«

»Und mein Vater hat sie gerettet.«

»Im Leben nicht.« Angeekelt zog sie eine Grimasse. »Es war dein Bruder Tristan, der sie auf ein Pferd gesetzt und mitgeschleift hat.«

»Tristan?« Verblüfft riss ich die Augen auf.

»Tristan. Er sah sie und war sofort in sie verliebt. Leider wurden sie verfolgt. Es gab ein Scharmützel, und die Häscher Gisulfs nahmen das flüchtige Eheweib wieder mit.«

»Aber wie kam sie dann zu uns?« Ich rieb mir die Nase und überlegte angestrengt. So entsetzlich lang war das nicht her. Damals schleppte ich mich von einem Kater zum nächsten, immer unterbrochen von den Maßregelungen und Züchtigungen ob meines ungebührlichen Benehmens von Seiten der Ausbilder, die mein Vater damit betraut hatte, einen gebildeten und flink mit dem Schwert hantierenden Ritter aus mir zu formen.

»Tristan galoppierte zurück nach Salerno. Notfalls würde er sie eben alleine retten, hat er getönt.«

»Dass er das überlebt hat«, flüsterte ich.

»Alleine wäre es ihm ja auch nicht gelungen. So kopflos wie er ist.« Sie legte die Arbeit auf ihren Schoß.

»Aber wie …« Ich breitete die Hände aus.

»Ach, Jocelin.«

»Was?«

Sie seufzte schwer, als überlegte sie, ob sie weiterreden sollte.

»Was?«, drängte ich.

»Dein Vater hat … Ach, er freute sich nicht darüber, aber er half ihm.«

13
Drei Jahre zuvor

nach dem gescheiterten Fluchtversuch hockte Anais jämmerlich zusammengesunken in ihrer Kammer und wartete auf die zwangsläufige Bestrafung, sobald Gisulf von seinem Raubzug zurück wäre.

Dass Rettung nahte, wusste sie nicht. Die unorganisierte, von den Ereignissen zuvor verschreckte Stadtwache erkannte die beiden Männer und eine Frau nicht zwischen all den Händlern und Reisenden. Sie führten die Pferde am Zügel und verschmolzen mit der Masse. Emma war überrascht, dass man sie mitgenommen hatte, aber es stand ihr nicht zu, nach dem Grund zu fragen. Sie wunderte sich darüber, dass sie nicht strikt zur Zitadelle liefen, aber obwohl sie das Unternehmen ebenso widersinnig fand wie Fécamps, vertraute sie darauf, dass wenigstens er wusste, was er tat.

Sein zielgerichteter Blick wanderte zum Aushängeschild einer größeren Schänke mit Pferdestall. Unwirsch lotste er den ungehorsamen Sohn dorthin, als plötzlich eine leise Stimme seinen Namen raunte. Es klang wie eine Frage. Zeitgleich mit den Rittern drehte sie sich um, in einer Hand ihren Reisebeutel. Ein Mann im Alter des Grafen stand da in ordentlichen Kleidern. Aber er hatte nur ein Bein und stützte sich auf Krücken.

Ungläubig starrte Fécamps ihn an. »Verflucht, Briand, was ist passiert?«

Der Mann winkte ab. »Tut nichts zur Sache. Ich hab' davon gehört, dass Gisulf euch gefangengesetzt hat und ihr fliehen konntet. Aber warum kommst du zurück? Das ist Irrsinn.«

Emma zählte zwei und zwei im Kopf zusammen und kam zu einem Ergebnis, das lange vor ihrer Zeit lag. Der Graf war früher einmal Hauptmann der Burgwache Salernos unter Fürst Gaimar. Das hier musste ein Kumpan vergangener Tage sein. Selbst Tristan, der eben noch gedrängelt hatte, schwieg beklommen.

»Das glaubst du mir sowieso nicht, Briand.« Fécamps blickte sich wachsam um und senkte die Stimme. »Ich muss eine Frau aus Salerno retten.«

Auf den Kopf gefallen war der Kerl nicht. Er lachte dreckig. »Darin hast du ja Übung. Nicht für dich, nehm' ich an?«

Fécamps taxierte seinen halsstarrigen Sohn mit gespanntem Mund.

»Kommt mit in mein Haus!« Briand Honfleur zeigte zur nächsten Gasse. Wir haben einen Stall. Magd und Lehrling schlafen schon.«

Wegen der Behinderung des Mannes kamen sie nur schleppend voran. In der schwülheißen Luft floss Tristan der Schweiß die Schläfen hinab.

Er wird Angst haben, dachte Emma. Weil er sieht, was er mit seinem großen Maul anrichtet. Was wir hier tun, ist Wahnsinn.

Sie redeten nicht darüber. Es stank nach Abfällen und in dem nicht einzudämmenden Radau wäre ohnehin jedes Wort verlorengegangen. Emma blickte nur starr geradeaus, und doch verstand sie alles, was jener Briand seinem einstmaligen Waffengefährten zu sagen hatte.

»Ich seid zurück, um die Fürstin Anais zu holen?« Sie wichen einem Ochsenkarren aus. »Ich frag' nicht, warum ihr das tut. Aber ich helfe euch, weil sie fortmuss. Das hier ist nicht mehr Salerno, Cesare. Das ist die Vorhölle.«

»Habe ich es Euch nicht gesagt?«, fuhr Tristan auf. »Sie leidet Höllenqualen …«

»Halt's Maul«, herrschte der Graf.

Briand zog eine Grimasse. »Die Zeiten ändern sich. Undenkbar, dass du früher so geredet hättest.«

»Früher«, ätzte Fécamps, »hatte ich keinen solchen Hohlkopf zum Sohn.«

Der Wind, der als Brise von der See kam, trug das Glockenläuten zur Morgenandacht in Anais Gemach. Odo, ein Vertrauter ihres Mannes, war zurückgekommen, hatte sie geohrfeigt, und ihr eingebläut, Gisulf gegenüber zu behaupten, er, Odo, hätte sie aus den Fängen der Herzogin gerettet.

Diese Version würde sie beide in ein besseres Licht setzen. Odo stünde als Held da, und ihre eigene Flucht würde als Entführung verbrämt, wie er es am Vortag angedeutet hatte. Dann stelzte er wieder hinaus. Die Magd, die ihr in der Nacht das Brett mit dem Abendessen gebracht hatte, sah aus wie alle hier.

Eingeschüchtert. Verschreckt. Wie sie. Genau wie sie. Niemand würde zurückkommen, um sie zu holen.

Sie fror trotz der Sommerwärme und legte sich die warme Felldecke über die Knie. Verzagt lauschte sie dem unablässigen Wispern von entfernten Stimmen und leisen Schritten.

Die Zikaden, dachte sie, sind so zuverlässig wie Sonne und Mond. Sie zirpen, gleich welches Schicksal mir blüht.

Verängstigt schreckte sie hoch. Jemand schob die Tür auf, lugte hindurch, öffnete den Spalt weiter und kam herein. Es war eine blutjunge Magd, die sie nicht kannte. Das Mädchen trug ein Kopftuch, unter dem zwei blonde Flechten herausragten. In Händen trug sie ein leeres Tablett, auf das sie das schmutzige Geschirr der Nacht stapelte. Die Fleischstücke, die Anais verschmäht hatte, packte sie in ein Leintuch. Sie kam ihr vage bekannt vor, aber sie kam nicht darauf.

»Nehmt Euren Sohn«, sagte die Magd ruhig. »Gebt vor, ihn zur Amme zu bringen.« Sie stapelte zwei Schalen ineinander auf dem Brett, das volle Schälchen obenauf. »Zieht keinen Mantel an. Geht, wie Ihr seid.«

Anais kroch tiefer unter den Betthimmel. »Du bist die Zofe der Herzogin«, hauchte sie ungläubig.

Die junge Frau antwortete nicht, sie ging einfach hinaus.

Lange stierte Anais auf das wurmstichige Türholz.

War Tristan zurückgekehrt?

Während Emma zu den Rittern zurückhastete, starrte Tristan das bibbernde Bündel auf dem Schemel in dem klitzekleinen Kabuff entsetzt an. Die Amme von Anais Säugling, die sie unter Androhung von Gewalt in das Vorhaben hineingezogen hatten, klapperte mit den Zähnen. Selbst ihr eigenes Kind wagte sie nicht anzusehen, und wenn sie überhaupt etwas dachte, dann flehte sie vermutlich zu Gott, dass das Mädchen jetzt bitte nicht zu greinen anfing.

»Eine Frau so einzuschüchtern.« Tristan deutete erbost mit der Hand auf das Bündel. »Normal ist das nicht. Und da wollt Ihr mir ein Vorbild sein?«

»Ich bin so normal wie immer«, murmelte Fécamps und zog Emma in die Kammer. »Und?«, fragte er sie.

»Ich weiß nicht, ob sie kommt«, keuchte sie. »Ich glaub‘ schon. Sie hat ein geschwollenes Gesicht, als ob sie jemand geschlagen …«

»Seht Ihr«, schnappte der Jüngere. »Und Ihr habt von mir verlangt, dass ich sie …«

»Ich wäre dir zu Dank verpflichtet, wenn du endlich die Fresse hieltest.«

In Fécamps Stimme lag verteufelt viel unterdrückte Wut. Tristan wich an die Wand zurück. Die Amme gab einen erstickten Laut von sich und legte beim Zittern einen Zahn zu. Draußen kläffte die Wachablösung. Es raschelte. Menschen näherten sich und entfernten sich wieder. Endlich kamen trippelnde Schritte. Die Tür schob sich auf und Anais, den Sohn in einer Decke an sich gepresst, stand im Rahmen unter Fécamps prächtig kaltem Blick. Tristan geriet in Bewegung, nahm sie am Arm und bugsierte sie hinaus in den Hof. Der Graf zog sein Schwert schleifend. Emma, die nicht wusste, was sie tun sollte, weil die Amme ohnmächtig vom Schemel plumpste, zuckte mit den Armen hin und her.

Ihr helfen oder nicht?

Sie ließ sie liegen, als der Graf sich nach ihr umsah. Erleichterung durchflutete sie, als sie, immer an der Mauer entlang und unauffällig auffällig, das Tor zum Norden erreichten, durch das sie zuvor in die Zitadelle eingedrungen waren. Ohne Gewalt war das nicht möglich gewesen. Emma hatte nicht zugesehen, wie die Leute überwältigt worden waren. Nur händeringend gewartet. Deshalb war sie nun verdutzt, dass einer der Wachleute noch lebte. Er kauerte mit schreckgeweiteten Augen in der Wachstube, als erwartete er nun den Tod. Seinen toten Kameraden hatte der Graf einfach auf ihn geworfen, sodass der Mann schwitzend unter dem Knebel nach Luft ächzte. Als hätte sie irgendeinen Einfluss, irrlichterte sein Blick immer wieder zu ihr hin. Weil sie eine Frau war, zuständig für Gnade, dachte sie angewidert. Aufgebracht über die Rolle, die die Natur ihr zugedacht hatte, wandte sie den Blick ab und schubste die schreckensstarre Fürstin zu Briand Honfleur, der mit Pferden außerhalb der Burg an der Mauer wartete. Alle stiegen auf, aber Tristan stieß Emma, die mit der bleichen Fürstin auf ein Pferd wollte, grob beiseite. Sie fiel auf die Knie.

»Sie ist eine Fürstin«, blaffte er sie an. »Es ist jetzt ihr Pferd.«

Emma erduldete das stumm, obwohl die Angst an ihr nagte.

Sollte sie jetzt zu Fuß gehen? Würde man sie hier zurücklassen?

Hilfesuchend sah sie sich um. Ihr Blick blieb beim Grafen hängen, der ihr den Arm vom Sattel aus entgegenstreckte. Sie rappelte sich mit brennenden Knien auf und ließ sich auf sein Pferd ziehen. Er legte einen Arm vor ihren Bauch, die Zügel hielt er in der anderen Hand und sie trabten an.

Sie ritten in der Mitte, Tristan und Anais vorne, und Briand hinter ihnen. Lange Zeit blieben sie unbehelligt, dann, bereits außerhalb der Stadt, spürte Emma das Galoppieren vieler Pferde hinter ihnen dumpf im Bauch.

»Exzellenz!«, rief sie.

Fécamps nickte. Er hatte es schon gehört, drückte ihr die Zügel in die Hände und sprang behände ab. Sie fühlte, wie sie mit dem Pferd ins Bankett gedrückt wurde. Beunruhigt schaute sie sich um. In einer Staubwolke manifestierten sich vier Ritter Salernos, die ihre Schwerter schon gezogen hatten. Cesare de Fécamps drehte sich seitlich unter einem heransprengenden Angreifer weg und stieß dessen Tier die Waffe bis zum Heft in den Bauch. Das Tier kreischte. Emma blickte schleunigst zur Seite. Ihr Herz schlug wie eine Kriegstrommel. Wo Anais war, wusste sie nur, weil die Frau schrie wie am Spieß. Das Pferd, auf dem sie mit ihrem Säugling hockte, stieg auf, drehte sich nervös im Kreis. Männer fluchten, Waffen klirrten und mitten drin jagte Tristan auf die panische kleine Fürstin zu und ließ, nur weil sie hysterisch herumheulte, den Vater mit dem Gegner allein. Emma liefen die Tränen vor Wut und Enttäuschung.

Aber da war noch Briand. Sie wusste nicht, wie geschickt der mit seiner Behinderung war. Sie drückte dem Pferd die Fersen in die Flanken. Es war ihre Aufgabe, sich um die Heulsuse zu kümmern. Tristan musste kämpfen.

»Mit Ritterlichkeit werdet Ihr nichts erreichen!«, schrie sie ihn an. »Helft Eurem Vater!«

»Tristan!«, brüllte der Graf und parierte einen Angriff. »Verdammt! Hier! Sie wird schon nicht zerbrechen!«

Er schleuderte den Gegner gegen einen Findling, dass dem die Luft wegblieb. Hetzte mit langen Schritten hin und spaltete ihm den Schädel.

Für sein Zögern, fand Emma, hätte Tristan einen Arschtritt verdient. Sie hatte kaum die Zügel von Anais türmendem Pferd eingefangen, war der Kampf schon vorüber. Die Männer aus Salerno wälzten sich brüllend im Dreck. Emma atmete erleichtert auf, aber Anais winselte. Fécamps schob sein Schwert zurück in die Scheide. Was die anderen taten, interessierte Emma nicht, der Graf schien hier der einzige zu sein, der bei Verstand war. Er sprintete zu ihr und warf sich hinter sie in den Sattel.

Er hat Blut im Haar, dachte sie. Und dann, dass sie das Schweigen nicht begriff, in das nur das Kind greinte, die Sterbenden jaulten und die Fürstin jammerte. Mit kurzen Zügeln lotste Fécamps das Pferd herum. Hinter den Toten, im Sattel, lächelte der alte Waffengefährte melancholisch, und sie verstand. Nach Jahren, in denen Gisulf von Salerno ihm mit dem Bein die Ehre geraubt hatte, hatte er sich wieder wie ein Ritter fühlen dürfen. Doch er kam nicht mit. Die einzigen Zeugen seiner Beteiligung waren tot.

»Gute Reise!«, rief er.

Der Graf von Oria und erster Ritter des Herzogs von Apulien und Kalabrien legte eine Hand auf sein Herz und neigte dankbar den Schopf.

Emmas Blick hetzte zu Anais. Sie sah nicht so aus, als verstünde sie, dass sie dieses Mal ernstlich gerettet wurde.

14
Jocelin

Emma langte nach ihrem Becher und trank. Mit offenem Mund, vornübergebeugt, die Hände verschränkt zwischen den Beinen gaffte ich sie an.

»Du lieber Himmel«, sagte ich leise und meinte es auch so. Dass sie derart tapfer war, hatte ich nicht gewusst.

Wo war ich in der Zeit? Warum war ich nicht einmal Teil der Gesandtschaft gewesen?

An der Stelle fing die Geschichte an, mich gewaltig zu zwicken. Emma musste in meinem Gesicht lesen, was ich dachte.

»Dein Vater tat es nicht gern'«, sagte sie. Sie stellte den Becher wieder auf das Tischchen neben ihrem Stuhl.

Ich mahlte mit dem Kiefer.

»Ehrlich, Jocelin.« Sie beugte sich vor, um für einen verteufelt kurzen Augenblick eine Hand auf mein Knie zu legen. »Ich war dabei. Glaub' mir, er schäumte vor Wut wegen Tristan.«

Sprachlos über eine Zurückweisung, die Jahre zurücklag, schüttelte ich den Kopf.

»Vielleicht wollte er dich nicht in Gefahr bringen«, mutmaßte sie.

»Aber ...«

»Nichts aber. Hör auf zu winseln und trinke etwas!«

Stumm folgte ich ihrem Befehl.

»Wir ritten nach Oria und der Weg dorthin war weit. Wir hielten unterwegs an einem Schankhaus.«

Emma, die neben Fécamps auf der Bank saß, konstatierte, wie fleckig das Gesicht der Fürstin in der stickigen Luft des Schankraums wurde. Eine Wange war geschwollen und blaugefleckt. Ansonsten war die kalkweiße Haut so rotfleckig, als litte sie an einer Hautkrankheit.

Als Anais ihren Blick erwiderte, guckte Emma rasch zum Feuer unter dem rußigen Rauchabzug. Darüber hing an einem Dreibein ein Kessel. Es roch nach gekochtem Fleisch und Rüben.

Tristan schwitzte. Er lockerte seinen Gürtel, aber Emma spürte, dass es nicht an der Hitze, sondern an der Anspannung lag, die zwischen den Rittern, Vater und Sohn, vibrierte.

Es war nicht eben voll hier. Die Schankmagd, sichtbar eine Tochter des Wirtes, spürte die miese Stimmung auch. Die junge Frau stellte die Bretter mit den Eintöpfen auf den Tisch und türmte förmlich. Niemand beachtete Anais, so als hätte sich ihre sonst so auffällige Erscheinung in Luft aufgelöst. Sie wiegte ihren Jungen sanft, bis er eingeschlafen war, aber sie krampfte ihn an sich, als wäre er ihr Rettungsseil.

Emma hatte Mitleid mit ihr. Die Frau war eben so steif vor Anspannung wie sie selbst Anais musste fürchten, zurückgeschickt zu werden. Was ja lachhaft war, der Graf hatte, so ablehnend er sie auch beäugte, schließlich an ihrer Rettung mitgewirkt. Tristan, der neben ihr hockte, lehnte sich an die Steinwand hinter der Bank und verschränkte trotzig die Arme vor der Brust. Fécamps strich den Rest des Eintopfs mit einem Rest Brot aus der Holzschale, kaute, stellte sie sachte ab und musterte das Pärchen, das die Fürstin und Tristan gaben , prüfend. Anais zählte die Flecken auf dem Tisch. Irgendwie schaffte sie es, den Rücken grade zu halten, blieb dabei stumm, sodass er am Ende nur resigniert seufzte. An einem Nebentisch grölte jemand, ein Krug fiel um und der Wein ergoss sich in die Binsen. Als die Schankmagd mit einem Lappen heran hechtete, klopften ihr irgendwelche Kerle lachend den Hintern, während sie die Pfützen auf dem Tisch nur vergrößerte und selbst kicherte. Aber als der Graf sich zu dem Krach umdrehte, wurde es schlagartig still. Er hatte etwas mit den Augen angestellt, mit seinem Blick, das kannte Emma schon, aber der Fürstin verschlug es den Atem.

»Habt Ihr denn nie Angst?«, wisperte Anais.

In Fécamps ebenmäßigen Gesicht zuckte ein Muskel. »Natürlich. Angst ist ein gesunder Instinkt, der einen am Leben erhält.«

»Aber«, antwortete sie brüchig, »wie könnt Ihr sie dann verbergen?«

Unter seiner Musterung überzog sich ihr blasses Gesicht mit jäher Röte.

»Es wäre eine Neuigkeit«, sagte er. »Dass es einem Mann hülfe, Angst zu zeigen.«

Anais sackte auf der Bank zusammen.

Emma fühlte sich unwohl. Es war eine Zumutung, was Tristan da vom Grafen verlangt hatte, und er dankte es ihm nicht einmal. Natürlich wollte es die Sitte, dass sie als Bedienstete ihre Meinung verschluckte, auch wenn der junge Ritter ein Bastard war. Sie wollte gerade sagen, dass sie sich vergewissern ginge, dass man die Pferde ordentlich versorgte, als Tristan das Schweigen brach. Sie sank mit dem Po auf die Bank zurück.

»Sagt, was ihr wollt«, kläffte er seinen Vater an. »Den gescheiterten Fluchtversuch hätte er an ihr ausgetobt. Vielleicht hätte er sie totgeschlagen. Wir konnten nicht anders handeln.«

Fécamps schwieg weiter.

»Seht sie Euch an!« Tristan zeigte mit einer Hand zu Anais und nahm den Arm in die verschränkte Haltung zurück. »Welch zartes Geschöpf sie ist. Wie lange, denkt Ihr, hätte sie ein solches Leben ausgehalten?«

»Diese Feststellung kommentiere ich nicht.« Der Sarkasmus tropfte von Fécamps Worten.

Tristan beugte sich über den Tisch. »Was seid Ihr für ein kaltherziger Mann? Wie soll ich etwas anderes denken, als dass Ihr einen Stein habt, wo ein Mensch ein Herz haben sollte.«

»Guter Gott, ist das so?« Worte wie Peitschenhiebe.

»Ich sehe nach den Pferden«, haspelte Emma, federte hoch und stolperte durch den Schankraum. Als sie den Kopf zurückwarf, hörte sie noch, wie Fécamps sagte: »Nimm deinen Kopf mal aus den Wolken, du Narr!«

Er schob sich geschmeidig zwischen Bank und Tisch, wischte die Krümel von der Hose, neigte den Schopf und löste die Knoten in seinem schulterlangen Haar mit den Fingern. Ein Anblick, der Emma innehalten ließ. Sie blieb neugierig in der Nähe der Tür stehen. Tristan sperrte schon den Mund zur Entgegnung auf, aber Fécamps grätschte ihm dazwischen. Er zuckte mit dem Daumen zu Anais, die den Kopf wie eine Schildkröte einzog. »Das ist die Fürstin von Salerno, mein Lieber. Ihre Anwesenheit unserem Herzog zu erklären, wird heikel werden. Denn das hier sieht offensichtlich nicht nach einer Vergnügungsreise aus. Ich weiß nicht, woher du diese romantischen Tändeleien hast.«

Tristan stierte wie ein beleidigtes Kind vor sich hin. Fécamps rollte die Schulter, legte eine Hand auf die Lendenwirbelsäule.

»Vielleicht«, blaffte Tristan dann, »ist es meine Mutter, von der ich das Gefühl für moralisches Handeln geerbt habe. Ich würde es wissen, wenn Ihr mir sagt, wer sie ist.«

Emma zuckte zusammen. Niemand wusste, wer Tristans Mutter war, nicht einmal er selbst. Und keiner wusste, wie der Graf auf eine solche Bemerkung reagieren würde. Zu ihrer Erleichterung zuckten Fécamps Mundwinkel zuerst nur. Doch lange konnte er sich nicht zurückhalten. Er warf den Kopf in den Nacken, lachte so schallend, dass die anderen Gäste den Kopf herumwarfen und sogar mit ihren Bechern salutierten. In diesem Lachen lag kein Hohn. Es klang aufrichtig, aber er brach es unvermittelt ab. Mit versteinerter Miene zog er seinen Sohn am Ärmel. Zu Anais sagte er zuckersüß: »Ihr entschuldigt uns?«

Emma rannte raus, atmete die warme Luft ein und erschrak, als Fécamps seinen Sohn aus der Tür stieß. Sie flitzte hinter den Stall, aber das war zu dämlich, denn Fécamps drückte den Jüngeren, der sich gegen ihn stemmte, an die Holzwand und presste ihm den Unterarm unters Kinn.

»Ich bin hier, oder? Ich habe die Scheiße mit dir durchgezogen. Das sollte dir genügen.« Er gab Tristan frei, aber Emma sah verblüfft, wie er sich die Lederhandschuhe überstreifte.

»Wenn ich mit dir fertig bin, wirst du nie wieder nach deiner Mutter fragen.«

»Er hatte eine wirklich üble Abreibung bekommen.« Emma lächelte leise. »Und er hatte sie verdient.«

»Du lieber Himmel«, wiederholte ich blöd, gab aber zu, Genugtuung zu empfinden. Ich konnte mich nicht erinnern, mal ernstlich von meinem Vater verprügelt worden zu sein. Klar, als Knappe hatte es mal Backpfeifen gesetzt. Auch mal einen Boxhieb in die Magengrube, wenn ich es später zu weit getrieben hatte. Doch offenbar nie weit genug. Nicht so weit wie dieser Bruder. Ich knabberte eine Weile an der Geschichte. Tristans anmaßendes Gewäsch konnte ich mir lebhaft vorstellen. Doch zugleich glaubte ich zu wissen, dass Vater für mich nie etwas Vergleichbares getan hätte.

»Jocelin.«

Ich sah Emma an, die in mir las wie in einem offenen Buch.

»Natürlich hätte er das. Der Unterschied ist bloß, dass du niemals so einem Unsinn machen würdest wie Tristan.«

Ich blinzelte. »Was …?«

»Von all seinen Kindern bist du das Vernünftigste.«

»Ich? Und Sebastien? Ich … er …«

Ihr Blick, in dem so etwas wie Verzweiflung ruhte, brachte mich zum Schweigen. Mir fiel die Szene zwischen ihr und Sebastien wieder ein, und natürlich glaubte ich nicht, dass Vater davon wusste, aber ich verstand, warum Emma diesen meinen Bruder unvernünftig fand. Ich hatte ja keine Ahnung, was noch alles kommen sollte. Ich versuchte, das Thema von mir fort zu lenken.

»Dass Tristan so in Anais vernarrt war, wusste ich gar nicht.«

»Vernarrt? Er liebt sie«, meinte sie lapidar. »Er dürfte drunter leiden, dass sie formal die Frau eines anderen ist.« Gequält verzog sie das Gesicht. »Er packt sie ja förmlich in Schafswolle. Von Anfang an. Die Herzogin hatte mich abgestellt, die Zofe für Anais zu sein, solange es nötig wäre. Es war nicht auszuhalten, Jocelin, weil es so … ach, ich weiß nicht. Einige Monate ging es gut. Dann bracht ihr alle in den Krieg auf. Ihr habt Salerno belagert, als sie …« Eine Weile blickte sie an mir vorbei in eine unsichtbare Ferne. »Gisulf hat versucht, sie zurückzuholen«, flüsterte sie.

Sie sah so weggetreten aus, dass ich mich ernstlich sorgte. »Alles in Ordnung, Emma?«

»Gisulf hat sie zurückgewollt«, wisperte sie.

»Ich erinnere mich. Als sie in Oria war, hatte es einen Überfall gegeben.«

»Die Burg war nicht ausreichend besetzt«, wisperte sie. »Alle waren vor Salerno und bekämpften Gisulf. Der sandte Häscher aus, um seine Frau zurückzuholen. Die Gräfin und Sebastien waren schwer verletzt.«

Stimmt, langsam kamen die Bilder zurück. Ich war bei der Belagerung gewesen, aber ich weiß noch, dass Vater außer sich vor Wut war. Und dass er, obwohl es ungerecht war, Anais die Schuld für das gab, was passiert war. Emma starrte immer noch Löcher in die Luft.

Ich riss sie da raus. »Glaubst du, Gisulf würde sie immer noch zurückwollen?«

»Natürlich«, entgegnete sie wieder gefasst. »Warum?«

»Wir haben bei den Unterlagen des Legaten den Dispens ihrer Ehe gefunden«, weihte ich sie ein. »Da Gisulf in Rom beim Heiligen Vater weilt, dürfte er genügend Einfluss auf ihn haben, um Bullen und Dekrete zu insistieren.«

»Aber nicht diesen Dispens«, widersprach sie. »Niemals ließe er sich von Anais scheiden. Nie. Eher würde er versuchen, sie mit Gewalt zu holen.«

Das gab mir was zu grübeln. Wenn der Dispens eine Gegenleistung für die Mitwirkung in einem Komplott war, bedeutete dies zweierlei. Erstens, Anais hing in der Sache drin. Zweitens, neben Gisulf gab es einen anderen Feind unseres Herzogs, der genügend Einfluss auf den Heiligen Vater hatte. Den Papst dazu zu bringen, solche Papiere auszustellen, bedurfte es Prestige. Somit schieden eigentlich alle Byzantiner als Rädelsführer aus.

Als ich Emma wieder ansah, arbeitete sie sorgfältig und konzentriert und doch … Ich fand immer schon, dass sie etwas von einer Fürstin an sich hatte. Sie litt unter ihrer hoffnungslosen Liebe und doch ging ein Leuchten von ihr aus. Wenn mein Herz nicht längst so rettungslos verloren wäre, hätte ich mich in sie verliebt.

»Wie geht es dir?«, fragte ich scheu. Am liebsten hätte ich die Worte wieder zurückgenommen, denn zur Antwort traf mich ein blauer Blitz. Es war einer dieser scharfen schneidenden Blicke aus blauen Augen, wie sie sonst nur der Herzog hinbekam. Ich duckte mich weg, aber weil sie nicht antwortete, rappelte ich mich umständlich aus dem Stuhl und strich mir, eine Geste der Verlegenheit, über die beigen Wildlederhosen. »Na, dann werde ich mit Anais reden.«

»Mach das«, meinte sie lakonisch und schnappte sich das nächste Kleidungsstück.

Ein Heidenlärm schreckte uns auf.

Eine Frau schrie oben wie eine Wahnsinnige. Die Principessa, die Ilario, den ich vor Guido LeFertes Tür postiert hatte, mit Schmähungen überhäufte. Ich brüllte den Befehl, Ruhe zu geben und jagte die Stufen hinauf. Lily tobte oben mit vor Empörung gerötetem Antlitz und derangiertem Haar .

»Was«, schnaufte ich, »ist los?«

»Er hat mich aus der Kammer gejagt«, gellte sie. »Mich! Er hat mich sogar angefasst, als ich vor LeFertes Truhe kniete!«

Ich seufzte resigniert. Sie war also ohne mich in der Kammer gewesen. Ich nahm den mit glühenden Wangen ausgestatteten Jüngling in Augenschein. »Als ich dir den Befehl gab, wohnte dem nicht eine Weisung inne?«

»Ich weiß. Ich sollte keinen reinlassen. Aber ich war nur mal pinkeln.« Das klang relativ kleinlaut.

»Ich befahl dir, einen Kameraden herbeizuholen«, wies ich ihn zurecht.

Sein Gesicht schwitzte noch stärker, als er zurückgab: »Klar, weiß ich. Aber alle sind unten wegen der Aufführungen und auf mich hört ja keiner.«

Frustriert schloss ich die Augen, riss sie aber sofort wieder auf. Aufführungen? Welche Aufführungen?

»Er hat mich angefasst!«, schrie Lily.

»Sie hat in den Truhen gewühlt«, gab der Soldat lahm zurück. Damit handelte er sich einen Tritt gegen das Schienbein ein. Nicht von mir, natürlich nicht. Liliana ging förmlich auf ihn los, hämmerte mit beiden Fäusten auf seinen Waffenrock, dass die Glieder des Kettenhemdes nur so klirrten. Ich zögerte, doch dann umschlang ich sie fest, um sie zu bändigen. Das war gewagt. Sie war die Principessa, und doch wurde mir schwammig bewusst, dass auch ich mich zügeln musste. Ihr Atem, ihre samtene Haut und ihre weichen Brüste, die sich gegen mich pressten, als ich sie festhielt, raubten mir den Verstand. Ich unterdrückte gerade eine mächtige Leidenschaft, von der sie nichts ahnte.

»Beruhigt Euch, Signorina«, ächzte ich.

Ihre Muskeln entspannten sich. Ich gab sie frei. Erst jetzt sah ich die beiden gesiegelten Pergamente, die ihr im Eifer des Gefechtes entglitten waren, und klaubte sie aus den Binsen.

»Das sind päpstliche Papiere, die ich gefunden habe.« Schwer atmend strich sie sich die Locken aus der Stirn. »Papiere, die Plaisance entgangen sind.«

Verblüfft starrte ich auf die Dokumente. »Habt Ihr sie gelesen?«

»Nur das eine.« Sie zeigte auf eine Bulle. »Das hier ist der Dispens für die Ehe LeFerte.«

Ich kratzte mich am Kopf. »Plaisance hat das Papier, das sie oben auf dem Söller verbrennen wollte, für den Dispens ihrer Ehe gehalten. Dabei war der für die Ehe von Gisulf und Anaïs.

Dass es noch mehr Papiere gibt, dass sie am Ende doch Recht hatte mit ihrem Verdacht, hätte ich nicht erwartet.

Lily lachte kurz humorlos auf. »Weil du manchmal etwas schwerfällig bist. Denk nach!«

»Ich mache nichts anderes«, murmelte ich, aber sie redete mir rein, formulierte, was ich mir mühselig zusammenkratzte.

»Da sollen zwei Ehen geschieden werden!«, rief sie mit geröteten Wangen und einem vorsichtigen Blick auf Ilario, der aber nur herumstand und von all dem sowieso nichts verstand. »Was in dem anderen Papier steht, weiß ich nicht.« In ihrer Stimme lag ein Vorwurf, weil ich den Fetzen nicht rausrückte. »Aber wenn einer Menge Leute von Rom aus ein Gefallen getan werden soll, dann bedeutet das, dass die Nutznießer alle in der Verschwörung drinhängen müssen!«

Stimmt, dachte ich. Aber es hieß auch, dass der Initiator entweder mächtig Einfluss in der Kurie hatte, oder aber, dass Rom von dem Komplott wusste und ihm zustimmte. Ich musste meine Gedanken sortieren, aber Lily zeterte unerbittlich weiter. »LeFerte können wir nicht mehr fragen. Und da drinnen herrscht eine unsägliche Schlamperei.« Entrüstet zeigte sie zur Tür der Kammer LeFerte. »Da hängen Spinnweben an der Decke, in denen sich Schafe verfangen könnten.«

»Das halte ich für unwahrscheinlich.« Feixend warf ich einen flüchtigen Blick auf den Dispens. Als ich eben das andere, weniger amtlich aussehende Papier in Augenschein nehmen wollte, kam Guy, einer von Lilys Brüdern, die Treppe hinauf gesprintet. Ich kannte ihn flüchtig von Waffenübungen und dem Turnierschießen mit dem Bogen.

»Lily, Mutter will dich unten sehen«, lachte er. »Du sollst die Künstler beurteilen.«

»Künstler?«, fragte ich interessiert und stopfte mir das ungelesene Papier mehrfach gefaltet hinter den Gürtel. Ich hatte eine große Vorliebe für Musik, Akrobaten und Gesang. Vor allem für Tänzerinnen. Am liebsten waren mir die sarazenischen. Sie hatten am wenigsten an und wackelten entzückend mit dem Bauchnabel.

»Die blöden Musiker und Akrobaten, die auf meiner Hochzeit auftreten«, wischte sie das gereizt mit der Hand weg.

Während wir zu dritt runterstiefelten, schnaufte sie, erschöpft von dem Handgemenge, sie hätte sich überlegt, den Tuchhändler Cyrus unter dem Vorwand aufzusuchen, Stoff für ihr Hochzeitskleid auszuwählen. Ich könnte sie ja begleiten.

»Das ist aber nicht sehr unauffällig«, gab ich zu bedenken. »Halb Salerno weiß, dass ich Ermittlungsarbeiten durchführe.«

»Du bist meine Eskorte«, bestimmte sie.

Ich wollte eben zu einer kritischen Erwiderung ansetzen, als Guy die Pforten zum Hof aufstieß.

Unfassbarer Lärm brandete auf uns ein. Trommeln dröhnten, Pfeifen schrillten und Lauten klimperten. Akrobaten zwangen sich eine Verrenkung nach der anderen ab. Nebenher schwenkte ein Händler für Gewürze und Düfte ein Weihrauchgefäß. Er umhüllte die Darbietungen mit Qualm, in dem gering beschürzte sarazenische Tänzerinnen fröhlich umhertollten. Sichelgaita, unsere Herzogin, beäugte das alles äußerst kritisch.

»Ein wahres Freudenfest für den Bischof«, raunte ich ihr todesmutig zu. Mich gelassen zu geben, war eine Höchstleistung, weil es mir das Herz zerriss, zu wissen, wem all diese Vorbereitungen dienten.

»Die Tänzerinnen und Musiker werden ja nicht im Dom auftreten«, entgegnete die Herzogin schnippisch. Dann blähte sie die Nüstern und schnüffelte. »Wir haben entschieden, die Hochzeit nach Maria Himmelfahrt zu feiern, und haben deshalb nicht mehr viel Zeit für die Vorbereitungen.« Noch einmal zog sie die Nase kraus.

»Girard!«, bellte sie nach dem Truchsess. »Der Weihrauch ist von miserabler Qualität. Es muss besserer herbeigeschafft werden.«

Der alte Girard sah genervt aus. Er war einer der ältesten Getreuen Robert Hautevilles. Seine Funktion als Truchsess war mal als Auszeichnung gedacht gewesen, aber wegen Sichelgaita hatte er andauernd den Gesichtsausdruck aller Untergebenen, die mit enervierenden Herrschaften geschlagen sind.

»Wie Ihr wünscht, Duchessa«, nölte er.

Begeistert grinsend sah ich mich um. Wachleute und Knechte umringten die Aufführung als vergnügter Haufen. Sie tuschelten, stupsten sich an, feixten und lachten lüstern. Nie zuvor hatte es einen besseren Zeitpunkt gegeben, Salerno zu überfallen. Ich entschied, mich diskret zu entfernen. Ich hatte mit Anais zu reden. Möglichst ohne Lily, die glücklicherweise in ein Gespräch mit ihrer Mutter verstrickt war. In mir war alles in Aufruhr. Kurz nach Maria Himmelfahrt würde sie heiraten. Das war schon bald. Aber ich setzte meinen Marsch würdevoll fort.

Nach der unerfreulichen Diskussion mit einem Leibwächter der Bleichen betrat ich die Räume der früheren Fürstin von Salerno. Leider fand ich sie zuerst nicht. Ich musste länger suchen, bis ich sie in einem Berg Kissen entdeckte, zwischen denen Tischchen standen, die über und über mit angezündeten Kerzen bestückt waren. Vor allen Fensteröffnungen hingen Tücher. Hier gab es nur das Kerzenlicht, das dem Raum die Atmosphäre einer Krypta verlieh. Ein vorwitziger Sonnenstrahl, der verstohlen zwischen zwei Tücher huschte, spielte über Anais graublaues Kleid. In der diffusen Beleuchtung war sie nur ein Schatten.

Mein Schädel begriff das ja. Die Beschaffenheit ihrer bleichen Haut war eine Zeitlang Gesprächsstoff gewesen. Sonnenlicht, hieß es, setze ihr böse zu, deshalb verließ sie ihre Räume auch selten. Aber obwohl es verständlich war, die Vorkehrungen einem medizinischen Zweck dienten, wirkte das Szenario furchtbar dramatisch. In den Kissen raschelte Papier. Sorgsam drückte Anais den kleinen Verschluss eines mit Gold und Leder verzierten Quartbuches zu. »Jocelin de ...?«, fragte sie heiser.

Ich winkte ab. »Nichts de, einfach Jocelin.«

»Was führt Euch zu mir? Möchtet Ihr etwas essen? Oder trinken? Ich lasse eine Magd kommen.«

Mein Mund war knochentrocken, also erklärte ich, dass etwas Wein nicht übel wäre, woraufhin sie ein silbernes Glöckchen benutzte. Derweil wir zusahen, wie der Wein auf einem Tablett hereingetragen und zwischen uns abgestellt wurde, musterte ich sie genauer. Dünn und blass, von undefinierbarem Alter, war sie exakt so, wie ich sie in Erinnerung hatte. Als sich unsere Blicke trafen, hätte ich nicht zu sagen gewusst, welche Farbe ihre Augen hatten. Grau? Blau? Wenn blau, dann wässrig, keinesfalls so diamanten wie die der Hauteville s. Ihre schmalen Mundwinkel waren leicht nach unten gebogen, so als hätte sie nie gelacht. In diesem Licht schien ihre Haut nahezu faltenlos.

»Was kann ich für Euch tun, Jocelin«, hauchte sie. Ihre Unterlippe bebte. Das musste nicht zwingend bedeuten, dass sie etwas zu verbergen hatte. Sie fürchtete sich immer, sogar vor einer Ameise.

»Ihr wisst, Signora, dass ich mit der Aufklärung einer Verschwörung beauftragt wurde?«

»Verschwörung?«, quietschte sie entsetzt. »Ich dachte, es ginge um einen Mord?«

»In dessen Aufklärung sich Anzeichen einer Verschwörung offenbarten.«

»Und das führt Euch zu mir?« Sie schaute mich flehend an.

Ich wand mich unbehaglich und nippte an meinem Wein, um sie nicht direkt mit Unterstellungen zu überfallen. Doch ich kam nicht daran vorbei.

»Diejenigen, die die Intrige gegen unseren Herzog spinnen, scheinen von Rom aus mit der Erfüllung sehnlichster Wünsche überhäuft zu werden. Und das hier ...« Ich blinzelte verlegen. »Das hier ist mir in die Hände gefallen.«

Über kurze Distanz überreichte ich ihr das Pergament mit dem päpstlichen Siegel. Sie hielt es näher an den Kerzenschein und studierte es eingehend. Dabei fuhr sie jedem Wort mit dem Finger nach und sprach es lautlos mit. Das Geschriebene war Latein, doch Anais entstammte einer byzantinischen Familie. Sie war damals, im Zuge des Bündnisses Salernos gegen den Herzog von

Apulien und Kalabrien, Robert Hauteville, aus Konstantinopel herangekarrt worden, um Gisulf zu heiraten.

Als sie fertig war und das Gelesene verstanden hatte, schaute sie verschreckt hoch. »Aber wie ist das möglich?«

»Freut es Euch nicht? Ich hatte angenommen, Ihr wäret erleichtert, wenn Gisulf kein Anrecht mehr auf Euch hat.«

Einen Wimpernschlag lang erhellten sich ihre bleichen Züge.

»Ich könnte zu meiner Familie zurück«, fiepste sie. Doch dann wandelte sie sich zurück in den reinsten Jammer. »Aber wie ist das möglich?«

»Das gilt es zu klären«, gab ich relativ kühl zur Antwort, und starrte lange in meinen Weinkelch. Die Luft hier drinnen war drückend heiß, mit der Sonne war der kühlende Seewind ausgesperrt. Leider war sie zudem mit Duftwassern durchsetzt und schwer.

»Aber ich kann es mir nur mit einem Wunder erklären«, raunte sie kraftlos.

»Übernatürliche Erklärungen sind was für Verrückte, Signora. Für mich sieht es so aus, als wäre das Papier die Belohnung für einen konspirativen Dienst.«

Wenn es möglich gewesen wäre, wäre sie noch fahler geworden. Mit einer Hand auf dem Herzen stieß sie einen verängstigten Laut aus und beließ den Mund offen. Ihre weißen Zähne schimmerten mich an. »Gegen den Herzog? Aber doch niemals.«

Stille Tränen, ganze Sturzbäche, rannen ihr aus den Augen. »Ihm habe ich zu danken. Ich tue es täglich in jedem meiner Gebete. So wie ich Eurem Vater danke und Eurem Bruder Tristan, der mich Unwürdige für würdig befand, mich aus meinem Joch zu erlösen.«

Tristan. Da war er wieder. Konnte es sein, dass Anais' mit dem Papier überhaupt kein Dienst erwiesen wurde? Dass es eine Belohnung für ihn war?

In genau diesem Augenblick stürmte er herein, als wäre er herbeigerufen worden. »Großer Gott! Willst du jetzt ihr die Schuld an den Morden geben, du kleine Ratte? Wir wissen doch jetzt, wer es war!«

»Es geht längst nicht mehr nur um Morde, Tristan.«

Anais presste, erschüttert von dem Aufruhr, eine Hand an die Brust. Doch sie schaute Tristan so bekümmert an, als hätte er etwas zu verbergen. Wusste sie davon? Oder verlangte sie stumm nach einer Erklärung?

»Du schwafelst was von einer Verschwörung, um dich wichtig zu machen, was? Dabei bist du ein Wurm!« Er riss Anais das päpstliche Dokument aus der Hand. »Und wirst immer einer bleiben. Kleine Leute mit kleiner Macht haben etwas Bösartiges an sich.«

»Das hast du aber fein auswendig gelernt«, bescheinigte ich ihm leise applaudierend. Feindselig starrte er mich an. Als ich anfing, mir mit einer Hand Luft zuzufächeln, hätte er sich bald auf mich gestürzt, aber von seinem Besuch im Badehaus roch er nun mal wie ein ganzes Hurenhaus. Zugegeben, das stellte zwar eine Verbesserung zu dem Odeur dar, den er im Kerker ausgedünstet hatte, war aber maßlos übertrieben.

»Das Parfum? Hadrians Nächte?«, spielte ich auf das Duftöl an. »Es heißt, Kaiser Hadrian bevorzugte Männer.«

Willentlich provozierte ich ihn, doch obwohl er impulsiv war, passierte gar nichts. Ich runzelte die Stirn und begriff, dass er völlig in das Papier vertieft war. Während er las, musterte ich ihn eingehend. Überraschung fand ich kaum in seinem hochmütigen Gesicht.

»Der Dispens«, wisperte er, ohne mich anzusehen.

»Ihr habt davon gewusst?«, quiekste es aus den Kissen. Er antwortete ihr nicht.

»Du, Tristan, hast davon gewusst«, erkannte ich. »Und hast dich gefragt, wo der Dispens bleibt.«

»Du hältst jetzt dein verfluchtes Maul«

»Weiß Vater von deiner Ausdrucksweise?«

»Halt endlich das Maul, verdammt!« Sein Blick glitt über meinen Körper, als suchte er etwas.

»Hast du vor, sie zu heiraten?«, heuchelte ich Interesse. »Es kursieren fantastische Geschichten von euren Anfangstagen ….«

»Wo ist es?« Er beugte sich zu mir, als wollte er mich augenblicklich anspringen.

»So tiefe Liebe macht berechtigterweise jeden Verrat verzeihlich. Aber ich bezweifle, dass du deinen Kopf aus der Schlinge ziehen ...«

»Wo ist es?«, brüllte er.

Ich blinzelte irritiert. »Wo ist was?«

»Es muss noch ein Schreiben geben!«

»Oh, eine weitere Gefälligkeit? Da wüsste ich aber zu gerne, ob du dich höchstpersönlich bereit erklärt hast, den Dolch gegen unseren ....«

Mit einem gewaltigen Satz sprang er mich brüllend an. Anais' Wimmern schwoll zu einem hysterischen Crescendo an, das ich ihr nicht zugetraut hätte. Wie zwei gefällte Baumstämme polterten Tristan und ich zu Boden, rollten uns herum, und er prügelte blind auf mich ein.

»Gebt Frieden!«, bellte einer der Türwächter. Er stürzte dazu, wollte uns auseinanderzerren, doch Tristan verpasste ihm einen sauberen Kinnhaken, der ihn augenblicklich auf den fadenscheinigen Orientteppich beförderte, wo er, alle Viere von sich gestreckt, liegen blieb. Tristan rannte raus. Ohne Hoffnung, den Tobenden einzuholen, trabte ich keuchend hinterher. Ich fühlte mich angeschlagen, und bis ich endlich im Hof war, sah ich nur noch, wie er in den Sattel sprang und das Haupttor hinausgaloppierte. Im Hof schellten die Zimbeln, und die sarazenischen Mädchen hopsten vergnügt zum Takt der Musik.

Ich hörte Anais bis unten in den Hof weinen. Dienerinnen mit Wasserschalen und Tüchern flitzten an mir vorbei in den Turm, aber das ließ mich kalt. Tausend wirre Vermutungen schossen mir durch den Sinn. Betroffen von der Erkenntnis, in meinem ungeliebten Halbbruder einen der Strippenzieher des Verrats überführt zu haben, war ich wie erstarrt.

Ich verfluchte seine Undankbarkeit. Meine Nachlässigkeit, die Lustlosigkeit, mit der ich Aufgaben anging, war neben Tristans Verrat ein Fliegenschiss. Zur Ehre gereichte ihm allein die Liebe zu Anais. Vermutlich ahnte sie nicht mal was von dem Verrat. Ich stellte mir zwar vor, wie er ihr vorgesäuselt hatte, dass bald alles gut werden würde, aber eine Irre wie sie in einen ausgeklügelten Verrat einzuweihen, das brachte nicht einmal dieser Hitzkopf zustande.

Mit einem Mal erinnerte ich mich an das Papier in meinem Hosenbund. Das musste er gesucht haben. Danach musste er gebrüllt haben. Ich war nicht dazu gekommen, einen Blick hineinzuwerfen, doch nun war ich neugierig und kramte es heraus. Derweil ich es auseinanderfaltete, schlenderte ich lesend Richtung Gemeinschaftsunterkünfte.

Aber auf halbem Weg blieb ich, wie Lots Frau zur Salzsäule erstarrt, stehen. Unfähig mich zu rühren, rempelte mich ein Knecht an, der sich wortreich entschuldigte. Obwohl das ein Zeichen meines jähen gesellschaftlichen Aufstiegs war, bemerkte ich es kaum. Mein Verstand versuchte zu erfassen, was die Worte, die ich las, zu bedeuten hatten. Das war ... Ja, was war es?

Eine Bilderflut stürzte auf mich ein. Begegnungen, Dialoge, Streitereien. Der genervt gespannte Mund meines Vaters, der doch Nachsicht übte. Tristans Bevorzugung, des ewigen Gezeters zum Trotz. Wie er allen auf die Eier ging mit der Fragerei nach der Identität seiner Mutter.

Bis zur Mauer zwischen zwei Tore schleppte ich mich. Dort glitt ich die Steinmauer hinab und blieb auf den Fersen hocken. Was ich in der Hand hielt, war ein Affront. Wenn das Schreiben in die falschen Hände geriet, würde es eine Katastrophe auslösen. Ich blinzelte in die tief stehende Sonne. Im Staub des Tages brachen die Akrobaten und Tänzerinnen auf. In ihren zufriedenen Gesichtern las ich, dass ihre Darbietungen Gefallen gefunden hatten. Pferde wurden aus den Stallungen zu einer kleinen Jagdgesellschaft geführt, neben der ein Falkner mit den verkappten Vögeln wartete. Den Hunden hingen die hechelnden Zungen aus den Hälsen. Ich hörte ein schrilles Lachen und das verlegene Lachen des Erben Hauteville. Roger

Borsa, Sichelgaitas und Roberts erstgeborener Sohn, der Boemund in der Erbfolge den Rang abgelaufen hatte. Roger, der es sich zum Grundsatz gemacht hatte, in der Gegenwart der Eltern unsichtbar zu bleiben, weil er niemals etwas tat, was ihren Ansprüchen genügte. Mit einem Mal fühlte ich mich ihm verbunden. Mit ihm, dem legitimen Fürstensohn, der doch elternlos war.

Ich spürte einen Schatten über mir und sah hoch. Emma stand mit einem Weidenkorb voller Aprikosen vor mir. Ihre beiden geflochtenen Zöpfe leuchteten weizenblond und ihre Miene war ernst wie immer, als sie sagte: »Ist alles in Ordnung? Du siehst gequält aus?«

»Ich komme zurecht.« Verlegen kam ich langsam wieder zu mir. Ich würde Alarm schlagen müssen, um Tristan nachzujagen, aber der Schreck des Gelesenen saß mir in den Knochen.

»Das sieht aber nicht so aus, Jocelin. Und das ist ungünstig. Dein Vater und der Herzog warten bei der Eiche auf dich.«

Bei diesen Worten hätte mein Herz einen jauchzenden Hüpfer tun müssen, aber es tat sich nichts dergleichen. Ich fühlte mich lausig, und ich fragte mich, wie ich den Herren mit dem neu gewonnenen Wissen unter die Augen treten konnte.

»Jocelin?«

»Es ist nichts, Emma. Es ist nur so, dass Tristan einer der Verräter ist. Ich muss umgehend nach ihm suchen lassen.«

»Ich sage den Herren Bescheid. Sie werden gewiss auf dich warten, um deiner Erklärung zu lauschen.«

Ich nickte, strich mir die Hände an der Tunika ab und wollte los. Aber etwas hielt mich zurück. »Du bist nicht überrascht?«

Sie zuckte die Achseln. »Wie könnte ich es sein? Er ist anmaßend und größenwahnsinnig.«

»Ich habe hier ein Papier, in dem steht, wer seine Mutter ist.«

Einen furchtbaren Augenblick dachte ich, sie würde sofort losstürmen, um es meinem Vater zu erzählen, aber sie blieb nur lange still. »Dann vernichte es«, stieß sie dann aus.

Mit beiden Händen rieb ich mir über das Gesicht, »Aber, Emma, du weißt ja nicht, was drinsteht. Wer seine ...«

»Doch, ich weiß.«

Ich musste dreinblicken wie ein Schwachkopf.

»Ich weiß es«, sagte sie streng. »Nicht, weil es mir mal jemand sagte, oder weil ich gelauscht hätte. Ich bin nicht diejenige, die in Schränke schlüpft. Es ist nur so, Jocelin, dass ich Augen im Kopf habe und nicht närrisch bin. Wenn man klug ist, kann man sehen, wer seine Mutter ist. Und wenn irgendwer noch Augen im Kopf hat, dann ist es …«

»Sag nichts mehr.« Ich schnitt ihr das Wort mit einer Handbewegung ab. »Es soll nicht ausgesprochen werden.«

»Auf gar keinen Fall und am besten vermeide den Eindruck, du wüsstest es.«

Ich nickte mehrfach wie ein Verrückter. Was sie sagte, klang einleuchtend. Ich sprintete los, um dem Hauptmann der Burgwache zu befehlen, nach Tristan suchen zu lassen, aber nach zwei Schritten kehrte ich zu Emma zurück und nahm sie bei der Schulter.

»Danke. Das habe ich jetzt gebraucht. Ein kluges Wort. Wenn ich mal irgendetwas für dich tun kann, sag' es mir!«

Es war merkwürdig, Emma seufzen zu hören und zu sehen, wie sie den bezopften Schopf senkte. »Da wird es möglicherweise etwas geben.«

Aber auch das quittierte ich nur mit einem Nicken und eilte davon.

15

Sabina

Wir waren noch halbe Kinder gewesen, dachte Sabina. Wie er sie an sich gedrückt hatte, hatte ein Verlangen in ihr ausgelöst, das ihr so neu, so fremd und so willkommen erschienen war. Sie hatte es für Liebe gehalten. Sie hatte gebrannt vor Leidenschaft. Auf einmal war sie eine andere geworden, nicht mehr die brave Tochter eines lombardischen Barons, die mit einem Normannen verlobt war, um eine Allianz zu festigen. Selbst ihre Angst, die daher rührte, dass sie ihren Verlobten, einen Waffengefährten des heutigen Herzogs und Baron in Vaters Nachbarschaft, noch nie gesehen hatte, war verpufft. Da war nur Cesare gewesen. Niemand sonst.

Warum habe ich das getan?

In den mehr als zwanzig Jahren, die seit jener Nacht in einem Heuschober in der Nähe Aversas vergangen waren, stellte sie sich die Frage immer dann, wenn ihr Hass auf Cesare de Fécamps ins Wanken geriet. Er hatte sie ja nicht vergewaltigt. Sie hatte ihr Kleid aufgeschnürt und seine Hände auf ihre Brüste gelegt.

Sie starrte in den Kerzenschein, der dem Zimmer Licht spendete. Damals hatte sie geliebt und war an den Folgen, nicht geliebt zu werden, zerbrochen. Jetzt hasste sie. Würde sie an die Folgen des Hasses ihr Leben verlieren, nur weil sie krampfhaft an einem Plan festhielt, der Rainulf das einbringen würde, was ihm von Rechts wegen zustand?

Der Plan, der aber obsolet war, weil die Rahmenbedingungen nicht mehr stimmten?

Einiges war schief gegangen. Wenn sie es auf später verschöben, auf einen günstigeren Zeitpunkt warteten, wen gab es da jetzt, der sie verraten könnte?

Wer war gefährlich?

Da war noch der …

»Um Gottes willen.« Sie bekreuzigte sich flink, federte vom Bett und schnappte sich ihr Schultertuch. Im Flur lief sie in eine Sklavin, die einen Berg frisch duftender Laken vor sich hertrug.

»Wo ist Enzo?«, fragte sie barsch.

»Er hilft beim Verladen der Wagen, die zum Hafen runter …«

»Er soll unten auf mich warten«, befahl sie, während sie noch mal zurück ins Zimmer flitzte, um ihre Gürteltasche zu holen. Da gab es noch jemanden, der sie mit seinem Wissen ins Unglück stürzen könnte. Der musste weg, und Enzo musste das erledigen.

Es wäre doch gelacht, wenn der abtrünnige Gardist nicht zu etwas nütze wäre.

16

Jocelin

Ich weiß noch, wie ich der staubbedeckten Kavalkade nach-blickte, die ausströmte, um in den Gassen der Stadt und im Umland nach Tristan zu suchen. Und wie ich die Beherrschung wiederfand, als ich den Weg zur großen Eiche antrat.

Ich suchte nach Erinnerungen, in denen Tristan mir wie ein Bruder gewesen war. Doch da war nichts. Sebastien hatte meine Kindheit zum Glänzen gebracht. Äußerst zurückhaltend zwar, aber er hatte mir immer wieder gezeigt, dass wir zusammengehörten. Dass er sich wünschte, sich auf mich verlassen zu können, so wie ich mich auf ihn. Umso schmerzlicher, in ihm den Ehemann des Mädchens zu sehen, das ich liebte.

Aber aller Liebe zum Trotz war ich erleichtert, die letzten Augen-blicke nicht in Lilys Beisein erlebt zu haben. Ich hätte sie nicht davon abhalten können, in dem Papier zu lesen. Ihre Entrüstung hätte sie kopflos agieren lassen, denn nie wäre sie fähig, das Geheim-nis zu wahren. Ich brauchte eine Weile, um mich zu beruhigen und lehnte mich einen Moment an die Mauer. Dann schöpfte ich Atem und stiefelte los.

Von Weitem sah ich die Herren schon auf den beiden Stüh-len unter dem Baum sitzen. Noch kam mir nicht in den Sinn, sie könnten von mir etwas völlig anderes wollen, als mit mir über die jüngsten Verwicklungen zu reden. Dabei hätte ich draufkommen müssen. Hatten sie mich doch von Emma rufen lassen, bevor sie von Tristans Beteiligung erfahren hatten. Dennoch kamen sie nicht direkt auf ihr ursprüngliches Anliegen zu sprechen. Später würde ich oft denken, dass sie herumgeeiert hatten. Und dass sie die einzigen Männer waren, die ich kannte, bei denen Herumeiern nicht würdelos aussah.

»Was hat das Gerede von Tristans Verrat zu bedeuten?«, wollte der Herzog von mir wissen. Er sah verärgert aus. Seine markanten Wangenknochen traten hervor und auf der Stirn tickte eine Ader. Mein Vater hingegen zog ein Gesicht, als hätte er von Tristan im Besonderen und von der Welt im Allgemeinen nichts anderes erwartet. Wenn er so guckte, war der Umgang mit ihm anstrengend. Ich ließ mich auf die Bank im Schatten des Laubdaches fallen und erzählte ihnen alles, was ich über die Verschwörung und den Mord in Erfahrung gebracht hatte. Allein das Detail über Tristans Mutter verschwieg ich. Ich war ja nicht wahnsinnig. Auf dem Tisch stand eine Mahlzeit. Ein Teller mit Fladenbrot, Datteln und Feigen mit Honig.

»Er wird zurückkommen«, brummte Vater. »Er wird versuchen, Anais zu holen.«

»Um mit ihr nach Byzanz zu verschwinden«, ergänzte der Herzog, während er sich zum Entzücken der umherschwirrenden Wespen ein Stück Brot mit Honig bestrich. »Deinem Vater scheint wichtiger zu sein, herauszufinden, wer hinter all dem steckt.«

»Euch nicht?« Ich schielte nicht einmal zu dem Essen, der Appetit war mir gänzlich vergangen. Robert Hauteville legte das Brot weg und fuhr sich mit einer Hand durch sein mit grauen Strähnen durchzogenes dichtes Haar. »Zwei Verschwörer sind tot. Fraglich, ob sie die Sache nicht abblasen.« Er klang gelangweilt.

»Aber Tristans Anwesenheit ...«

Ein eisblauer Blick brachte mich zum Schweigen.

»Tristan allein ist keine Gefahr für Robert. Nicht mal, wenn er mit dem Dolch hinter dem Vorhang wartet« mokierte sich der Graf. »Wir wissen nicht, wie viele Personen in den Komplott verstrickt sind. Ich wäre entzückt , wenn du sie fändest, damit wir sie ihrer Strafe zuführen können.«

Er hatte da seine Art zu reden, die pikte, wenn er dazu diese arrogante Miene aufsetzte. Ich ertappte mich dabei, wie ich ihn wachsam musterte, als erwartete ich einen Schlag direkt ins Herz.

»Gisulf hätte nie in die Scheidung von Anais eingewilligt«, murmelte der Herzog kauend. »Finde heraus, wer sonst ausreichenden Einfluss beim Papst hat.«

»Ich habe schon darüber nachgedacht«, bemerkte ich schwach. »Aber mir fällt beim besten Willen niemand ein.« Ich fing den verdrossenen Blick meines Vaters auf und ergänzte: »Wahrscheinlich fallen Euch da mehr Personen ein. Ich bin ja noch nicht allzu lange Schachfigur auf diesem gefährlichen Brett.«

»Als Bauer hast du dich tapfer geschlagen«, meinte er verkniffen. »Es ist an der Zeit, zum Turm aufzusteigen.«

»Womit wir bei Thema wären.« Der Herzog wischte sich über den Mund und legte beide Unterarme auf den Tisch. Er beugte sich zu mir vor, und ich wusste, das würde eine Ansprache werden. Es juckte mich, die zahllosen Narben auf seinen gebräunten Unterarmen zu zählen, unterließ es aber.

»Ich will mich ja nicht beschweren«, bemerkte ich stattdessen, »aber vielleicht solltet Ihr mich erst belohnen, wenn diese Sache hier überstanden ist.«

»Dein Wort ehrt dich, Junge.« Der Herzog lächelte und wandte sich dann an meinen Vater. »Er ist dir ähnlicher, als Tristan es jemals war.« Dann schaute er wieder mich an. »Es ist weniger eine Belohnung für diesen Dienst, Jocelin. Obwohl du den Mord an Anna und Guido LeFerte aufgeklärt hast. Als dein Vater, mein Freund hier«, er klopfte eben dem fest auf den Rücken, »die Idee hatte, dich mit der Aufklärung des Mordes zu betrauen, hatten wir im Auge, dich zum Hauptmann der Burgwache zu erheben.«

Ich schluckte einen Kloß hinunter, so sprachlos war ich. Die Worte suggerierten einen mir von Anfang an zugedachten Posten. Ich hatte mich zuvor würdig erweisen sollen, ja, aber diese beiden Männer hatten von Beginn an keinen Zweifel daran gehegt, dass mir dies gelingen würde. Glücklich sollte ich sein und ein Teil von mir war es. Ein anderer Teil fühlte den schmerzhaften Stich der Eifersucht auf Sebastien. Und einen dritten, einen kleinen Teil beschlich das Gefühl, dass das hier nicht alles war. Dieser Teil sollte recht behalten.

»Aber da ist noch etwas?«, fragte ich scheu.

Mein Vater schaute mich lange an. Er war erbost. Ich hatte ihn oft so erlebt und immer geglaubt, er sei zornig auf mich, doch zum ersten Mal erwog ich, im Irrtum zu sein. Jetzt war er erbittert wegen Tristan, und wahrscheinlich war er wütend auf sich selbst, weil er sich zu dessen Zeugung hatte hinreißen lassen.

»Ja, da ist etwas«, sagte er dann nachdrücklich und angelte sich einen der Weinkelche herbei. »Du weißt von der Hochzeit nach Maria Himmelfahrt.«

Ich bejahte das mit einem halb verzweifelten Krächzen und tat, als müsste ich husten.

»Indes hat es meinem Erben gefallen, sein Herz einer Bediensteten zu schenken und ihr ein Balg anzuhängen. Du kennst Emma.«

Ich flatterte irritiert mit den langen Wimpern. Emma schwanger? Mitleid überflutete mich. Ich sah im Geiste, wie mit dem Finger auf sie gezeigt wurde, wenn sie ihrer Arbeit nachging, und ahnte, dass man sie fortschicken würde, damit der Bastard mit seiner puren Existenz keine Schande über die Herrschaften brächte. Ich sah sie zerbrechen und das brach mir fast das Herz.

»Deshalb wäre es galant, die Schmach von den Schultern des armen Mädchens zu nehmen.«

Wer hatte das jetzt gesagt? Der Herzog? Warum interessierte ihn überhaupt die Schmach und Schande einer Dienstbotin? Oder hatte mein Vater gesprochen? Und was meinten sie damit?

»Äh«, stammelte ich und krallte mich mit beiden Händen an der holzgemaserten Tischkante fest. »Exzellenzen«, wandte ich lahm ein. »Ihr redet, als wäre das längst eine ausgemachte Sache.«

»Ist es das nicht?« Robert Hauteville rieb sich die Hände. »Hauptmann wärest du ohnehin geworden. Aber erweisest du uns diesen Dienst, winkt das Baronat Sambucina. Das lässt sich von hier verwalten. Es hat einen erstklassigen Vogt und ist bereits brillant ohne Guido LeFerte zurechtgekommen.«

»Sambucina?« Ich versuchte, den Schweiß auf meiner Stirn zu ignorieren. »Ich dachte, es sei Lilianas Mitgift.« Allein ihren Namen auszusprechen, mit dem Wissen bald eine andere zu heiraten, verursachte mir Schmerzen. Denn ich würde Emma heiraten. Aus dieser Sache kam ich nicht mehr raus.

Robert Hauteville lachte auf. »Ein Baronat? An Sebastien? Nein, er bekommt die Grafschaft Amalfi.«

»Weiß Emma …«, ächzte ich.

Mein Vater wedelte affektiert mit der Hand. »Sicher weiß sie das. Sebastien, der Tor, ist ganz verzweifelt. Er wird vor Erleichterung aus allen Wolken fallen, wenn er hört, welch großartige Lösung wir für das Problem zur Hand haben.«

Das bezweifelte ich ernsthaft, denn ich erinnerte mich zu genau, was ich in jener Nacht in der Halle gesehen hatte. Er liebte Emma. Er würde nichts lieber tun, als selbst zu seinem Handeln zu stehen, und sie zu seiner Frau machen. Doch es geziemte sich nicht. Ich fühlte eine leichte Gereiztheit. Wusste indessen, wie unangemessen sie war, denn ich stieg gerade rasant auf. Die Herren versuchten zudem alles, was ihnen die Sitten erlaubten, um dem Mädchen die Schande zu ersparen. Ich riss mich am Riemen und versuchte, an den Fall zu denken. »Ich bin dankbar für die Ehre, die mir zuteilwird.« Ich neigte das Haupt. »Und ich werde mit Emma sprechen, sobald sie es wünscht. Ich nehme an, die Vermählung soll bald stattfinden?«

Ich hatte ja keinen Schimmer, wie weit die Schwangerschaft schon fortgeschritten war.

»Nach dem Mist hier«, meinte mein Vater den offenen Fall und Tristans Flucht. »Was gedenkst du diesbezüglich als Nächstes zu tun?«

Ich räusperte mich. »Um herauszufinden, wer in Rom solchen Einfluss auf den Papst nimmt, werde ich mit dem verletzten Legaten reden.«

Der Herzog nickte zustimmend.

»Außerdem schwebt mir ein Gespräch mit dem Tuchhändler vor, und ich suche nach Annas Zofe Zoe. Sie scheint verschwunden zu sein.«

»Mach das mit dem Legaten zuerst«, befahl der Herzog und leerte seinen Weinkelch mit einem Zug.

Ich weiß nicht mehr, wie ich zu meinem Pferd gekommen bin, ob wankend oder strauchelnd. Heute kommt mir das verrückt vor, denn die Zukunft würde zeigen, wie sich unser aller Schicksale mit jenem Gespräch unter der großen Eiche verflochten hatte. Dessen ungeachtet sah ich an diesem Tag nur einen Weg, mit den gefühlsmäßigen Wirrnissen zurechtzukommen. Ich vergrub mich in der Arbeit. Ich mühte mich, einen kühlen Kopf zu bewahren, doch in meinem Innersten fürchtete ich mich.

Ich hatte Angst, Sebastien über den Weg zu laufen.

Abscheuliches Herzklopfen, wenn ich an die Begegnung mit Emma dachte, denn ich wollte nicht sehen, wie sie sich vor Dankbarkeit erniedrigte.

Und mir bangte vor Lily, die von all den Absprachen als einzige nichts wusste. Sie musste ja glauben, ich hätte eine Liebschaft mit Emma und würde ehrenhaft zu den Konsequenzen stehen. Es erheiterte mich kaum, dass ihr Irrtum meinem Ruf gut zu Gesichte stand. Andererseits verfiele sie womöglich der irrigen Annahme, dass ich Emma liebte. Bei dem Gedanken brach mir der Schweiß aus. Aber letztlich war das egal, weil Liliana ja nichts von meiner Liebe zu ihr wusste. Ich war überzeugt, dass sie meine Gefühle ohnehin niemals erwidern würde.

Ich weiß nicht mehr, wie ich mit dem Durcheinander im Herzen zum Stall gekommen war, aber ich saß plötzlich auf meinem Ross an der Spitze der Garde.

Mit einer Steifigkeit im Nacken begab ich mich zum Haus der Muliere Salernitini, um den Legaten zu befragen. Ich hoffte, dass er so weit genesen wäre, dass er wieder ansprechbar war. Dieses Mal würde ich mich nicht von seiner Blasiertheit abwimmeln lassen. Bevor ich das Tor passierte, hörte ich jedoch Lily im Hintergrund kreischen. Als ich mich herumdrehte, musste ich lächeln. Sie dort stehen zu sehen, in der Mitte des großen Hofes, mit geschürztem Kleid, erhitzten Wangen, mit dem in der Sonne wie Feuer leuchtendem roten Haar, das ihr wirr vom Kopf abstand, weil es nichts gab, womit sie es bändigen könnte, beseelte mich. Ich befahl dem Trupp stehen zu bleiben. Lily kam angerannt und hielt mein Pferd am Zaumzeug. »Wo willst du hin?«

»Den Legaten befragen, werte Principessa. Wart ihr zu beschäftigt mit den Vorbereitungen zu Eurer Hochzeit?«

Sie schlackerte mit dem Handgelenk. »Ich habe gehört, dass Tristan ein Verräter ist. Warum jetzt zu dem Legaten?«

»Weil Tristan es nicht alleine ist?« Meine Stimme klang amüsiert ironisch und ich hob eine Braue.

»Oh, verstehe.« Sie rieb sich nachdenklich das Kinn. »Ich komme mit.«

Das war mir jetzt aber dann doch zu viel. »Ich bitte Euch, Principessa …«

»Nein, ich komme mit.«

»Liliana!« Der Ruf war schneidend und kam von der Herzogin, die vor einem der großen Ställe stand und mit jeder Faser signalisierte, keinen Widerspruch zu dulden. Lily rang mit sich. Ich sah, wie sie sich wand, dann das Gesicht verzog und kurz mit dem Fuß aufstampfte. »Aber zum Tuchhändler reiten wir gemeinsam«, bestimmte sie.

Ich bejahte das wortreich, damit sie Ruhe gab. Aber es würde besser für mich sein, wenn wir uns vorerst nicht mehr so häufig begegneten.

Mit der Wache passierte ich die schmalen Straßen gen Norden. Wir kamen nur langsam vorwärts, es war Markttag und die Stadt barst aus allen Nähten. Die Luft war eine olfaktorische Zumutung. Der durchdringende Geruch von Gewürzen vermengte sich mit den seltsamen Düften kosmetischer Pülverchen und zigfachen Seifen – das alles durchsetzt mit den Ausdünstungen von Schafen, Hühnern und ungewaschenen Leibern. Ohrenbetäubend brüllende Händler drängten sich so dicht an uns heran, dass die Gardisten uns brutal den Weg ebneten. So eine Garde hatte definitiv Vorteile.

Das Sprachengewirr tat mir in den Ohren weh. Die Leute kamen von überall her; aus Sizilien und Byzanz, aus dem Norden. Ein einziges Geschrei und Gegacker. Es glich einer Erlösung, endlich beim Haus der Ärztinnen angelangt zu sein, das abseits in einem wohlhabenden Viertel lag. Der Marktlärm rauschte hier wie eine entfernte Brandung.

Die Gegend sah edel aus, aber ich hatte schon von den Beschwerden der reichen Händler und Ärzte gehört, die hier lebten. Sie mokierten sich über das Gesindel, das von den Frauen behandelt wurde und das es nicht dabei beließ, sondern bettelnd in den Straßen umherstrich. Und da waren sie auch schon. Zwei armselige Bettler schielten wachsam zu uns rüber. Vermutlich fürchteten sie, wir seien gekommen, um sie wegzujagen. Die Lumpen, mit denen sie sich bedeckten, hingen ihnen in Fetzen vom Leib, während sie angespannt dastanden und offensichtlich mit der Frage haderten, ob sie bei uns um ein paar Kupfermünzen winseln oder sich lieber aus dem Staub machen sollten. Ich glitt aus dem Sattel, und während ich Ilario aufforderte, zu klopfen, schlunzte ich zu den übelriechenden Gestalten und kramte zwei Münzen aus meiner Geldkatze. Ich wirbelte aber sofort herum und hastete zum Haus, als die Tür aufgerissen wurde. Ich starrte in das mürrische Gesicht einer kleinen dicken Frau. Ehe ich etwas sagen konnte, rannte eine andere Frau heran und wehklagte: »Er ist tot! Der Legat, den ihr geschickt habt, ist tot!« Sie rang fieberhaft die Hände. »Ich bin sprachlos vor Empörung.«

Eine verfluchte Misere. Die Zeugen starben mir weg wie die Fliegen. Doch geschickt übertünchte ich die Verärgerung über diese Wendung. »Dafür redet Ihr aber recht ordentlich, Signora. Und was ist daran so empörend? Ich bin gewiss, dass hier generell viele sterben. Immerhin ist es ein Siechenhaus.«

Sie blinzelte perplex und fasste ihr schmuckloses Schultertuch enger: »Aber sie werden nicht hier umgebracht!«

Auch das noch. Das brachte mich aber gehörig aus dem Konzept. »Grämt Euch nicht über seinen Tod«, versuchte ich zu trösten. »Er war ein päpstlicher Legat. Man kann nicht behaupten, dass die Männer der Kirche euch wohlgesonnen wären.«

Ihre erhitzten Wangen wurden dunkler. »Ja, meint Ihr denn, das wird durch eine solche Tat besser?«

Nein, natürlich nicht, aber ich schwieg dazu. »Ich bin gekommen« erklärte ich verschnupft, »um den Mann zu befragen.

Aber da er an die Pforte der Ewigkeit geklopft hat, führe mich bitte zu seinem Leichnam.«

Stumm lotste sie mich durch einen kleinen Säulengang in ein lichtüberflutetes Atrium. Oleander und Hibiskus blühten um die Wette. Ein Teich in der Mitte verschönte den Garten, und aus gezimmerten Hochbeeten duftete es nach Kräutern. Davor und daneben kauerten auf Strohsäcken einige Gestalten. Bestimmt waren sie Patienten, die hier behandelt wurden, aber der Gestank ihrer mit Schwären bedeckten Leiber war unerträglich. Ich nestelte an meiner Gürteltasche und schob mir zwei Pfefferminzblätter in den Mund. Kauend schaute ich mich weiter um. An den Hauswänden lehnten Körbe, die alle Arten von getrockneten Heilpflanzen, Fläschchen und weitere, für mich geheimnisvolle Gegenstände enthielten. Neben dem Kräuterbeet aber scharte sich eine kleine Gruppe aufgeregt schnatternder Frauen um den leblosen Körper. Für uns bildeten sie eine Lücke, ich sah hin und erschrak.

Über dem Leichnam kauerte Sophia. Ich weigerte mich plötzlich, sie eine Kupplerin zu nennen, und das nicht nur, weil dasFreudenhaus so ein exquisiter Ort war. Als sie mich ansah, bemerkte ich, wie sie selbst erschrak, aber sie fasste sich rasch wieder. Noch verblüffender als ihre Anwesenheit war die eines Edelmannes. Ein Ritter in immens teuren Kleidern stand, die Hände hinter dem Rücken verschränkt, bei ihr. Ich hatte den Mann noch nie gesehen.

»Euch hier zu sehen, hätte ich nicht erwartet«, quälte ich heraus.

»Es ist Zufall«, erklärte sie gefasst. »Wir sind wegen eines Mädchens gekommen, das bald niederkommt.« Sie zeigte unauffällig auf eine abseits stehende Gestalt, die beide Hände auf einem runden Bauch zu liegen hatte.

Mein Blick hetzte zum Ritter, der mich anguckte, als wäre ich ein Geist. Flehend sah Sophia mich an. »Die Frauen haben Angst, weil der Legat in ihre Obhut gegeben wurde. Bist du geschickt worden, um seinen Tod zu untersuchen?«

Vorerst ignorierte ich den Ritter, der sich zwang, mich nicht mehr anzustarren. »Er ist mir mit dem Sterben zuvorgekommen. Ich hatte einen Haufen Fragen an ihn, die er mir jetzt nicht mehr beantworten kann.«

Die Frauen wichen zurück und tuschelten erregt. Aus den Wortfetzen schloss ich, dass rein medizinisches Interesse einige veranlasste, zu bleiben. Ich kniete mich neben Sophia.

»Deshalb ist er bestimmt getötet worden«, wisperte sie und nahm das Tuch von dem Leichnam, um den Toten ins Auge zu fassen. »Er sieht nicht gut aus.«

»Er hat schon lebend nicht gut ausgesehen«, mokierte ich mich.

Zuerst blickte sie verdutzt, das Tuch noch in der Hand. Dann lachte sie, ohne dass ich wusste, worüber. Es schien, als ob sie mir etwas sagen wollte, aber nichts dergleichen geschah. Gleichzeitig wanderten unsere Blicke wieder zum Legaten. Sein magerer Kopf lag in einem unnatürlichen Winkel.

»Genickbruch«, konstatierte ich. Mit herrischer Geste winkte ich die Vorsteherin des Hauses zu mir und sprang auf die Füße. Wie um Schutz zu suchen, zog sie das graue Schultertuch enger um sich und watschelte herbei.

»Er ist hier herumspaziert?« Ich umfasste das Atrium mit der Hand.

»Ja, er war so weit genesen, dass er wieder umherlaufen konnte. Wir hätten ihn gerne entlassen.«

»Warum habt Ihr es nicht getan?«

»Was soll ich sagen, Herr? Ihr versteht das nicht. Er wollte sehen, wie wir arbeiten. Er kontrollierte alle unsere Handlungen.«

Ich nickte verstehend. »Er suchte nach Fehlern, nach etwas, das des Teufels war.«

Ihre Augen füllten sich mit Tränen. Sachte tätschelte ich ihr die Schulter. »Das ist ja jetzt vorbei. Ich bin sicher, wenn ich davon berichte, wird euch die Herzogin nicht noch einmal einen Mann der Kirche als Patienten schicken.«

Sie unterbrach die Begutachtung der ausgetrockneten Wiese und hörte auf, auf der Unterlippe zu kauen. »Mag sein. Aber er hatte Besuch. Und wir wissen nicht, was er dem berichtet hat.«

»War der Besuch wie ein Kirchenmann gekleidet?«

»Es war eine Frau«, hörte ich eine Stimme. Ich schnellte zu Sophia herum.

»Sie und ihr Handlanger gingen gerade, als wir ankamen«, fügte sie an.

Die Vorsteherin weinte. »Die Dame behauptete, ihn aus Rom zu kennen«, hickste sie. »Und dass sie eine Freundin sei, die sich nach seinem Befinden erkundigen wolle.«

»Hat sie sich vorgestellt?« Ich rechnete nicht ernstlich damit. Es wäre ungewöhnlich, wenn sich ein Meuchelmörder namentlich vorstellte, aber ich wurde überrascht, und zwar von Sophia.

»Ich bin nicht sicher«, sagte sie. »Aber ich glaube, sie und ein Edelmann sind seit geraumer Zeit Gäste im Haus von Cyrus, dem Tuchhändler.«

»Edelmann«, wiederholte ich blöd.

»Sophia«, drängte der Ritter. »Nicht.«

Sie schüttelte ihn ab. »Ich weiß, dass der Mann Rainulf heißt.«

»Woher?«

Sie legte eine schmale Hand auf meinen Unterarm. Es fühlte sich eigenartig an, aber ich zog den Arm nicht weg. »Jocelin, wenn du mir versprichst, damit allein zu deinem Vater zu gehen …«

Der Ritter stöhnte genervt.

»Der Herzog wird davon erfahren, gleich, was Ihr mir sagen werdet«, wandte ich ein.

Sie kerbte ihre Zähne in die Unterlippe und nickte nachdenklich. »Gut, aber sag' ihnen nicht, woher du es hast, denn es ist nur geraten. Ich glaube, er ist ein Graf von Teano.«

»Das sagt mir erst einmal gar nichts.«

Sie wirkte erstaunt. »Redet dein Vater gar nicht mit dir?«

»Wenig«, gab ich peinlich berührt zurück.

»Frag ihn!« Das war die Stimme des Mannes. »Er wird etwas damit anfangen können. Sie sind alte Feinde.«

»Und Ihr seid?« Vor dem Ritter baute ich mich zur vollen Größe auf. »Vielleicht auch ein alter Feind?«

»Nein, sie sind so etwas wie alte Freunde«, schlichtete Sophia. »Sie sind sich nur …«

»Und wenn es so wäre?« Der Ritter machte einen Schritt auf mich zu. Meine Hand tastete zum Schwertknauf.

»Lasst es!«, gellte Sophia.

Als wir uns alle wieder beruhigt hatten, sagte sie: »Piero ist kein alter Feind. Es hat Missverständnisse gegeben, aber er ist ... wenn ich eine Edle wäre, wäre er mein Gemahl.« In ihrer Stimme schwangen Enttäuschung und Schärfe. »Er hat nichts damit zu tun, und am besten erwähnst du ihn nicht.«

»Vielleicht stattest du dem Tuchhändler einen Besuch ab«, empfahl Piero mir, während er sich ein Schweißtuch aus dem Gürtel fischte und sich die Stirn tupfte.

»Unbedingt«, murmelte ich verärgert.

Eine der angehenden Ärztinnen zappelte plötzlich unruhig herum, als überlegte sie, ob sie gehen oder bleiben sollte. Ein dünnes junges Ding mit einem herzigen Gesicht und einer niedlichen Nase, das mir nur wegen ihrer Unruhe auffiel. Ich war froh, als sie weglief. Scharf sog ich Luft ein, stand dumm herum und überlegte angestrengt. Das alles war ein einziges Chaos, in dem ich nicht mehr wusste, wie ich die losen Enden zusammenknüpfen sollte, und immer wieder kamen neue lose Enden hinzu. Ich bellte meinen neuen Untergebenen einige Befehle zu, wohlwissend, dass ich die schlechte Laune an ihnen austobte. Der Legat musste in die Zitadelle gebracht, die Kurie in Rom über dessen Ermordung informiert werden. Die diplomatischen Verwicklungen malte ich mir in den wildesten Farben aus. Hatte ich erwähnt, dass mein Herzog und der Heilige Vater nicht die besten Freunde sind?

Sophia hatte neben ihrem Ritter so etwas wie einen Leibwächter dabei, in dem ich den Burschen erkannte, der mich damals wie einen Novizen in der Zitadelle abgegeben hatte. Über ihren Kopf hinweg zwinkerte er mir verschwörerisch zu. Sie besprach etwas mit der Vorsteherin, legte ihr eine Geldkatze in die hohle Hand und war auf dem Weg zur Pforte.

»Jocelin«, sagte sie zum Abschied.

Ich nickte, bekräftigte damit mein Versprechen.

Jocelin.

17

Sabina

Sabina stürzte in Rainulfs Kammer. »Er kommt her!«

Rainulf, der gerade in frische Beinlinge stieg, kippte vor Schreck nach vorne und hielt sich im letzten Moment am Fenstersims fest.

»Sagt mal, seid ihr von allen guten Geistern verlassen?« Blass schnürte er sich die Hosenbänder zu. »Wer kommt?«

»Jocelin!«, kreischte sie.

Er brauchte eine Weile, bis er wusste, von wem sie redete, und bis er das dürre Mädchen mit Kopftuch hinter ihr im Türrahmen entdeckte, das streng nach Estragon roch. Er rümpfte die Nase, öffnete den Mund, aber Sabina holte tief Luft, um loszulegen.

Na gut, sollte sie rumkeifen. Er schlüpfte in das grüne Hemd mit den goldenen Säumen.

»Sibelia hat ihn bei den Muliere gesehen. Sie sagt, er würde wahrscheinlich zuerst den toten Legaten zur Zitadelle bringen lassen, aber sie hat genau gehört, wie er sagte, dass er danach …«

»Der Legat ist tot?«, ächzte er dumpf in den Stoff des Hemdes, das er überzog.

»… er danach hierher kommt. Zum Tuchhändler Cyrus. Es ist diese Hexe, die Euch die Weiber zuführt. Sie hat es ihm gesteckt. Sie hat mich flüchtig gesehen, als ich …«

»Sabina!«, brüllte er.

Sie verstummte.

»Ich will jetzt nicht wissen, warum Ihr im Siechenhaus wart, und wie der Legat umkam. Sagt mir nur, was das Weib Euch geflüstert hat.«

Mit der flachen Hand schlug sie nach Sibelia, die einen Satz nach vorne machte, aber die Aufforderung verstand. »Ich glaub, er will erst mit dem Herzog reden«, piepste sie.

»Dann habe ich ja noch Zeit für eine Rasur.«

»Rainulf, wir müssen hier weg!«

»Meinst du allen Ernstes, seine lustlosen Wachen stellen hier das Haus auf den Kopf? Im Leben nicht. Cyrus ist ein wohlhabender griechischer Untertan. Der Hauteville kann es sich nicht leisten, seine Byzantiner vor den Kopf zu stoßen.«

Sabina atmete flacher. »Ich finde dennoch, Ihr solltet nicht hier sein, wenn sie kommen.«

»Ich werde mit Cyrus reden«, brummte er unwillig.

18

Jocelin

Den Leichnam des Legaten deponierten die Soldaten in einem Eselskarren, den ich versprach, ins Siechenhaus zurückzuschicken. Souverän umrahmten die Gardisten den polternden Karren auf dem Weg zur Zitadelle. Ich ritt schweigend vorne weg.

Auf der Frage herumkauend, was ich jetzt tun konnte, durchlief ich mehrere Stadien der Resignation und kam schließlich zu der Entscheidung, den Herrschaften vor dem Besuch bei Cyrus Bericht zu erstatten. Nach dem letzten Gespräch unter der Eiche hatte ich dazu eigentlich keine Lust.

Aber der Tag nahm eine überraschende Wendung. Zuerst war ich verwirrt, denn nahe beim Haupttor entdeckte ich vier Soldaten mit Ilario an der Spitze, die mit den Füßen scharrend neben ihren gesattelten Pferden warteten. Als er mich sah, löste er sich von der Gruppe und stelzte auf mich zu.

Aus der andren Richtung glitt Liliana, als Spitze eines rauschenden Dreiecks aus Hofdamen, dynamisch dahin. Als sich unsere Blicke trafen, blieb sie so plötzlich stehen, dass der Rest Damen auf sie auflief und zu einem Bündel Stoffe in sich zusammenstürzte. Im aufgebrachten Geschnatter löste sie sich aus dem Pulk, warf alles Fürstliche von sich und wurde zu der Lily, die ich liebte.

Sie raste auf mich zu, als hätte sie Hosen an, blieb vor meinem Pferd stehen und griff mir ins Zaumzeug.

»Bleib am besten im Sattel, Jocelin. Ich habe einen Trupp deiner neuen Untergebenen zusammengestellt. Wir besuchen den Tuchhändler. Ich gebe vor, Stoff für mein Hochzeitskleid zu suchen.«

»Jetzt?« Obwohl ich wusste, wie arrogant das aussah, hob ich eine Braue. Ihr Anblick linderte meine Übellaunigkeit nur bedingt. »Principessa, so Ihr es etwa nicht wisst, aber der Legat ist ermordet worden und ich ertrinke in einem Meer aus Sorgen, weil ich Euren Vater über die neuesten …«

»Hör auf so geschwollen daherzureden«, unterbrach sie milde. Meinem Pferd strich sie die Nüstern. Ich platzte vor Neid. »Das wissen wir schon. Lass' uns aufbrechen! Du kannst meinem Vater danach immer noch Bericht erstatten.«

Etwas in ihr hatte sich verändert. Ihr Blick war weich, ihre Stimme samten, was ich verbittert auf ihre bevorstehende Hochzeit schob.

»Eure Vermählung, Principessa, scheint Euch zu beglücken.«

Ich schämte mich des Unmuts in den Worten, aber wunderte mich direkt über ihren irritierten Gesichtsausdruck. Sie ließ mein Zaumzeug los, warf einen raschen Blick über die Schulter, wo ihr weißes Pferd mit der edlen Satteldecke und dem aufwändig gearbeiteten Sattel herbeigeführt wurde, und wandte sich mir dann wieder zu. »Ob mich meine bevorstehende Hochzeit glücklich macht, Jocelin, oder mit Gram erfüllt, geht dich nichts an.«

Sie kraxelte ungelenk über ein herbeigebrachtes Bänkchen in den Sattel und schickte den Stallburschen mit einem harschen Blick fort. »Ich habe gehört, dass du jetzt Hauptmann der Burgwache bist. Und darüber freute ich mich. Das ist alles.«

Das klang wieder bekannt hochnäsig, deshalb merkte ich von der Freude nichts mehr.

»So, wie es aussieht, werde ich dieser Aufgabe nicht gerecht.« Ich spie zu Boden und befahl den Gardiste aufzusitzen.

Lily musterte mich abfällig. »Haltung, Jocelin, ist alles. Und wenn die Welt um dich herum zusammenbricht. Das habe ich von deinem Vater gelernt.«

Damit drückte sie ihre Fersen in die Flanken des Tieres und ritt an. Ich folgte ihr verwundert, aber stimmte ihr insgeheim zu. Wenn es von meinem Vater irgendetwas zu lernen gab, dann das. Die Widrigkeiten des Lebens und die Folgen der eigenen Entscheidungen mit Würde zu tragen.

Sabina

Unten im Hof klapperten Hufe. Sabina warf die Bürste vor den blitzenden Bronzespiegel, stürzte zum Fenster und sah hinaus. Ihr wurde kalt, als sie die Wappen auf den Schilden der Soldaten sah, aber heiß vor Schreck wurde ihr, als sie den jungen Ritter an der Seite der Principessa sah.

Ist das Jocelin?

Er sieht wie sein Vater aus mit diesem wuscheligen, mit den Fingern aus der Stirn und über die Ohren geschobenen dunklen Locken.

Sie fühlte sich in der Zeit zurückgeschleudert. Der Blick, den er der Göre Liliana schenkte, war für Sabina wie ein Dolch.

So hatte Cesare die andere angesehen.

Mühsam löste sie sich vom Fenster. Zuerst zögernd spähte sie in den dunkel daliegenden Korridor. Sie war unpassend gekleidet, aber Zeit, um sich umzuziehen, hatte sie nicht. Im Nachthemd und mit offenem über die Schulter fallendem Haar flitzte sie über den Gang, hämmerte gegen die Tür des Zimmers, in dem Rainulf untergebracht war und fiel direkt in den Raum.

»Ihr seid ja immer noch da!«, gellte sie entrüstet.

Er benetzte seine Zeigefinger mit Spucke und strich sich die Brauen glatt. »Ihr seht entzückend aus, meine Liebe.«

Irritiert guckte sie an sich hinunter. Ihre Ohren wurden rot. »Sie sind da. Und fragt nicht schon wieder, wer. Ihr wisst es genau.«

Mit Genugtuung registrierte sie, dass er angemessen reagierte. Er schnappte sich seinen Umhang und die Handschuhe und sprintete die Treppe hinab, ohne etwas zu sagen. Im Flur rief er nach Cyrus.

»Was ist?« Cyrus spähte am Türrahmen vorbei aus der Wohnhalle.

»Die Leute des Herzogs sind da.« Rainulf streifte die Handschuhe über. »Sabina bleibt auf ihrem Zimmer. Die Prinzessin ist dabei. Schmiert ihnen Honig ums Maul, verköstigt sie, lenkt sie ab. Behandelt sie, als wäre sie die Kaiserin von Byzanz.«

»Also, ich muss doch sehr bitten«, antwortete der Byzantiner verschnupft.

20
Jocelin

Das Haus des Tuchhändlers stand in einer Seitenstraße mitten im Gewimmel Salernos, war umrahmt von anderen großen Häusern und wies ein zweiflügeliges Holztor auf, das weit offenstand. Ich versuchte, im Glanz meines neuen Postens zu strahlen, als uns ein nervöser Bediensteter wortreich begrüßte. Katzbuckelnd lotste er uns in den Innenhof und eilte davon, um seinen Herrn zu holen.

Unsere Eskorte hockte abwartend auf den Pferden, die sich im engen Hof drängten. Derweil ich Lily galant aus dem Sattel half, begutachtete ich das Gelände. Im Gegensatz zu den umstehenden Häusern strahlte hier alles Sauberkeit aus. Das atriumförmig gebaute Anwesen hatte Nebengebäude, aus denen Geräusche drangen, die nach Arbeit klangen. An einer Wand stapelten sich offene Kisten mit Stoff. Ein Junge, der die Kisten hereinschleppte, beäugte uns misstrauisch. Am auffälligsten aber war das andere Pferd im Hof. Ein Knecht fasste es abwartend am Zügel. Es war so elegant gesattelt, dass ich mich fragte, wer der Besitzer war. Tristan war es nicht. Seine Satteldecke hätte ich unter Tausenden erkannt.

Cyrus erschien lobenswert prompt, aber nicht alleine. Vielmehr eilte ein mittelalter, mittelgroßer Mann neben ihm her und wechselte einige Worte mit ihm, die ich nicht verstand. Vor uns, die wir mit fürstlichen Insignien ausgestattet waren, neigte der Fremde knapp das Haupt und schwang sich graziös in den Sattel. Sein Ross schnaubte, als er die Zügel griff, dann schnalzte er mit der Zunge und ritt durch das Tor.

»Principessa«, sülzte Cyrus. »Welch Ehre, dass Ihr mich erwählt habt, Eure Vermählung zu schmücken. Ich habe ausgezeichnete

Schneider, die edelsten Stoffe Salernos. Ihr seht in mir einen glücklichen Mann.« Er verneigte sich äußerst devot, was mir bei den Byzantinern immer wie Hohn vorkommt. Er war ein kompakt gebauter, aber keineswegs dicker Mann, der seine Durchschnittlichkeit mit pompösen Kleidern übertünchte. Ein gewitzter Schachzug, da er so für sein Geschäft und sein Handwerk Werbung lief. Aber geschmackvoll war das violette Seidenhemd nicht, über das er eine schwarzsamtene Weste trug, die über und über mit ockerfarbenen Blumen bestickt war. Sein dunkelbraunes Haar war so glatt und gerade geschnitten, dass es ihm wie eine Haube über die Ohren reichte.

»Ihr seid es nicht, Cyrus, der meine Vermählung schmücken wird«, konterte Lily. »Höchstens Eure Arbeit.«

»Oh, selbstverständlich, Principessa, verzeiht meine ungeschickten Worte.«

Sie wischte die Entschuldigung mit schmaler Hand weg. »Mir schwebt da etwas aus Seide vor«, kam sie sofort zur Sache. »Am besten aus Samarkand.«

»Natürlich, selbstverständlich.« Er drehte sich zum Haupteingang und schnippte mit dem Finger, »Mika! Geleite die Dame in den Salon und sorge für Gebäck und Wein!«

Der Diener von vorhin kam gebeugt angewackelt, nickte diensteifrig und wies verschüchtert zum Haus. Erhobenen Hauptes schritt Liliana von dannen. Mich umschlich die Angst, dass es hier gefährlich sein könnte, aber ich wollte unsere Farce nicht auffliegen lassen. Sie hätte mich gelyncht.

»Ihr müsst der edle Ritter sein, der den Wachen vorsteht«, bauchpinselte Cyrus. »Ihr seht ausgezehrt aus. Erlaubt mir, Euch zu bewirten, derweil die Prinzessin eine bescheidene Auswahl unter meinen Stoffen trifft.«

Ich wunderte mich nicht, wie schnell sich hier alles herumsprach, aber ausgezehrt fand ich mich nicht. Doch weil ich mir weder vorstellen konnte, dass Lilys Auswahl bescheiden wäre, noch dass sie schnell fertig würde, täuschte ich Dankbarkeit vor und folgte ihm in den Saal. Die Byzantiner haben seltsame Worte für simple Dinge, weil es sich nur um einen großen, pompös eingerichteten Raum handelte, den wir Wohnhalle nennen würden.

Lily thronte in einem mit Elfenbein ausgelegten Stuhl. Ein Majordomus kläffte Befehle. Sklaven hopsten um die Prinzessin herum. Sie schleppten einen niedrigen Tisch herbei, auf den sie eine Schüssel nach der anderen stellten. Lily wirkte gereizt, schließlich war sie nicht zum Essen hier, und um das zu demonstrieren, richtete sie ihr Schultertuch mit einer scheinbar achtlosen Bewegung so, dass die teure Smaragdkette besser zur Geltung kam. Ich zollte ihr stumm meinen Respekt und setzte mich auf den mir zugewiesenen Platz an der Wand. Sofort wurde ich bedient. Was uns da aufgetischt wurde, war protzig und vulgär, aber köstlich und half mir, die nächsten Stunden zu überbrücken. Stunden, in denen Lily einen Stoffballen nach dem anderen befühlte. Mal krauste sie angewidert die Nase. Mal leuchteten ihre Augen. Mal wiegte sie unentschlossen den Kopf. Häufig dämmerte ich weg. Leise Stimmen und hin und her trippelnde Schritte zeugten dann nur noch vom Herbeibringen neuer Stoffe. Purpurstoff, cremefarbene Seide mit purpurfarbenen Bordüren oder mit Silberstickerei verziert. Ich langweilte mich tödlich und versuchte, hier irgendetwas anderes Verdächtiges zu entdecken, als diese devote Zurschaustellung. Selbst ich wusste, dass in Byzanz nur Purpur tragen durfte, wer mit dem Kaiser verwandt war. Diese Farbe der Tochter eines Mannes anzubieten, der Ambitionen auf die Kaiserwürde hatte, war heuchlerisch.

In einem ermüdenden Palaver über das Brokatverbot in Konstantinopel schlüpfte ich überfressen hinaus in den Hof, wo ich meine gelangweilten Wachen bei ihren Pferden vorfand. Die Pferde ließen dösend die Köpfe hängen. Ich wunderte mich beinahe, dass die Männer es ihnen nicht nachmachten.

Ich winkte Ilario herbei. »Habt ihr irgendetwas herausgefunden.«

Er sah so verwirrt drein, als hätte ich ihn gebeten, die Sterne vom Himmel zu holen. »Äh, nein Herr. Was denn?«

Himmel, musste ich alles selber machen? »Zum Beispiel wer der Mann war, der aufbrach, als wir ankamen.«

»Ach so.« Erleichtert entspannte er die Muskeln »Ich hab' einen Sklaven gefragt. Es war Rainulf von Teano. Ein Freund des Tuchhändlers, sagte er.«

Innerlich zollte ich ihm Respekt. »Du hast das gefragt?«

»Hätte ich nicht sollen?«

»Doch, doch.« Ich klopfte ihm auf die Schulter. »Ich werde euch etwas zu essen bringen lassen. Es könnte länger dauern.«

Es dauerte länger. Auf meine Bitte hin hatte man eine Holzplatte auf zwei Weinfässer im Hof gelegt und die Tafel für meine Männer gedeckt. Sie bedienten sich vergnügt. Normalerweise kamen sie kaum in den Genuss von süßem Gebäck und noch seltener von Wein, der so vorzüglich schmeckte. Während ich befürchtete, mit einer besoffenen Wache zurückreiten zu müssen, überschlug ich das Wenige, das ich wusste und sah mich um.

Teano. Das war der Mann, von dem Sophia erzählt hatte. Sie hatte nur vermutet, dass er so hieß, aber sie lag goldrichtig.

Das Warten schien mir endlos. Ich hockte mich resigniert auf ein Weinfass und lehnte mich mit dem Rücken an die Hauswand. Die Sonne stand so tief, dass sie den Hof nicht mehr erreichte. Wieder drohte ich einzudösen. Irgendwann lief ein dickliches junges Mädchen über den Hof, in einer Hand eine kleine Silberschale mit gesüßten Datteln, die sie sich im Gehen in den von einem dunklen Bartflaum umgebenen Mund schob. Das herzogliche Wappen auf den Wappenröcken meiner Männer musterte sie verächtlich. Die Jungs ließ das kalt, aber mir sagte das einiges, denn sie war so teuer gekleidet, dass es sich nur um die Tochter des Händlers handeln konnte.

Am Ende einer Ewigkeit schwirrte Lily in den Hof, umringt von Dienstboten und im Schlepptau den sich unentwegt verneigenden Cyrus. Erst auf den zweiten Blick bemerkte ich die Pakete und Säckchen in den Händen der Diener, und dass ein Packpferd aus dem Stall geholt wurde. Systematisch schnürte man den Einkauf auf. Ich seufzte, befahl aber meinen Leuten, sofort mit dem albernen Gekicher aufzuhören. Sie waren trunken genug für Respektlosigkeiten, konnten aber immerhin unfallfrei aufsteigen. Mein Vergnügen hielt sich in Grenzen. Weit hatte uns das hier nicht gebracht.

»Ich bin beseelt«, sülzte Cyrus, »dass Ihr Euch für mein bescheidenes Geschäft entschieden habt, Principessa. Es ist mir eine Freude.«

Gnädig nickend erklomm Lily ihre Stute, nachdem ihr ein Diener ein Treppchen hingestellt hatte.

Mit klappernden Hufen ritten wir zurück auf die enge Straße. »Wie ich sehe«, sagte ich mokant, »hat sich der Besuch zu Eurer Zufriedenheit gestaltet.«

Sie taxierte mich. »Hast du etwas herausbekommen.«

»Was denn? Ich konnte ja kaum sein Haus durchsuchen. Ilario hat nachgesehen, ob Tristans Pferd im Stall steht. Fehlanzeige. Aber der Besucher war Rainulf von Teano. Sagt Euch der Name etwas?«

Sie schaute in den Himmel, als erwarte sie von dort Hilfe. Ich hätte ihr sagen können, dass von dort nie Hilfe kam.

»Da klingelt etwas, Jocelin, aber ich komme nicht drauf. Du musst es auf jeden Fall meiner Mutter erzählen. Diese Teanos haben irgendetwas mit ihrer Familie zu tun gehabt.«

»Teano?«, rief die Herzogin entgeistert, nachdem ich meinen Bericht abgegeben hatte. Mich verwirrte, wie aufgebracht sie war. Sie lief in der Halle auf und ab, wirbelte plötzlich so schnell herum, dass sie den Weinkelch auf dem Tisch umstieß. Blutrot ergoss sich der Wein über die Tafel. »Teano? Diese Schweine!«

Zu meiner Irritation fing sie an zu weinen. Nicht nur, dass ich sie nie so gesehen hatte. Zuvor hätte ich sogar die Möglichkeit, sie könnte je weinen, als lachhaft abgetan.

»Beruhige dich, meine Liebe.« Ihr Gemahl schickte ihr einen raschen Blick, schien aber selber nicht gerne über die Teanos zu reden. Ich suchte Hilfe bei Vater, der in einem senfgelben byzantinischen Sessel lag wie hingegossen, und seine Nägel mit einem Polissoir rieb. »Die Teanos sind eine alte lombardische Familie, die vor dem Aufstieg unseres Herzogs , er deutete knapp mit dem Polissoir auf eben den, »bestrebt waren, Salerno an sich zu reißen.«

»Sie haben meinen Vater umgebracht!«, weinte Sichelgaita. Händeringend stapfte sie durch die Halle. »Es hat eine Intrige gegeben, die ....«

»... nicht mit dem Tod deines Vaters enden sollte.« Robert Hauteville klang schneidend. »Es ist sinnlos, jetzt alte Suppen aufzuwärmen.«

»Besonders, wenn du das Fettauge darin bist«, warf Vater despektierlich ein.

Einen Moment hielt ich den Atem an.

»Wer hat dich nach deiner Meinung gefragt«, fragte der Herzog. »Das ist eine so alte Geschichte, dass dieser Rainulf damals höchstens ein Kind gewesen sein kann.«

»Aber die Teanos.« Vater legte das Stäbchen auf den Tisch neben sich. »Sie befanden sich später im Gefolge Gisulfs.«

»Stimmt. Mindestens zwei Teanos sind mit ihm ins Exil gegangen.« Robert Hauteville beäugte seine Gemahlin, die sich mit wutverzerrtem Gesicht in einen Sessel hatte fallen lassen. Nun hockte sie nur vorne auf der Kante, bereit, jederzeit aufzuspringen, um weiß der Herrgott wen anzufallen, notfalls ihren Mann.

»Ins Exil«, ätzte sie. »Nach Rom!«

»Genau.« Vater löste die Lederschnur in seinem Nacken und lockerte die dichten Locken mit einer Hand und mit zur Seite geneigtem Schopf. »Nach Rom. Es sagt ja niemand, dass sie noch mit Gisulf verbandelt sind. Die Teanos waren so scharf auf Salerno, dass sie durchaus ihr eigenes Süppchen kochen könnten.«

»Was ihr immer mit der Suppe habt«, maulte Sichelgaita.

Ich sah verwirrt von einem zum anderen. Diesen Umgangston war ich nicht gewöhnt.

Sie rang sich ein gequältes Lächeln ab.

»Was ich nicht begreife«, tastete ich mich vorsichtig vor. »Warum haben alle Zeugen nur von Frauen geredet? Plaisance wurde von einer Frau auf die Untreue ihres Mannes hingewiesen. Erst ...«

Rechtzeitig verstummte ich. Ich hatte Sophia versprochen, sie nicht zu erwähnen, und daran wollte ich mich halten. Keine Ahnung, warum mir das wichtig war.

Robert Guiscard grinste schief. »Wahrscheinlich nur wieder eine Frau, die benutzt wird. Diese Lombarden nehmen Frauen nicht sonderlich ernst. Sie schicken sie rum und lassen sie die Drecksarbeit machen.«

»Äh?« Ich kratzte mich am Kopf. »Ich verstehe nicht ...«

Mein Vater setzte den Weinkelch, den er an den Mund geführt hatte, wieder ab. »Sieh dir Anais an«, empfahl er mir genervt. »Sie ruft dir mit ihrer schieren Existenz in Erinnerung, was Männer wie Gisulf aus Frauen machen. Glaubst du, die Typen, die er als Freunde um sich scharte, sind anders?«

»Nein!«, schrie die Herzogin entrüstet. »Sind sie nicht! Es war ein Teano, der versucht hat, mich zu schänden, als ich ein junges Mädchen war!« Sie sackte in sich zusammen. Doch wenn ich mir einbildete, ihre Erregtheit hätte etwas mit der Beinahe-Vergewaltigung zu tun, wurde ich gleich eines Besseren belehrt. Es war der Tod ihres Vaters, der sie umtrieb. »Am Tag nach seiner Ermordung«, weinte sie. »Einen Tag, nachdem sie ihn mit einundvierzig Stichen töteten ...«

»Es war genau vier Tage nach Gaimars Ermordung«, bemerkte Vater mit Blick auf seine polierten Fingernägel. »Und wenn ich mich recht entsinne, hast du es ihnen ja heimgezahlt. Gemeinsam mit deinem heutigen Gemahl.«

Er lächelte angewidert. Das klingt unmöglich, aber mein Vater konnte so was. »Das war eine feine Sauerei. Das Gemetzel.«

»Das war deine Idee«, fuhr ihn die Herzogin barsch an.

»Es reicht«, befahl Robert Hauteville. Die Stille, die eintrat, fühlte sich offenbar nur für mich eigenartig an. Die anderen wirkten nur nachdenklich, aber Sichelgaita beruhigte sich.

»Morgen statte ich Cyrus einen zweiten Besuch ab«, durchbrach ich das Grübeln. »Aber außer einem vorsichtigen Hinweis von der Dame LeFerte und seine Bekanntschaft mit diesem Teano haben wir nichts gegen ihn in der Hand.«

»Mach das!« Robert Hauteville legte die Arme hinter den Kopf.

»Aber«, sagte Vater, »bedenke genau das. Es liegen keine Beweise gegen ihn vor. Er ist ein reicher, einflussreicher Byzantiner. Angesichts unserer Pläne mit Byzanz wäre es unerfreulich, die Griechen gegen uns aufzubringen. In Bari und in Reggio leben die meisten von ihnen. Wir werden sie überreden müssen, gegen Byzanz in den Krieg zu ziehen. Das wird nur funktionieren, wenn wir sie mit Samthandschuhen anfassen.«

Er schlenderte zu mir und legte mir einen Arm um die Schulter. »Wir haben überlegt, ob die Verschwörer ihre Pläne womöglich drangeben. Sie wissen, dass wir gewarnt sind.«

»Ich würde mich nicht drauf verlassen«, sagte ich.

»Habe ich ihnen auch gesagt.« Sichelgaita ging um den Tisch näher zur Tür, als ob sie gehen wollte.

»Du wirst Tristan finden«, verlangte Vater. »Wo er ist, hängt auch der Teano rum.«

»Er kann schon meilenweit weg sein«, maulte ich.

»Ist er nicht«, sagte Robert Hauteville säuerlich. »Er ist ein Verräter. Aber er ist ein verliebter Verräter und seine Anais ist hier.«

»Und, Jocelin?« Mein Vater bugsierte mich Richtung Tür.

»Ja?«

Er nahm den Arm von meiner Schulter. »Die Kammer des Hauptmanns der Burgwache gehört dir. Sie ist so weit eingerichtet, dass du sie beziehen kannst. Das Gesinde hat deine Habseligkeiten und den Plunder von Nicos, den du untersucht hast, hingebracht.«

Damit warf er mich hinaus.

Draußen schöpfte ich Atem. Für einen einzigen Tag war alles, was passiert war, recht viel. Und die drei, Robert Hauteville, die Herzogin und Cesare de Fécamps so erlebt zu haben, gab mir ein Gefühl dafür, wie eng ihre Schicksale miteinander verknüpft waren. Der Einzige, der das Band zerschneiden könnte, war Boemund. Das lombardische Erbrecht verwehrte ihm die Nachfolge nach seines Vaters Tod, aber nach normannischem Recht war das anders.

Es würde einen Bruderkrieg geben. Mit Robert Hautevilles Tod würde alles in sich zusammenbrechen. Der Gedanke verfolgte mich so hartnäckig, dass ich, um mich abzulenken, am liebsten noch mal zu Cyrus dem Tuchhändler geritten wäre. Ich hatte gewaltig Lust, ihm die Bude zu demontieren, aber es wäre dämlich gewesen, deshalb stand ich eine Weile unentschlossen herum.

Über die Entfernung fixierte ich die Tür zu meiner Unterkunft, die in der Wehrmauer zur Seeseite lag. Zum ersten Mal gehörte mir eine Kammer alleine. Weder Grunzen noch Raunen Fremder würde mich diese Nacht um den Schlaf bringen. Der Hof wimmelte von Kaufleuten. Ein Bauer zog seine Handkarre voller Melonen und Pfirsiche vor die Küche, vor der sich Holzkäfige mit gackernden Hühnern stapelten. Ein Wachmann brüllte von der Mauer runter. Es war der Lärm des gewöhnlichen Tagesgeschäftes, in dem sich des Einzelnen Schicksal vollendete.

Ich seufzte und marschierte endlich auf mein neues Heim zu. Als ich die Tür aufschob, war ich überrascht. Unter dem hoch gelegenen kleinen vergitterten Fenster stand ein richtiger Bettkasten mit frischer Strohmatratze. Die Decken darauf sahen neu aus. Auf dem Tisch an der Längswand gegenüber thronten eine Waschschüssel und ein Krug neben sauberen Tüchern. Eine aufgeklappte Kleidertruhe, die eindeutig mal die meines Vaters gewesen war, dominierte das Zimmer Innerlich berührt hockte ich mich davor, um hinein zu spähen. Auf dem ordentlich gefalteten und sauber duftenden Berg neuer Kleider lag ein kleiner Stapel fein bestickter Tücher, wie mein Vater sie mit sich herumschleppte. Ich musste lachen. Wollte er so weit gehen, von mir zu verlangen, dass ich mir damit affektiert den Schweiß tupfte?

Du tust es ja schon.

Alles darin duftete leicht nach Pfefferminze. So wie er, weil er ständig auf diesen Blättern herumkaute.

Auch das tust du.

In meiner Kindheit, in den ersten Jahren in seiner Nähe, hatte der Duft eine tiefe Sehnsucht in mir ausgelöst. Später löste er Furcht aus. Noch später, als ich glaubte, alles zu wissen, alles schreiben zu können und mir meiner Kampftechniken sicher war, nur noch Trotz.

Und jetzt? Ich wusste ehrlich nicht, wie ich mit so vielen neuen Eindrücken fertig werden sollte. Mein schweifender Blick fiel auf die zwei Holzkisten mit dem Plunder aus Nicos Haus. Ich federte hoch und nahm nacheinander den einen oder anderen Gegenstand in die Hände. Unter anderem dieses hölzerne Rohr, von dem ich inzwischen herausgefunden hatte, dass man es zum Abhören der Atemgeräusche Kranker verwendete.

In diesem Moment klopfte es zaghaft an der Tür. Ich ging hin, um zu öffnen, und erschrak, weil ich direkt in Emmas klares Gesicht schaute. Zwei Schritte rückwärts tapte ich, um sie einzulassen. In Händen hielt sie ein Holzbrett.

»Ich dachte, du könntest hungrig sein.« Sie stellte die Sachen auf dem Tisch ab. »Es ist Wildbret, Brot, Käse und ein wenig Obst.« Sie strich ihren Rock vorne glatt. »Und Wein.«

Großer Gott, nachdem ich von Cyrus gemästet worden war?

Ich hockte mich auf die Kante meines Bettkastens und wusste nicht, was ich anderes sagen sollte als danke.

»Nein, Jocelin. Ich danke dir.«

Ich war erleichtert, dass sie sich nicht erniedrigte. Ihre Edelstein-augen waren etwas feucht, aber sonst war sie dieselbe Emma, die ich seit Jahren kannte. Ihr ruhiger, allzu bekannter Blick schenkte mir sogar ein wenig Geborgenheit. Ich wünschte, ihre Gegenwart würde mir künftig helfen, mit den neuen Aufgaben, die man mir aufbürdete, besser zurechtzukommen. Ungeachtet dessen, dass Emma einen anderen liebte und meine unerfüllten Sehnsüchte Lily galten, wagte ich, auf Glück zu hoffen. Oder auf so etwas ähnliches wie Glück. Etwas, das nahe an Glück herankam.

»Emma, ich …«

»Hast du die Pfote?«

Zuerst hatte ich keine Ahnung, was sie meinte, aber sie blickte auf meine Stiefel und mir fiel die abgerissene Servalpfote ein. Ich hatte mir geschworen, sie wieder anzunähen, aber es war verdammt viel dazwischengekommen. Emmas Manöver, und damit die Frage, war leicht zu durchschauen. Sie wollte offenbar nicht über Gefühle und Verpflichtungen reden, und dafür war ich ihr unendlich dankbar.

»Ja, warte.« Auf dem Bett zurückgelehnt fummelte ich das Pfötchen aus meiner Gürteltasche. Unterdessen hatte sie Nadel und Garn aus ihrer großen, mit hauswirtschaftlichen Utensilien gefüllten Gürteltasche gefischt und sich auf den Schemel neben der Kleidertruhe gesetzt. Sie beäugte mich schräg.

»Oh, entschuldige.« Flink streifte ich die Stiefel von den Füßen. Nie würde sie vor mir knien und mir die Stiefel höchstens ausziehen, wenn ich schwer verletzt nach einem Kampf heimgetragen werde. Auch das verstand ich. Ich gab ihr Stiefel und Pfote, setzte mich zurück aufs Bett und sah ihr bei der Arbeit zu, die sie routiniert anging.

Wir sagten beide nichts, aber die Stille war nicht drückend. Es war eine einvernehmliche Stille, an die ich mich gewöhnen wollte, die aber jäh gestört wurde, weil nach einem dumpfen Hämmern gegen meine Tür genau die aufgerissen wurde. Im Rahmen stand Lily, die ein mageres Mädchen mit struppigem kupferfarbenem Haarschopf neben sich herzerrte.

»Hier ist Zoe!«, schimpfte sie. »Sie hat plötzlich im Hof gestanden und gesagt, sie muss mit dem Ermittler reden! Jetzt! Nachdem sie sich so lange versteckt hatte.«

Zoe, in ihrem geflickten Kleid, zitterte wie Espenlaub. Das war verständlich, die Principessa konnte furchterregend sein. Deren Stimmung hellte sich auch nicht eben auf, als sie mit einem Seitenblick Emma erfasste, die ungerührt weiter nähte und nur kurz den Schopf zum Gruß neigte.

»Oh«, rief Lily spitz. »Ich störe bei einer romantischen Zusammenkunft.«

»Emma näht. Wenn Ihr das unter Romantik versteht, spreche ich Eurem Verlobten mein Bedauern aus.«

»Das sieht aber vertraut aus«, schnappte sie. »Gut, dass ich mich als Anstandsdame zur Verfügung stelle.«

Ich musste lachen. »Der bedarf es nicht, Eure Durchlaucht. Es wird niemanden schockieren, mich in trauter Zweisamkeit mit meiner Verlobten vorzufinden.«

Lilys Gesichtszüge entglitten nun vollends. Einen Moment sah sie entsetzt aus, aber ihr gelang das Kunststück, die hochmütige Miene flink wieder aufzusetzen.

»Ich habe ja immer schon gefunden, dass ihr zueinander passt«, sagte sie spitz. »Aber ich verstehe nicht, warum ich nichts davon weiß.« Dabei nahm sie ein hölzernes Ding aus der Kiste mit Nicos Habseligkeiten, das fast wie ein Cornu geformt, war in beide Hände und fummelte damit herum.

»Ich glaube nicht, dass man Euch um Erlaubnis bitten muss, Principessa. Wo sich die Beschäftigung mit Angelegenheiten niederer Kreaturen weit unterhalb Eures Niveaus befindet.« Ich lächelte süffisant. »Aber ich bitte Euch, kommt zu der Sache zurück, deretwegen Ihr es für nötig erachtet habt, unsere Abendruhe zu stören.«

Meine Blicke wanderten durch den Raum, pausierten bei Emma, die leise lächelnd vor sich hin genäht hatte, und den Faden mit ihren hellen Zähnen abbiss. Den Stiefel stellte sie vor sich auf den Boden, legte die Hände in den Schoß und wartete ab.

»Was ist das?« Mit gerunzelter Stirn hielt die Prinzessin das seltsame Gebilde in die Höhe.

Ich zuckte die Schulter. »Es gehörte dem Arzt Nicos. Bisher habe ich nicht rausgefunden, wozu es gut ist. .«

Ich hätte wissen müssen, dass sie sich mit dieser Antwort nicht zufrieden gab. Zuerst pustete sie rein, aber weil sie ihm kaum einen Ton entlockte, beguckte sie es kurz ratlos. Ihr Gesicht hellte sich auf, als sie sich das Ding ans reizende Ohr hielt und das andere Ende an die Stubenwand.

»Und? Was erzählen sich die Schaben im Gemäuer? Ihr könnt es gerne mit in den Schrank vor der Halle nehmen.«

Mit ertappter Miene klemmte sie sich das Gerät in ihren mit Perlen reich verzierten Gürtel, schenkte sich ungefragt von dem Wein ein und nippte daran. Ihre Finger zitterten.

»Erzähl schon!«, herrschte sie das dürre Mädchen an und schubste es einen halben Meter zu mir hin.

»Ich, ich, äh, ich hatte Angst«, wimmerte Zoe.

»Den Teil kannst du auslassen. Das kann er sich denken. Komm direkt zur Sache!«

»Also, ich, äh …«

»Herrgott!« Lily knallte den Trinkpokal auf den Tisch. Zoe schluchzte verschreckt, derweil die Principessa zusammenfasste: »Sie sagt, dass sie von der Verschwörung mitbekommen hat. Dass sich Nicos und Guido in ihrer Gegenwart offen darüber unterhalten haben, als wäre sie gar nicht da.«

Ich nickte verstehend. Das geschah häufig. Für die meisten Edlen und Reichen waren Bedienstete in etwa so lebendig wie Möbelstücke.

»Am Abend des Mordes«, hakte ich nach. »War Anna mit Tristan verabredet?«

»Das ist doch überhaupt nicht wichtig«, motzte Lily und nahm sich ein Stück Melone von meinem Teller.

»Ich glaube es.« Zoe hauchte nur, sodass ich mich vorbeugen musste, um sie zu verstehen. »Sie war fest mit Signore LeFerte zusammen, aber sie hat gesagt, dass sie jemand anderen …«

»Mit diesem Klotz?« Lily zuckte angewidert zurück.

»Es liegt nicht in unserer Macht, wohin uns die Liebe treibt, hat Amors Pfeil uns erst einmal getroffen«, feixte ich.

»Weiter!«, befahl Lily und Zoe stammelte: »Der Treffpunkt hatte einen, äh … einen Zweck.« Sie wischte sich hastig die Tränen fort. »Dort wurden Nachrichten hinterlegt. Es gibt eine kaputte Stelle an einer Marmorbank. Da ist eine Lücke, in die man einen Stein schiebt. Da tauscht man Nachrichten aus.«

»Hast Du das kapiert, Jocelin?«, fragte Lily. »Wir müssen sofort dorthin reiten, um zu sehen, ob wir eine Nachricht finden!«

»Jetzt?«

»Ja, jetzt! Was ist los? Ist dir der viele Ruhm zu Kopf gestiegen?«

Das war er keinesfalls, und von Ruhm konnte ohnehin keine Rede sein, aber mir kam es gefährlich vor, blind draufloszureiten.

»Ich finde, das kann bis morgen warten. Wenn es Euch eilt, warum nehmt Ihr dann nicht Euren Verlobten mit?«

»Weil er nicht mit der Aufklärung dieses Mordes beauftragt worden ist«, giftete sie. »Und weil er Besseres zu tun hat. Er sitzt an der hohen Tafel und befasst sich an der Seite meines Vaters mit Politik.«

»Principessa.« Ich rieb mir die Stirn. »Ich werde dort hin reiten. Aber sorgfältig vorbereitet, nicht alleine und in jedem Fall ohne Euch.«

Lange starrte sie mich wütend an. Dann drehte sie flott um und raste in den Hof. Bis zum Türrahmen sprang ich ihr nach, hörte sie aber eine Kaskade von Befehlen rufen. Mit der Hand am Türblatt stand ich da und sah sie im Pferdestall verschwinden. Ich spannte den Mund, befürchtete das Schlimmste. Zurück im Zimmer schnappte ich mir den fehlenden Stiefel und schlüpfte hinein. Emma hielt mir mein Schwertgehänge hin, das ich mir klimpernd umschnallte.

»Sei vorsichtig«, sagte sie mit klarer Stimme. »Das könnte eine Falle sein.«

»Ich weiß.« Es war so offensichtlich. »Das weiß ich, meine Liebe.«

Ich war schon fast draußen, aber eine innere Eingebung trieb mich zurück. Fahrig drückte ich ihr einen Kuss auf die Stirn, und rannte förmlich weg, um ihre Reaktion darauf nicht zu sehen.

Ich ließ mir das Pferd bringen, aber obwohl ich den Knecht herumscheuchte, und mich beeilte, saß ich zu spät im Sattel.

Staubumweht jagte Liliana die Straße hinunter, die hinter dem Tor nach unten in die Stadt führte und auf der es von Menschen nur so wimmelte. Durch die Stadt und bis zum Stadttor holte ich sie nicht ein. Auf freiem Gelände wurde der Abstand sogar größer.

Ich hatte Angst um sie. Sie ritt, als wäre sie von Sinnen. Die Lücke zwischen ihr und mir vergrößerte sich zusehends, als ich mich in einer Schafherde verhedderte. Meckernd und mähend türmten die Tiere zu allen Seiten und kollidierten mit einer Lieferung Weinfässer. Ochsen muhten, Fuhrmänner brüllten mir Flüche hinterher. Es war ein Wunder, dass sie mich nicht vom Pferd schleiften. Die Sonne ersoff zwar schon im Meer, trotzdem spürte ich die Hitze im Rücken, die nicht der einzige Grund meiner Schweißausbrüche war.

Wir ritten blindlings in eine Falle. Hier, auf der alten Römerstraße war es noch nicht gefährlich, vor so vielen Zeugen würde nichts geschehen, aber der Weg gabelte sich. Ich ächzte, als ich den menschenleeren Pfad erreichte, der zur Ruine führte, denn Lily konnte ich nirgendwo mehr entdecken. Der Weg war von Schirmpinien und Olivenbäumen gesäumt und mündete in einem Laubwäldchen, in das ich blindlings hineinpreschte. Zweige peitschten mein Gesicht. Ich fluchte, dann war ich durch und stand auf der Lichtung. Ich riss an den Zügeln und brachte mein Pferd zum Stehen.

Schwer atmend sah ich mich um. Die Fassaden eines jeden einzelnen halb eingestürzten Gebäudes waren mit Moos überzogen und mit Farnkraut geschmückt. Alles war gesäumt von einstmals imposanten Statuen antiker Götter, die ohne Köpfe oder Arme und schmutzstarrend herumstanden. Für jeden ehrbaren Christenmenschen war der Anblick eine Zumutung. Und doch war er zauberhaft.

Ich hatte allerdings keine Zeit, ihn zu genießen, denn wo steckte Lily?

Da war nur ihre schneeweiße Stute, und die schlürfte schwitzend am Tümpel. Ich stieg ab, nahm mein Pferd beim Zügel, um es zu tränken, gab ihm einen Klaps auf die verschwitzte Flanke und stromerte suchend über das Gelände. Ich versuchte auch, etwas zu hören, denn an meiner Überzeugung, in eine Falle geraten zu sein, änderte sich nichts.

Es war ein mystischer Moment, so fern vom Lärm der Stadt. In den Baumkronen raschelte es. Dann verdunkelte sich ein Himmelsausschnitt, und ein schreiender Schwarm Stare stürzte sich in einen der Kirschbäume. Es war wie eine Heimsuchung, der Baum das Opfer, und es ging schnell, denn wenige Atemzüge später stoben sie alle wieder davon. Ich empfand eine unangemessene Erleichterung und wollte gerade zu meinem Pferd zurück, als ich Liliana entdeckte. Bäuchlings lag sie vor dem moosüberzogenen Marmor und tastete die Oberfläche nach einer Öffnung ab.

Es war verzwickt, ich war in Sorge, und doch juckte es mich in den Fingern. Der fürstliche Arsch hatte einen gehörigen Klaps verdient, aber natürlich hielt ich mich zurück. Ich kam näher, ohne mich anzukündigen. Sie wusste ohnehin, wer da kam, bevor sie sich herumgedreht hatte.

»Hier ist der Schlitz«, murmelte sie. »Aber es ist nichts drin.« Enttäuscht drehte sie sich zu mir um und sprang auf die Füße.

»Principessa«, ächzte ich. »Ich wäre Euch zu großem Dank verpflichtet, wenn Ihr wieder aufsteigen und nach Hause reiten würdet.«

Das überhörte sie geflissentlich. Ihre schmutzigen Hände rieb sie am Rock sauber. Ihr Blick wanderte prüfend über das gesamte Areal. »Aber vielleicht ist es woanders.«

»Principessa, ich würde es begrüßen, wenn Ihr ...« Ich hielt inne. Mit erhobener Hand gebot ich auch ihr, den Mund zu halten.

Hatte ich da eben etwas knirschen gehört?

Die langen Zweige der Weiden wogten im Wind hin und her. Das Wasser plätscherte. Aber ich glaubte, dahinter wispernde Stimmen gehört zu haben. Der Schweiß drang mir aus allen Poren. »Lily«, raunte ich, »verschwinde von hier. Geh zu deinem Pferd und reite heim!«

Über die vertrauliche Anrede verblüfft, maß sie mich scharf. Momente kurz vor einer Tragödie hatten etwas Magisches an sich. Ich war bestürzt von Lilys Schönheit, die sich vervollkommnete, als sie begriff, in eine Falle getappt zu sein. Im Dämmerlicht glitzerte ihr Haar, und das goldfarbene Band, das sich um ihren Hals schlang, sich zwischen ihren Brüsten kreuzte und das safranfarbene Kleid in der Taille zusammenhielt, funkelte. Etwas in mir lachte über die Vergeblichkeit, mit der sich das Netz aus Goldfäden abmühte, ihr Haar zu bändigen. Und über die Nutzlosigkeit meiner Liebe. Ich wollte sie umarmen, festhalten, sie küssen, aber zugleich spürte ich das Verhängnis.

Lily schaute mich noch immer fragend an, aber sie machte einen Schritt rückwärts zu ihrem Pferd. Im Schatten, beim Felsen, erahnte ich eine Bewegung. Ich fokussierte den Blick. Ein tiefer Einschnitt spaltete den Stein. Der Boden der Spalte war voller Sand und Geröll, und daher kam ein knirschendes Geräusch. Ich überlegte, wie viele Menschen sich in einen solchen Spalt zwängen konnten. Zwei?

Weitere Pferde waren nicht in der Nähe. Das war gut. Weniger gut war, dass ich keine Brünne trug. Kratzend zog ich mein Schwert. Dabei brüllte ich: »Hau ab! Lily, Hau ab!«,

Sie schrie spitz auf, dann hörte ich ein Stöhnen, das nur von mir selbst kam, aber ich konnte nicht nach ihr sehen, ich kämpfte schon. Blitzschnell parierte ich. Es waren zwei Männer, die bei meinem Rufen aus dem Spalt gestürzt waren. Dank Lily war ich miserabel ausgestattet. Mein Helm baumelte am Sattel, den Schild hatte ich zu Hause gelassen, und ich mühte mich damit ab, den langen Dolch zu erreichen, den ich an der Wade im Lederfutteral befestigt hatte. Ich konnte prima mit zwei Waffen kämpfen, und wenn ich schon keinen Schild hatte …

Leider war ich zu sehr damit befasst, am Leben zu bleiben, um den Dolch erreichen zu können. Die Klingen dröhnten. Wir ächzten, sprangen herum und immer wieder versuchte ich nachzusehen, ob Liliana fliehen konnte. Hunderte Gedanken schossen mir durch den Kopf. Warum habe ich der Torwache nicht zugerufen, sie sollte mir folgen?

Ein Gegner stöhnte. Ich versuchte, ihn unter seinem Helm zu erkennen, aber das Gesicht war knochig und fremd. Als ich mit einer Rückwärtsbewegung in die Defensive ging, streifte mich etwas. Ehe ich mich versah, legte sich mir eine Schlinge um den Hals und wurde mit einer solchen Kraft zugezogen, dass sie mir den Atem abschnitt. Es war, als triebe mir jemand Nägel in den Schädel. Lahm hob ich das Schwert über die rechte Schulter, sammelte alle Energie und ließ es mit letzter Kraft niedersausen. Hinter mir erstarb ein Schrei zu einem langgezogenen Stöhnen, in das der andere Angreifer fluchte. Ich taumelte zurück, das Schwert gesenkt, eine Hand am Hals, nach Atem ringend, als mich etwas am Kopf traf. Ich knickte in die Knie, die trockene Wiese verschwamm mir vor Augen.

Lag da ein Tier?

Etwas pelzig Verwaschenes war das.

Eine Pfote.

Es wurde dunkel.

Als ich zu mir kam, starrte ich auf eine schmutzige Gewölbedecke. Ein- oder zweimal versuchte ich aufzustehen, sackte aber immer wieder zusammen. Mutlos gab ich es dran und blieb auf dem Rücken liegen. Überstürztes Handeln war zwecklos, das hier musste ich planvoll angehen. Der Raum war klein und erstickend heiß und voll vom Gestank meines Erbrochenen. Fliegen brummten über der Lache. Ich war schweißverklebt. Das salzverkrustete Hemd klebte mir am Rücken und am Hinterkopf fühlte ich eine gewaltige Beule. Ich lag zwischen Weinfässern, glotzte auf Regale voller in Leinen gewickelter Stoffbahnen und begriff plötzlich, wo ich war. Im Keller des Tuchhändlers Cyrus.

Meine Gedanken überschlugen sich. In der Zitadelle wusste man von ihm. Wenn ich nicht auftauchte, suchte man vielleicht …

Unsinn, du Idiot. Sie würden nie explizit   nach dir suchen.

Hoffnung schien also knapp bemessen.

Aber wenn Lily …

Schlagartig riss ich die Augen auf. Wie sollte ich herausfinden, ob sie wohlbehalten zu Hause angekommen war?

Und was planten die Verschwörer, denn warum ließen sie mich am Leben?

Hör auf zu jammern!

Ja, genau. Ich war ein erbärmlicher Jammerlappen. Ein Kind im Körper eines erwachsenen Mannes, das sich wand und quälte, weil es sich so schrecklich ungeliebt fühlte.

Genau. In Palermo hast du Kinder gesehen, deren Rippen du zählen konntest. Hattest du je einen Grund zum Winseln? Mal ehrlich.

Nein. Hatte ich nicht.

Mit einem Mal war alles belanglos. Die Eifersucht auf Tristan, der ewige Liebeskummer. Lachhaft.

Wenn ich hier lebend rauskam und es der Prinzessin gut ginge, wollte ich dankbar sein für das, was ich hatte. Das schwor ich mir.

Oben, durch den vergitterten Lichtschacht, kroch fahles Licht. Ich stöhnte resigniert auf. Selbst wenn das Fenster nicht vergittert gewesen wäre, konnte nichts tun. Klar, aufstehen und durch was hindurchzukriechen war anstrengend, aber vor allem waren mir die Hände stramm auf den Rücken gefesselt. Mir dröhnte der Schädel, die Zunge pappte mir knochentrocken am Gaumen.

»He!«, brüllte ich. »Kommt her, ihr Arschgesichter!«

Zuerst tat sich nichts. Aber dann näherten sich Stiefelschritte. Kurz darauf wurde die Tür entriegelt. Ich manövrierte mich in eine sitzende Position und lehnte mich an ein Weinfass. Ich sah nicht hoch, es war unnötig, denn Tristan erkannte ich schon an seinen kostbaren Stiefeln und der aufwändig gefertigten Hose. Überrascht war ich nicht.

»Steh auf«, herrschte er mich an.

Ich blieb, wo ich war. Lieblos versetzte er mir einen Tritt, doch der war so nachlässig, dass ich mich fragte, ob er nur halb so gewalttätig war, wie ich es immer geglaubt hatte.

»Steh schon auf, du Idiot!«

Meinetwegen, ich machte ihm die Freude, auch wenn sich das mit gefesselten Händen mühselig gestaltete. Ich musterte ihn so überheblich, wie ich konnte, und als Sohn meines Vaters war ich darin unschlagbar. »Ein Verräter«, bescheinigte ich ihm.

Er brachte den heuchlerischen Anstand auf, beschämt auszusehen. »Wenn du Schwachkopf dich nicht eingemischt hättest, wäre es so weit nicht gekommen«, nuschelte er. »Ich bring' dich hoch. Rainulf von Teano will dich sehen.«

»Was soll das denn jetzt heißen? Ist es etwa nicht so, dass du dich am Plan, den Herzog und unseren Vater«, Letzteres betonte ich vorwurfsvoll, »zu ermorden, beteiligt hast? Hast du nicht dafür die Annullierung der Ehe der bleichen Anais zum Lohn erhalten?«

Er taxierte mich finster. »Ich hatte nicht die Absicht, zuzusehen, wie unser Herzog ermordet wird. Ich wollte nur erreichen, dass Anais von diesem Scheusal Gisulf geschieden wird.«

»Ah, verstehe. Die Rosinen herauspicken. Vorgeben zu tun, was verlangt wird, bis man hat, was man will. Eigenartig, Tristan, dass es mich nicht überrascht, das zu hören. Gierig warst du ja immer.«

Er kochte förmlich. »Wenn du nicht bald das Maul hältst, darfst du dich nicht wundern, wenn du eins draufkriegst.«

»Ich wundere mich doch gar nicht.«

Er ballte schon die Faust, an der er protzige Ringe trug, doch er löste sie wieder, knackte die Finger und rang sich angestrengt eine Ruhe ab, die ihm niemals innegewohnt hatte Dass er mich nicht schlug, hieß, dass er etwas von mir wollte. Mit brüderlicher Zuneigung hatte das nichts zu tun. Und so war es dann auch. »Wo hast du den Dispens für Anais gefunden?«, fragte er.

»Bei LeFertes Sachen.« Ich legte den Kopf schief.

»War da noch ein Papier?«

»Nein, Tristan«, höhnte ich. »Da war kein anderes Papier. Mich würde nur interessieren, wie du jetzt noch an deine zarte Anais gelangen willst. Ihr seid aufgeflogen. Du wirst schon erwartet. Wenn du in der Zitadelle …«

Sein beringter Faustschlag brachte mich schlagartig zum Verstummen. Ich sackte ein und stöhnte auf, dennoch vollbrachte ich eine Grimasse des Hochmuts, als ich ihm wieder ins wutverzerrte Gesicht blickte. Warm sickerte das Blut meine Wange hinab. Die verfluchten Ringe.

Tristan fragte nichts mehr, sagte kein Wort. Ungeduldig zerrte er mich zur Tür.

Er stieß mich einen düsteren Korridor entlang, ausgetretene Treppenstufen hinauf und hinein in die repräsentative Wohnhalle, die ich von meinem ersten Besuch beim Tuchhändler kannte. Helles Tageslicht blendete mich. Im Kamin brannten zwei frische

Pinienscheite. Das kam mir bei der Hitze irre vor, aber dem schlanken, hochgewachsenen Mann, der davor in einem Lehnstuhl lümmelte, stand nicht eine Schweißperle auf der Stirn. In Ausnahmesituationen dachte man die närrischsten Dinge, und ich fragte mich, ob er an einer ominösen Krankheit litt und nur Hitze ihm Linderung verschaffte. Außer krank schien er ein eitler Pfau zu sein. Er bewunderte sich in einem römischen Handspiegel, den er bei meinem Eintreten senkte.

»Ah, wie wunderbar, dem talentierten jungen Mann zu begegnen, dem wir die Anwesenheit der bezaubernden Principessa zu verdanken haben.«

Ich bekam Angst. Als mein Blick seiner ausladenden Handbewegung folgte und ich ihm gegenüber auf der Kante eines anderen reich verzierten Stuhls Lily sitzen sah, wurde sie zur Panik. Unauffällig suchte ich sie nach sichtbaren Verletzungen ab, fand aber nur ein schmutziges Kleid und derangiertes Haar. Beides nichts, das bei ihr etwas zu bedeuten hätte. Sie brachte das Wunder zustande, hochmütig und doch eingeschüchtert zugleich auszusehen. Sie wagte es zuerst nicht, mir ins Gesicht zu schauen.

»Principessa«, wisperte ich. »Ist alles in Ordnung?«

Ich fürchtete mich vor dem, was ich in ihren Augen lesen würde, aber als sie mich anblickte, sah ich nichts, das auf eine Misshandlung hindeutete. Sie nickte. Sie griff nach einem Weinglas, das auf dem Tisch neben ihr bei einer Obstschale stand, nahm einen kräftigen Schluck und rieb sich mit dem Handrücken über den Mund. Dabei wich sie meinem Blick nicht aus. Mir schien, als läse ich eine Entschuldigung in ihren Augen. Ihr Eingeständnis, dass ich Recht gehabt, als ich versucht hatte, ihr zu erklären, wie gefährlich ihre Einmischung war. Es war, als hätte sie mit einem Mal begriffen, wie wenig dies hier das Spiel war, für das sie es gehalten hatte.

»Aber ja, natürlich ist alles in Ordnung«, erklärte der Edelmann galant. »Sie bewohnt die Räumlichkeiten der Tochter unseres werten Gastgebers Nicos. Meine liebe Freundin liest ihr jeden Wunsch von den Augen ab. Niemand wird ihr ein Haar krümmen.«

Freundin? Erst jetzt bemerkte ich die Frau am Fenster, die mich auf beängstigende Weise musterte.

»Ihre Haare krümmen sich von alleine«, sagte ich mit einer Lässigkeit, die ich nicht empfand.

»Ah, ein Witzbold. Erlaubt, dass ich mich vorstelle?« Er legte eine Hand aufs Herz und neigte kurz ironisch den Schopf. »Rainulf von Teano. Meinem Vater war dereinst vergeblich die Hand der edlen Sichelgaita versprochen worden.« Er schnalzte bedauernd mit der Zunge. »Wie Ihr seht, habe ich von Natur aus ein Anrecht auf Salerno.«

»Ausgezeichnet«, gratulierte ich. »Männer mit normalen Ambitionen sind so gewöhnlich. Aber bedenkt, die edle Sichelgaita ward einst einem Mann versprochen worden, den sie später aufs Rad flechten ließ.«

Das war maßlos übertrieben. Es hatte Jahre bedurft, bis ihr jener Mann derart auf den Zwirn gegangen war, dass sie ein eigenes Kontingent angeführt hatte, um ihn mundtot zu machen. Gerädert worden war er nicht. Ich hatte erzählt bekommen, dass er in einer stinkenden Grube bei den Belagerern gefangen gehalten worden war, bis das Rad bereitstand. In letzter Sekunde war mein Vater dazugekommen und hatte das Schlimmste verhindert. Was meinem Herzog an Grausamkeit fehlte, wohnte in seiner Gemahlin. Aber dass sich die Geschichte rumgesprochen hatte, festigte ihren Ruf.

Teano kräuselte leicht die Lippen. »Diese Art ungebührliches Verhalten hätte mein Vater ihr ausgetrieben.«

Das war unvorstellbar, aber darauf schwieg ich lieber. Teanos Augen, die mich anstarrten, legten den Verdacht nahe, dass er nicht ganz bei Trost war.

»So lasst uns über meine Pläne reden«, schwafelte er selbstverliebt weiter. »Sie waren trefflich durchdacht, und ich war gewiss, dass ich gewinne. Aber dank Euch habe ich unliebsame Überraschungen erlebt.«

»Dank der Plaisance LeFerte«, korrigierte ich und musterte verstohlen die beiden Kerle, die den Angeber flankierten wie Leibwachen. Der eine war klein und gedrungen und hatte wulstige Lippen. Der andere war der Hagere, der mir beim Kämpfen die meisten Schwierigkeiten bereitet hatte. »Wäre sie nicht zur

Mörderin geworden, hätten wir nicht so rasch von einer Verschwörung erfahren.«

Teano wiegte den Kopf, aber plötzlich rührte sich die Frau. »Ich habe ihr von der Liebschaft ihres Mannes erzählt, damit sie zur Mörderin wird«, schnappte sie. »Anna fing an, eigene Forderungen zu stellen und drohte am Ende, uns auffliegen zu lassen!«

Ich überlegte. »Und Ihr seid?«, spielte ich auf Zeit.

»Eine Frau!«, schrie sie.

»Das sehe ich.«

»Eine Frau, deren Leben zerstört wurde von …«

Rainulf von Teano hob eine Hand, ohne die Dame anzusehen, aber es funktionierte. In ihren Augen schimmerten Tränen, aber das milderte ihren Zorn nicht.

»Dass Plaisance uns Tristan als Mörder servierte, war dilettantisch.« Mein Blick huschte zu meinem Bruder, der blasiert neben dem Kamin vortäuschte, nicht zu schwitzen.

»Es war dumm«, räumte Teano ein. »Aber wir nahmen nicht an, dass seriös ermittelt würde. Wegen eines Mädchens mit zweifelhaftem Ruf, das …«

»Nun, ich bin unschlagbar im Finden von Wahrheiten.«

Offenbar irritiert von meiner Respektlosigkeit, presste er die Lippen zu einem schmalen Strich zusammen.

Aber die Dame schrie drauf los. »Jaaa! Und unschlagbar in Arroganz! Ungeschlagen im Größenwahn! Und sicher bist du auch der, der immer bei der Wette gewinnt, wer die meisten Frauen flachlegt!«

Ich zuckte irritiert zurück. Tristan hatte den Weinkelch auf die Truhe neben dem Kamin abgestellt und wirkte sprungbereit. Seine Miene drückte große Sorge aus. Wenn ich es nicht besser wüsste, weil ich das päpstliche Schreiben an ihn besaß, würde man denken können, das hier wäre seine Mutter.

»Du widernatürlicher …!« Sie sprang auf mich los, aber Tristan fasste sie in der Taille. »Mutter!«, rief er.

Teano grinste blöd, aber sie schüttelte Tristan ab und schrie ihn schrill an: »Ich bin nicht deine Mutter, du Narr! Deine Mutter, die

Schlampe, ist der Grund, aus dem dein Vater für alle verloren ist! Für alle!«

Sie kämpfte sich frei, raste raus, und einen Augenblick sah es so aus, als wollte er ihr nachstürzen. Ich schätzte, er blieb, weil er lange brauchte, um die Informationen zu verdauen. Ich für meinen Teil hatte zwei und zwei zusammengefügt und begriffen. Sie hasste mich, weil sie meinen Vater liebte. Weil er etwa so ausgesehen haben musste wie ich heute, als sie bei ihm gelegen hatte. Und an ihrer Reaktion auf meine Worte, konnte ich ablesen, dass er sich in etwa so gebärdet hatte. Nicht, dass mir diese Erkenntnis gefiel, aber, du lieber Himmel, das war eine gefährliche Melange.

Rainulf von Teano klopfte sich mit beiden flachen Händen einmal fest auf die Oberschenkel. Das Geplänkel war vorbei.

»Mein Plan, das gestehe ich ein, ist vorerst gescheitert«, proklamierte er. »Wir werden uns zurückziehen. Aber mein Freund Tristan wird nicht um seine Belohnung gebracht werden. Er wird die edle Anais an den Traualtar führen. Zu diesem Zweck wird es zu einem Austausch kommen. Anais gegen die kleine vorlaute Principessa hier. Dass sie in meinem Besitz ist, habe ich von einem Laufburschen übermitteln lassen. Aber um Eure Schmach zu vollenden, verehrter Jocelin, werdet Ihr der Bote sein, der die Bedingungen heute Abend in die Zitadelle bringt.«

Ich stöhnte genervt auf. Das hatte er ja prima eingefädelt. Mein Gesicht wurde vor Scham feuerrot. Alle würden sehen, dass ich nicht zu Lilianas Schutz taugte. Ich wollte etwas einwenden, aber unvermittelt federte Lily vom Stuhl und kreischte: »Ungeheuer! Widerlicher Mistkerl, der Ihr seid.«

Sie schnappte sich ein Obststück nach dem anderen aus der Schale und warf mit Aprikosen nach Rainulf, der schützend die Arme hochriss und beängstigend dunkel lachte. »Meine liebe Liliana. Ihr gehört übers Knie gelegt und mit dem Riemen gezüchtigt. Ihr dürft Euch glücklich schätzen, im Moment so wertvoll für mich zu sein.«

Die beiden Handlanger hatten Lily inzwischen gebändigt und auf ihren Stuhl zurückgesetzt. Trotzig funkelte sie Rainulf an. Zwar schimmerten Tränen in ihren Augen, doch ich verstand nicht, worüber sie sich ausgerechnet jetzt so aufregte. Über meine demütigende Rolle als Bote? Wo ich ihr doch leidlich egal war?

Rainulf stand mit einem Ausdruck von Lüsternheit im Gesicht auf, der mir das Herz gefrieren ließ. Lily musste hier weg. So schnell wie möglich.

»Tristan, mein Freund, sei so gut und geleite den jungen Mann in sein Gefängnis zurück, bis wir seiner Dienste bedürfen.«

Ich beäugte meinen Bruder wachsam und bemerkte ein kleines Zögern und eine gewaltige Portion Unbehagen.

Im Korridor schüttelte ich seinen Griff ab. »Pass auf, dass Liliana nichts passiert!«, blaffte ich ihn an, um meine Verzweiflung zu übertünchen. »Dein Kumpel ist wahnsinnig!«

»Ihr wird nichts passieren.«

»Wie kannst du das wissen? Hast du nicht gesehen ...«

Er stieß mich grob an die Wand und presste eine Hand auf meine Brust. »Ihr wird nichts passieren. Verlass' dich drauf!«

Ich lachte verzweifelt auf. »Auf dich? Verlassen?«

»Jocelin, du bist ein Scheißkerl, der mich in diese unselige Lage gebracht hat, fliehen zu müssen. Aber glaube mir, mein Einfluss ...«

»Ich dich? Du hast dich selbst in diese Lage gebracht!«

»Du willst mit aller Gewalt noch eins aufs Maul.«

Nein, ich wollte Lily mit aller Gewalt hier rausschaffen und wusste nicht, wie. Aber ich hielt den Mund.

Kurz darauf kauerte ich wie ein Häufchen Elend zwischen den Weinfässern und verzehrte mich vor Sorge.

21
Sophia

Sophia kämpfte gegen eine Woge des Entsetzens, als sie nach Hause gehastet kam und das Schultertuch abnahm. Sie scheuchte die Dienerin, die die Körbe mit den Einkäufen schleppte, in die Vorratskammer und halste ihr einen Berg Arbeit auf, um ihre Ruhe zu haben. Erschöpft sank sie auf eine Polsterbank an der Wand. Was konnte sie tun?

Die Vorstellung von dem, was man Jocelin antun könnte, peinigte sie.

Piero, der ihr Heimkommen gehört hatte, fand sie dort sitzend, die schmalen Hände vor dem Gesicht.

»Was ist geschehen?« Er nahm eine ihrer Hände. »So kenne ich dich gar nicht.«

Er klang gelassen, nur die Heiserkeit verriet, wie beunruhigt er war.

»Sie haben ihn ins Haus getragen«, krächzte sie. »Sie taten es verstohlen, aber ich habe es gesehen.«

Zwar ahnte er noch nicht, wen sie meinte, aber von welchem Haus sie redete, war klar. Er fixierte die Tür zu den Räumen der Lustbarkeiten, die still und dunkel dalagen. In weniger als einer Stunde würden die Diener Vasen mit Blumen bestücken und die Kerzen anzünden. »Warum treibst du dich überhaupt in der Nähe des Hauses herum? Wenn dich jemand bei Cyrus sieht, Sophia, und dich in Zusammenhang mit …«

»Ich habe nur genauer hingesehen, weil es mir komisch vorkam, dass einer der Waffenknechte Prinzessin Liliana im Sattel hatte. Sie hatten ihr ein Kopftuch umgebunden.« Erregt gestikulierte sie in den Raum, und fing an, in ihrer Gürteltasche zu kramen. »Ihr Haar hat die Signalwirkung einer Fanfare«, murmelte sie. »Das war schon verdächtig.« Sie schniefte in ein Tüchlein. »Ich erkannte sie an ihrer Haltung. Sie halten sie beide gefangen, Piero. Ihr werden sie nichts antun, sie ist die Tochter des Herzogs, ihn aber ...«

»Von wem redest du da die ganze Zeit, meine Liebe?«

»Jocelin!«, schrie sie.

Er zuckte zurück. Herrgott, was war in sie gefahren? Er entwand ihr das Tuch, um sich ihre Speicheltropfen von den Wangen zu wischen.

»Du musst etwas tun!«, verlangte sie.

»Was stellst du dir da vor?«, wehrte er ab. »Dass ich da antanze, an der Tür kratze und nach den Entführern des Hauses frage?«

Sie drohte zu ersticken und sprang auf, um das Doppelfenster aufzuzerren, aber nicht mal die Brise vom Meer verschaffte ihr Kühlung. Mit den Händen hinterrücks am Sims, wiederholte sie ihre Forderung kläglich. »Hilf ihm!«

Er fragte nicht mal, warum. Das wusste er. Aber er wand sich.

»Und wenn es schief geht? Wenn der Herzog seine Tochter befreien lässt und seine Mannen mich an der Seite der Verschwörer sehen?«

Sie stöhnte gequält. »Wenn sie in der Zitadelle etwas ahnten, wäre die Rettung längst im Gange.« Ihre Stimme kippte weg und geriet flehend. »Und wenn nicht ... du wirst dich erklären können.«

»Sophia, als sie auf Sizilien waren, um die Emirate zu besiegen, habe ich mich mehr als einmal des Verrates am Herzog schuldig gemacht«, wisperte er. »Hugo, Baldemar und die anderen Söhne des verstorbenen Grafen von Melfi bezichtigten ihn des Raubes. Sie forderten Melfi zurück und ließen sich ihre Aufstände von den Byzantinern aus Bari bezahlen.«

»Aber ...«

»Wenn ich damals etwas gelernt habe, dann, wie dämlich es ist, einen Robert Hauteville austricksen zu wollen. Einen begnadeten Spieler ausspielen? Mein Selbstmord wäre es gewesen, wenn er, wie jeder vernünftige Herrscher es täte, die Verräter ausmerzen würde.

Wenn er deren Land verwüsten und Frauen und Kinder in die Sklaverei verschleppen würde, aber was macht er?«

»Ich weiß, Piero, aber ich …«

»Er lässt einen Mann Hunde tragen!«, brüllte er. »Eine läppische Ehrstrafe, die man rasch vergessen hat. Danach führt man sein Geschäft, das Leben geht seinen gewohnten Gang und man jammert gelegentlich dem Stück Land nach, das man zur Strafe verloren hat. Und zack!« Er schlug die Faust in die hohle Hand. »Sitzt der nächste Hochverräter mit einem vor dem Kamin und schwört, dass nichts schief gehen kann.«

»Piero, du musst ihm helfen«, drängte sie.

»Hörst du mir nicht zu?«

»Du musst mir helfen.«

»Wenn mein Versuch, dir zu helfen, misslingt, was denkst du, sagen sie in der Zitadelle, wenn neben einem Teano ein Piero di Trani steht? Meinst du, sie tätscheln mir die Schulter und sagen Danke dafür, dass ich versucht habe den Verrat aufzudecken? Mir, den sie als Wiederholungstäter kennen?«

»Ich sehe, Sichelgaita hat einen Waschlappen aus dir gemacht«, ätzte sie.

»Ihr müsst ein umwerfendes Paar gewesen sein, Sophia. Der Graf und du. Beide habt ihr eine scharfe Zunge.«

Wir waren nie ein richtiges Paar. Doch Piero schaute sie so traurig an, dass sie weich wurde. Es änderte nichts an der Dringlichkeit, trotzdem setzte sie sich neben ihn auf die Bank.

»Es tut mir leid«, bat sie. »Aber er hat es doch verhindert, oder? Er hat dir das Leben gerettet, damals, bei der Sache mit dem Rad.«

Er lachte ohne Humor. »Bestimmt nicht, weil er mein Freund wäre. Und lustig war das nicht gewesen.«

22
Piero,
damals, in einer Grube vor Trani

Das konnte sie unmöglich ernst meinen. Er versuchte sich seit Stunden zu beruhigen. Er war ein Edelmann, ein Graf. Sie durfte ihm nicht die Knochen brechen lassen. Einen Grafen aufs Rad zu flechten, war ehrlos. Doch je lauter der infernalische Lärm da oben wurde, desto weniger überzeugten ihn die eigenen Beschwichtigungen. Seit der Niederlage vorgestern vegetierte er in diesem drei Meter tiefen, extra für ihn ausgehobenen Loch dahin. Wenn er keine Sympathisanten in ihren Reihen hätte, bekäme er nicht mal einen gammeligen Kanten Brot. Aber so hatte man ihm heimlich einen Eimer mit Fleisch und warmem Brot und mit einem Lederschlauch voller Wein heruntergelassen.

Allerdings konnte er kaum etwas essen. Die Angst schnürte ihm den Hals zu. Und der Gestank seiner eigenen Fäkalien. Das Loch war nicht eben breit, allerdings war es fertig gewesen, als sie ihn vom Schlachtfeld geführt hatte. Die aufgeworfene Wiese, getränkt vom Blut seiner Leute. Es war erschreckend genug gewesen, dass sie das Kontingent anführte, das Trani überfallen hatte, derweil er mit seinen Rittern an des Herzogs Stuhl sägte. Bevor sie kam, hatte es für ihn nach einem Sieg ausgesehen. Er hatte triumphiert, dem Herzog ein Baronat nach dem anderen abgeluchst, während der mit seinem Bruder Roger auf Sizilien kämpfte. Wenn überhaupt, hätte er damit gerechnet, dass der Herzog persönlich wutschnaubend mit einer Handvoll Ritter übersetzte, um den Aufstand niederzuschlagen. Aber eigentlich waren er und seine Verbündeten davon ausgegangen, dass ihr Plan aufgehen würde.

Am Arsch. Wie sein Leben. Zu Ende. Vorbei.

Ihm brach der Schweiß aus. Flehend starrte er nach oben, aber da war nichts als ein gleichgültiger Ausschnitt blauen Himmels. Und das Gelächter. Und Befehle an die Männer, die zwischen den Palisaden der Belagerung hausten, die Katapulte reparierten, soffen und hurten. Zuerst zuckte er zusammen, als von oben eine Belagerungsleiter angeflogen kam. Dann fing er zu zittern an. Es fehlte nicht viel, und er hätte sich in die Beinlinge gepisst.

Na und?

Er trug die blutbesudelte Tunika, vom Dreck hier unten schmutzstarrend. Die Brünne hatte sie ihm genommen. Jetzt würde sie ihm das Leben nehmen, und zwar qualvoll.

Ihm fehlte die Kraft, sich gegen die Vogelscheuchen zu wehren, die ihn unter den Armen fassten, um ihn hoch zu zerren.

Seiner Würde wegen müsste er erhobenen Hauptes und eigenständig die Leiter hochsteigen, aber im Angesicht der Folter war Würde verzichtbar.

Im Geiste hörte er sich schreien und winseln, während sie ihm die Knochen brachen.

Oben angekommen stürzte er auf die Knie. Das blonde Haar fiel im klebrig in die Stirn, während er ihre Schuhspitzen betrachtete. Mit den Händen stemmte er sich ins Gras, denn er wollte aufstehen. Er musste Sichelgaita ansehen, er wollte …

Mit dem Fuß stieß sie ihn an der Schulter um. Gequält schaute er zur Seite. Da lag das Rad. Direkt neben ihm.

Verfangen im Chaos seiner Furcht hörte er die Reiter spät. Zwei Pferde sprengten heran. Leder knarzte. Die Kämpfer tuschelten. Piero sah nicht hin. Dann brüllte jemand. »Was? Seid Ihr verrückt, Sichelgaita?«

Von irgendwo im Lager ertönte ein seltsam hohes Lachen. Neben ihren gepanzerten Schuhen tauchten zwei weiche Lederstiefel mit Silbersporen auf. Sie tappte mit dem Fuß, als jemand sagte: »Interessant, wie Ihr die Fantasie der Menschen anzufachen versteht, Duchessa. Doch meine kommt da nicht mit. Wenn es beliebt, so bitte ich Euch um eine Erklärung.«

»Lasst das schwülstige Gerede, Fécamps!«, gellte sie. »Trani kapituliert nicht! Wir haben ihn kurz vor Bari aufgegriffen und werden ihn auf dem Rad vor die Stadt tragen. Wenn sie ihn schreien hören, werden seine Leute kapitulieren.«

Großer Gott, dachte er. Er würde es ja nicht anders machen, aber er war ein Mann. Und die Sache sah gänzlich anders aus, wenn man auf der falschen Seite stand. Er konnte sie unmöglich ansehen, denn dann würde sie in seinem Blick lesen, dass den Bewohnern von Trani sein Schicksal am Arsch vorbeiging.

»Wie soll er seine Komplizen aufzählen, Duchessa, wenn er tot ist?« Fécamps Stimme klang ungeduldig. Was sie entgegnete, verstand Piero nicht. Sie sprachen jetzt leiser. Nur einmal rief sie wütend.

Als ihn ein Stein am Hinterkopf traf, schreckte er zusammen und fuhr herum. Noel de Grantmesnil stand bei seinem Pferd, und ließ Kiesel durch die gepanzerten Handschuhe rieseln. Der Blick, den er in Piero bohrte, war gleichgültig. Dann riss jemand Piero auf die Füße. All ihre Männer hockten da im Schneidersitz oder standen in feixenden Gruppen dabei, als begafften sie eine griechische Tragödie, die sie nicht begriffen. Grantmesnil warf das nächste Steinchen und traf ihn am Hals. Tränen stiegen ihm auf, er keuchte erschöpft. Fécamps verneigte sich derart tief vor der Herzogin, dass sein Schwert am Boden schleifte, und kam wieder hoch.

»Meine hochverehrte Freundin«, sülzte der Mann. »Auf der Insel zwischen den Welten werdet Ihr bessere Gelegenheiten zu kriegerischen Taten finden. Hier aber bitte ich Euch, vom Grafen von Trani abzulassen und ihn mir zu überlassen.«

Piero riss die geschwollenen Augen so weit auf, wie er konnte. Was hatte der Mann vor?

Diesmal warf Grantmesnil routinierter. Der Kiesel traf Piero am Auge. Er tastete mit der Hand, fühlte aber nichts, so taub war er. Schwer atmend ließ er sich in ein Zelt zerren. Dort drinnen legte er die schmutzigen Hände aufs Gesicht, wartete. Rüde brachte man ihm einen Eimer Wasser und eine frische Tunika. Er wusch sich halbherzig, weil er nicht wusste, wofür. Das Warten wurde schmerzlich. Das Zelt war bewacht, und gelegentlich rannten scheppernde Krieger vorbei. Befehle, deren Sinn sich ihm nicht erschloss, wurden gekläfft. Er versuchte zu entspannen, aber es ging nicht. Er sah sich um, als suchte er einen Ausweg.

Im Zelt herrschte ein einziges Durcheinander. Der Boden war mit Kleidungsstücken übersät. Zwischen Waffenröcken und Beinlingen schimmerte ein kostbares Kleid. Es lagen Becher mit eingetrocknetem Wein auf dem Boden aus festgestampfter Erde. Brotkrümel und fettige Tierknochen.

Die Nachtluft kühlte bereits merklich, als sich endlich etwas tat. Cesare de Fécamps duckte sich unter dem Baldachin hinweg ins Zelt und stand vor ihm. Der Mann maß ihn abschätzig und bedeutete ihm, sich zu setzen.

Aber wohin? Piero nahm etwas Undefinierbares von einem der Scherenstühle und erkannte verdutzt, dass es sich um einen zerschmetterten Stickrahmen handelte. Sachte legte er ihn auf den Boden und sank in den Stuhl. Bei jeder Handlung beäugte er Fécamps konzentriert. Der nahm ihm gegenüber Platz und schlug die Beine übereinander. Mit einer mehr lasziven denn nützlichen Handbewegung strich sich Fécamps die dunklen Locken aus der Stirn. Das Gehabe wirkte albern, aber der Mann war gefährlich. Wer auf weniger als eine Schwertlänge an den Herzog von Apulien und Kalabrien heranwollte, musste zuerst das Vertrauen oder die Billigung des Grafen Fécamps erlangen. So etwas erarbeitete sich ein Mann nicht mit alberner Manieriertheit.

»Ich bedaure, Eure Marter unterbrochen zu haben«, sagte Fécamps, während er sich den Schweiß mit einem Tüchlein von der Stirn tupfte. »Ein Aufschub muss unerträglich sein. Er verleitet zu unbegründeten Hoffnungen.«

Piero fühlte, wie die Angst der Wut wich. Aber er schwieg.

»Womöglich«, der Graf gestikulierte affektiert mit dem Tüchlein in seine Richtung, »vermag ich die Herzogin zu besänftigen. Die Strafe könnte einer weniger schmerzhaften weichen.«

»Was wollt Ihr?«, ächzte Piero.

»Da ich Euch ein bisschen Verstand zutraue, bin ich sicher, Ihr werdet mir erklären, woher das Geld für die Waffen Eurer unseligen Allianz kam. Wer ist an Euch getreten, und wer sind die Strippenzieher?«

Draußen hämmerten die Männer mit ihren Waffen auf die Schilde und grölten ihren Schlachtruf. Der Krach steigerte sich. Die Herzogin begann eine Ansprache. Immer, wenn er ihre Stimme hörte, zuckte er zusammen, und erst als sie fertig war, antwortete er. »Das ist alles?«

Fécamps beschenkte ihn mit einem sprühenden Lächeln.

»Kein Rad?«

»Sicherlich etwas Ehrenvolleres. Ich vermute gar, Ihr werdet das hier unbeschadet überstehen.« Fécamps rieb sich das Gesicht, als müsste er Müdigkeit vertreiben. Der Eindruck abgrundtiefer Langeweile war entwürdigend, wo sie hier über sein Leben schacherten. Pieros Wut gewann überhand. »Das soll alles sein?«, ätzte er. »Ich lach' mich schief.«

»Das wäre schlecht. Am Ende braucht Ihr in der Schlacht einen Stock.«

Zuerst verdutzt, quälte sich Piero damit ab, nicht zu lachen. Die Augen des Grafen blitzten vergnügt, und am Ende hatte er das Gefühl, dass der Mann gar nicht so übel war.

Sophia holte ihn in die Gegenwart zurück, indem sie sich an ihn schmiegte. Er sog ihren warmen Duft ein, und dankte dem Herrn, sie getroffen zu haben. Und Fécamps, weil er ihm das Leben geschenkt hatte. Weil er ihm die Zeit verschafft hatte, allen Ambitionen abzuschwören und Sophia im Arm halten zu dürfen. Ohne ihn säße er jetzt nicht hier.

»Er hat dir das Leben …«

Er winkte ab. »Ich weiß.«

»Er ist sein Sohn.«

Sein Sohn? Er schraubte sich hoch. »Ich werde mir was einfallen lassen, Sophia. Aber bete zu allen Heiligen!«

23
Jocelin

Die Furcht um Lily brachte mich von den Gedanken an die Schande ab, die mich demnächst überkommen würde. Ich weiß nicht, wie viele Stunden ich eine miese Idee nach der anderen wälzte, von allen Seiten betrachtete und wieder verwarf. Mittlerweile war es dunkler geworden, sodass ich hier unten kaum mehr als Umrisse erkennen konnte. Das Wetter hatte sich ebenfalls geändert. Es war merklich kühler, und hier im Keller fing ich zu frieren an. Ich war der Verzweiflung nahe, als Tristan zurückkam. Allein, mit einer Wasserschüssel und einem Handtuch über dem Arm.

»Hier.« Er stellte beides vor mir ab. »Du sollst dich waschen und dann bringe ich dich hoch. Es geht los.«

»Und wie soll ich das machen?« Ich bewegte meine hinter dem Rücken gefesselten Hände.

»Ich löse die Fesseln. Aber ich warne dich.«

»Schon gut. Klar.«

Ich wartete ab, bis er den Strick durchtrennt hatte. Dabei fixierte ich das kleine Messerchen in seiner rechten Hand. Wenn ich es ihm …

»Vergiss es«, spuckte er aus.

Seufzend beugte ich mich über die Schüssel und überlegte, ob ich ihn überwältigen oder überreden sollte. Es war hoffnungslos, aber ich traf eine Entscheidung.

»Es ist an der Zeit, Tristan, zu überdenken, ob du ein Falke sein willst oder eine aasfressende Krähe«, nuschelte ich in das Wasser, das ich mir mit beiden Händen ins Gesicht warf.

Mit gerunzelter Stirn glotzte er mich an. Während ich mich abtrocknete, redete ich weiter: »Verrat scheint mir kein falkenadäquates Verhalten zu sein.«

»Du bist ein elender Schwätzer, weißt du das?« Er fing das Handtuch auf, das ich ihm zuwarf.

»Noch kannst du wieder nach Hause.«

Er lachte schäbig, aber es klang bekümmert. »Das ist kaum möglich. Du weißt, was mir dort blüht.«

»Das Rad?« Ich zwinkerte fies. »Eher nicht. Aber eine Enthauptung. Ja, das wäre wahrscheinlich.«

»Was willst du mir eigentlich sagen?« Er musterte mich mit zusammengezogenen Brauen.

»Dass es vielleicht doch ein weiteres Dokument gegeben hat.« Ich breitete entschuldigend beide Hände zur Seite.

Schlagartig wurde er blass. »Hast du es gelesen?«

»Ob ich weiß, wer deine Mutter ist? Ja, natürlich weiß ich es.«

Er schwankte, was ich nie für möglich gehalten hätte. Offenbar hatte ich gewaltig unterschätzt, was ihm dieses Wissen bedeutete. Er sehnte sich derart nach einer Mutter, dass er die Furie an der Seite des Teanos dafür gehalten hatte.

»Du hast ja keine Ahnung«, flüsterte er brüchig und starrte an mir vorbei auf irgendeinen Punkt an der Mauer. »All die Jahre, in denen ich beim Kardinal aufgewachsen bin. In der Kälte einer Gesellschaft, die nur aus Männern besteht. Nur Lernen und Kämpfen. Immer mit dem verheißungsvollen Wissen, dass es doch irgendwo eine Mutter gibt, der ich genug bedeute, dass sie mich nicht in den Straßengraben gelegt hat.« Er schluchzte. »Diese Einsamkeit.«

Angesichts des Lamentos verzog ich das Gesicht. »Du Ärmster«, spottete ich. »Dagegen war meine Kindheit paradiesisch. Dein Leben muss die reinste Hölle gewesen sein.«

Draußen klapperten die Hufe des Pferdes auf den Pflastersteinen, das mich gleich zu meiner schändlichen Aufgabe tragen würde. Tristan rang sichtlich mit der Frage, ob er mich verprügeln oder ignorieren sollte. Er tat nichts davon. Er flehte.

»Sag' es mir! Gibt es das Papier noch oder hast du es vernichtet? Aber, ach, es ist gleich. Wenn du es weißt, sag' es mir.«

»Das Papier existiert noch.« Das war die Wahrheit. Ich war vor lauter sich überschlagenden Ereignissen nicht dazu gekommen, es zu verbrennen. Ich konnte nur hoffen, es würde nicht in die falschen Hände geraten. »Und ja, ich kann dir sagen, wer deine Mutter ist. Aber ich verlange eine Gegenleistung.«

Er zog eine Grimasse. »Was kannst du schon fordern?«

»Etwas, das dir zugutekäme.«

Überraschend war, dass er auf die Fersen sank, um mit mir gleichauf zu sein. »Ich kann nicht mehr zurück«, jammerte er. »Die Herzogin würde mich in Stücke reißen.«

Ganz sicher nicht. Aber sie wird vorsichtig agieren müssen.

»Nicht, wenn wir gemeinsam mit Liliana kämen. Rainulf von Teano tot oder mit gefesselten Händen im Schlepptau.«

Er dachte lange nach. Kaute dabei auf der Unterlippe und fixierte den staubigen Boden. Eine Weile glaubte ich, er würde sich nicht darauf einlassen und mich grün und blau schlagen, damit ich ausspuckte, wer seine Mutter war. Aber dann sah er auf und mich entschlossen an. »Ich habe nur keine Ahnung, wie. Ich kann ihn ja kaum mit dem Schwert zum Kampf fordern. Denk an seine Männer.«

Das sah ich ein. Mit dem Einwand hatte ich gerechnet. Ein Rascheln schreckte uns auf, aber es war nur eine Ratte, die schnell hinter einem Regal Deckung suchte. Unter Tristans argwöhnischem Blick griff ich in den Schaft meines rechten Stiefels und löste den langen Dolch aus seinem Futteral. Es war eine aparte Arbeit, zwar kein krummer Sarazenendolch, aber doch eine Handarbeit aus Palermo. Mit dem Griff voraus streckte ich ihm das Ding hin. »Lass' dir was einfallen.«

Ehrlich gesagt hatte ich wenig Hoffnung, ich spielte die letzte Karte. Eine Weile schwebte die Waffe zwischen uns wie die Frage, ob wir doch Brüder sein konnten. Endlich nahm er den Dolch und verstaute ihn am Gürtel.

»Aber sag' es mir jetzt.« Er klang gewohnt blasiert, aber seine Augen waren feucht. Ich fror schon länger nicht mehr. Mir stand der Schweiß auf der Stirn, nicht nur wegen der verzwickten Lage, in der wir uns befanden. Was ich Tristan gleich sagen würde, gehörte nicht ausgesprochen. »Du wirst begreifen, dass du es niemandem sagen darfst.«

Fahrig rieb er sich das Gesicht. Seine Hände zitterten.

»Du wirst verstehen, dass du am besten nicht einmal zu deiner Mutter …«

»Sag schon«, quengelte er. Ich fühlte meinen Herzschlag stolpern, beugte mich vor und wisperte es ihm ins Ohr. Es laut auszusprechen, wagte ich nicht.

»Sichelgaita«, hauchte er voller Ehrfurcht. Nur dieses eine Wort, jener Name, und dann saßen wir endlos schweigend und hingen unseren Gefühlen nach. In diesem Schweigen spiegelte seine Miene nacheinander Verwirrung, Begreifen und tiefen Frieden. So, als fielen die Teile seines Lebens endlich an ihren richtigen Platz. Nicht, dass mich die Stille gestört hätte. Ich wollte gar nicht hören, was er zu dieser neuen Erkenntnis zu sagen hatte. Ich malte mir aus, wie es wäre, wenn ich wüsste, wer meine Mutter war. Ob es etwas ändern würde?

Jetzt nicht mehr. Meine Zukunft sah schäbig aus. Ich hatte sie alle enttäuscht oder ich würde sterben. Mir war es gleich. Oder auch nicht. Meine Gefühle waren da so zwiespältig wie meine Hoffnung vergebens, dass Tristan endlich Ruhe gäbe.

»Aber weshalb …«, stammelte er, »ich meine, keiner hat was gemerkt? Wann soll das gewesen sein, und warum …«

»Rechne deine Lebensjahre zurück und füge etwa neun Monate hinzu, dann hast du deine Antwort«, gab ich ungeduldig zurück, weil er wieder anfing, mich aufzuregen. Warum konnte er es nicht gut sein lassen? Ich wollte so wenig wie möglich über diesen Affront reden, aber leider drängten sich ihm immer neue Fragen auf, mit denen er mich renitent behelligte.

»Aber weshalb«, quengelte er, »weiß man in Rom davon?«

»Nun, es wird sicher nicht als Parole an die Mauern römischer Palazzi gepinselt worden sein.« Schmallippig sank ich auf die Fersen zurück, bemüht, die Verwirrung in Tristans Zügen zu ignorieren. Es gelang mir nicht. Mit der Erkenntnis, dass ich viel zu weichherzig war, beantwortete ich die Fragen, so gut ich konnte, indem ich wild herumriet. »Du bist bei unserem Großonkel herangezogen worden, oder?« Ich hob eine Schulter. »Bei Vaters Onkel, dem Kardinal. Nach allem, was ich höre, soll er mächtig Einfluss beim Heiligen Vater haben. Wahrscheinlich hat er damals geholfen, die Sache unter den Teppich zu kehren.«

»Mich?« Seine Wangen röteten sich. »Mich einfach abzuschieben und zu vergessen ...«

»Herrgott!«, fuhr ich auf. »Deine Selbstsucht ist unerträglich.«

Er machte, noch in sitzender Position, einen Satz nach vorn. Das Wasser in der Waschschüssel schwappte über und tränkte sein linkes Bein, was offenbar sein Mütchen kühlte. Er setzte sich wieder, machte den Mund auf, doch ehe er reden konnte, überlegte ich laut weiter. »Wahrscheinlich konnte sie die Schwangerschaft verbergen, weil sie ... ich weiß nicht, hat sie nicht eine innige, doch tugendhafte Bindung zu Desiderius gehabt?«

»Zum Abt von Monte Cassino?« Tristan zupfte an seinem durchnässten Beinling. »Ja, ich habe so was mitbekommen.«

»Vielleicht hatte sie sich damals ins Kloster zurückgezogen«, mutmaßte ich.

»Zur Kontemplation, ja«, wisperte er.

»Zur was?« Lachen stieg in mir auf. »Kontemplation? Unsere Herzogin? Ich weiß nicht, Tristan, ob sie dazu überhaupt fähig ...«

»Halt dein lästerliches Mundwerk«, zischte er.

»Verzeihung.« Ich versuchte, mich zu beruhigen. Mir war bewusst, dass es nichts Witziges an dieser Situation gab. Weder an meiner augenblicklichen Lage noch an den Eröffnungen zur Elternschaft, die wir hier durchkauten. Und doch spürte ich, wie das Lachen meine angespannten Muskeln lockerte. »Du wirst nicht mit ihr darüber reden«, empfahl ich ihm. »In unser aller Interesse, Tristan.«

Zuerst sah er so trotzig drein, dass mir eines klar wurde: Ich musste weiter insistieren. Wie Liliana, wie unsere Herzogin war er von einer Wesensart, die ihn gleichgültig gegenüber den Konsequenzen seiner gefühlsgesteuerten Entscheidungen machte. Wenn sich der Graf, unser Vater, und der Herzog darüber überwarfen, weil laut ausgesprochen wurde, was der Herzog wahrscheinlich längst ahnte … Himmel, war das alles kompliziert. Ich würde Tristan nur bremsen können, wenn ich bei ihm, bei seinem verdammten Ego bliebe.

»Was denkst du, wie sie auf dich reagiert?« Ich taxierte ihn wachsam. »Wir alle kennen sie. Falls sich in dem Augenblick, in dem du sie darauf ansprichst, eine Keule, ein Morgenstern oder auch nur ein Krug in der Nähe befindet, wird es für dich nicht so ausgehen, wie du es dir er…«

»Schon gut«, bellte er. »Ich habe es verstanden!«

»Habe ich denn nicht Recht?«

»Ja, aber …« Genau zur rechten Zeit hämmerte es an der Tür und eine grobschlächtige Stimme grölte: »Was macht Ihr da unten? Blast Ihr euch gegenseitig einen?«

Keckerndes Lachen hallte hinein. Dann: »Der Meister verliert die Geduld.«

Mit einer tiefen inneren Ruhe kam Tristan auf die Füße. Wie zuvor stieß er mich vor sich her, nur dieses Mal wurden wir von dem Dicken und dem Hageren begleitet, die mir mal hier und mal da einen Stoß verabreichten, bis wir draußen im Hof vor meinem gesattelten Pferd standen. Erleichtert, die Stöße los zu sein, sah ich Rainulf von Teano im Licht der flackernden Wandfackel am Hauseingang stehen. Weil es spürbar kühler geworden war, wickelte er sich in einen pelzverbrämten Umhang.

»Wie erquicklich«, säuselte er spöttisch, »bald Zeuge zu sein, wie Liebende sich in die Arme schließen.«

Ich schaute zu Tristan und sah keine Angst. Doch sein Blick irrlichterte auf der Suche nach einer Chance.

Rainulf berührte ihn sachte an der Schulter. »Du wirst glücklich sein, Tristan. Ich werde dir bald die Gelegenheit geben, deine Schuld abzuzahlen.«

Jetzt, dachte ich. Aber Rainulf schlenderte wieder zu weit von ihm weg. Ich linste zu den beiden dreckigen Typen in Waffen, wägte unsere Chance ab und kam zu einem ernüchternden Ergebnis. Dass mein Bruder hilfesuchend zu mir herübersah, machte es nicht besser. Ich verdrehte die Augen. Cyrus selbst, mit zusammengepressten Zähnen, öffnete das Tor. Zugleich zogen alle ihre Schwerter, denn vor dem Tor stand ein Ritter.

Ich schluckte. Was hatte das zu bedeuten?

Lotrecht saß er auf seinem prachtvollen Pferd, das er durchs offene Tor lotste, während Rainulf das Schwert zurück in die Scheide schob. In dessen Miene spiegelte sich Erkennen. Seine Handlanger steckten die Waffen weg. Ich hatte den Mann schon einmal gesehen. Er war blond, blauäugig und athletisch, aber nur halb so eindrucksvoll wie unser Herzog mit denselben Attributen. Aber für Rainulf reichte es, denn offenbar kannten sie sich. Alte Feinde?

Rainulf lachte. »Piero! Welch Überraschung. Woher weißt du, dass ich hier bin?«

Nein, dachte ich frustriert, alte Freunde. Ich fühlte eine tiefe Enttäuschung, denn mir fiel ein, wo ich ihn schon mal gesehen hatte. Er war der Mann, der Sophia ins Siechenhaus begleitet hatte. Er glitt aus dem Sattel, als wäre er hier zu Hause.

»Eine gemeinsame Freundin hat es mir geflüstert.« Er führte das schnaubende Tier am Zügel. »Und ich dachte, wo Rainulf von Teano ist, da ist auch ein Plan.«

Mir sank das Herz. Noch ein Verräter. Dass Tristan das Heft herumreißen konnte, wurde immer aussichtsloser. Zwei ausgewachsene Ritter, die brutalen Waffenknechte, Cyrus, von dem ich nicht wusste, wie er reagieren würde, auf der einen Seite. Auf der anderen Seite nur mein Bruder, denn ich hatte nicht mal ein Tischmesser.

Rainulf krauste die Hakennase. »Wir hielten dich für verloren.«

»Ach was.« Piero winkte ab. »Vorsicht war angebracht, und ich alleine …« Er zuckte die Achsel. »Alleine ist es aussichtslos. Aber als Sophia mir sagte, dass ein Teano in der Stadt ist, hab' ich nicht lang' überlegt.«

Wie gut, dass mich keiner beachtete. Ich musste glotzen wie ein Idiot. Das war so ernüchternd.

»Alleine? Du bist nicht allein!«, dröhnte Rainulf und breitete die Arme aus. »Komm' her, alter Freund, und lass' dich umarmen!« Ich suchte Tristans Blick. Der zuckte ratlos die Schultern. Meine Haut prickelte, als ich Piero, der auf Rainulf zuging, lächeln sah. So wollte niemand angelächelt werden. Was ging da vor sich?

Die Männer umschlangen sich, doch Piero ließ nach der Begrüßung nicht los. Mit links drückte er den anderen fest an sich. Rainulf, dem das unangenehm wurde, stieß mit den Händen gegen seine Brust, als wollte er sich befreien. Sein Blick irrte hilflos umher. Er schöpfte Atem, wollte rufen, aber Piero sprach kalt über das Atemgeräusch hinweg. »Ich bin beseelt, einem alten Waffengefährten die Aufwartung machen zu dürfen, die er verdient.«

Du lieber Gott. Rainulf, der den albernen Mantel trug, kam da nicht mehr raus. Der andere zielte unter dem Mantel präzise mit einer Stichwaffe. Rainulf zuckte. Ich keuchte. Rainulf sackte zusammen.

Seine Leute brüllten auf und zogen ihre Waffen, aber Piero wirbelte herum, trat einem in die Klöten und entwand ihm das Schwert, das er mir zuwarf. Reflexartig fing ich es am Griff.

»Beste Grüße von Sophia«, rief er, schwang zurück in den Sattel und sprengte davon.

Die Sache war schnell erledigt, denn obwohl wir von verschiedenen Männern ausgebildet worden waren, hatten Tristan und ich dieselbe Dynamik in den Knochen. Wir achteten darauf, keinen der beiden Handlanger zu töten. Bald lagen die Typen winselnd mit gebundenen Händen neben meinem nervös tänzelnden Pferd.

Ich dachte schon, die Sache wäre vorbei, da sah ich die Frau, der es gelungen war, in dem Gemenge ein Pferd zu holen, und schon im Sattel saß. Ich sprang vor, wollte gerade nach ihrem Zaumzeug greifen, als jemand auftauchte, den wir völlig vergessen hatten.

Der ruchlose Wachmann Enzo raste mit einem Kampfschrei direkt in mich rein. Kopf voraus und mit all seinem Gewicht. Mir blieb die Luft weg. Ächzend ging ich zu Boden. Als ich hochschaute, planlos nach der Waffe tastend, die scheppernd neben mich gefallen war, und zugleich aufpasste, nicht unter die Hufe des davonpreschenden Pferdes zu geraten, sah ich nur die Spitze seines Schwertes. Tristan aber packte den Mann am Arm und wirbelte ihn herum. Er prallte gegen das Haus, verlor aber das Schwert nicht. Hasserfüllt starrte er uns an.

»Oh! Oh!!!! Danke!«, schrillte plötzlich Lilys helle Stimme von oben. Das war der Moment, den auch Enzo zur Flucht nutzte. Ehe wir uns versahen, schnappte er sich eines der nervösen Pferde und sprengte davon.

Ich ließ mir von Tristan aufhelfen. Schwer atmend standen wir da und blickten in die Richtung, aus der ihre Stimme kam. Liliana stand oben völlig aufgelöst am offenen Fenster und sah mit ihrer wilden Haarmähne wie Medusa aus, was ihrer Schönheit nicht abträglich war.

»Aber der Tuchhändler will auch noch türmen!«, schrie sie. »Dort!«

Zugleich hörten wir dumpfe Schritte über das Pflaster in die Richtung der Nebengebäude hallen. Darin erlosch ein Lichtschein. Wispernde Stimmen und ein ersticktes Schluchzen kamen von dort. Fragend schaute ich Tristan an, der sich mit einem Tüchlein theatralisch die Stirn tupfte.

»Es sind nur seine Sklaven«, keuchte er atemlos. »Da sind ein Lager, die Schneiderei und die Schreibstube. Die Leute wohnen da.« Er hob gleichgültig eine Schulter. »Sie haben keine Ahnung von all dem hier.«

»Dann mal los«, sagte ich. »Es wird blöd aussehen, wenn wir nur mit Handlangern und einer Leiche zurückkehren.«

Er nickte. Wir betraten die Räumlichkeiten durch verschiedene Türen. Es war stockfinster und der Atem erschreckter Menschen, deren Gegenwart nur zu spüren war, weil sie sich an die Mauern pressten oder unter Tische gekrochen waren, machte die Suche nach dem verräterischen Tuchhändler gespenstisch. Blöderweise konnte ich die Leute hier an ihren Silhouetten nicht von dem Gesuchten unterscheiden. Weiter vor mir polterte es. Ich hörte die schnellen Schritte vierer Füße, dann einen dumpfen Schlag und einen überraschten Ausruf von Tristan. Gereizt verzog ich die Lippen. Wir brauchten unbedingt Licht, egal wie. Mit der waffenlosen Hand erfühlte ich einen Tisch und strich dessen Kante entlang. Ein großer Tisch, resümierte ich, und trat blindlings mit dem Stiefel darunter. Sofort erhielt ich ein erschrecktes Quietschen zur Antwort, griff unter die Tischplatte, fasste einige Male ins Leere, bis ich einen Arm erwischte, der so schmal und weich war, dass er nur zu einer Frau gehören konnte. Ich zog sie zu mir hin. »Euch wird nichts passieren«, versprach ich dem bibbernden Bündel. »Aber macht Licht. Zündet alle Kerzen und Laternen an. Sofort.«

»J-ja, Herr.«

Ihre schlurfenden Schritte entfernten sich. Kurz darauf erhellten zwei Kerzen den Raum, in deren schalem Licht ich hinter jedem Möbel und unter jedem Tisch weitere Gestalten kauern sah.

»Los, zündet alle Lampen an!«, forderte ich herrisch. »Euch wird nichts geschehen!«

Zuerst zögerlich, dann immer zielstrebiger machten sich die ersten daran, die Räume zu erhellen. In dieser Lichtflut stand plötzlich Tristan, der sich ein Nadelkissen aus dem Gesicht zupfte.

»Was? Was gibt es zu lachen?«, raunzte er mich an.

»Ich lache doch gar nicht«, lachte ich.

Die Angestellten und Leibeigenen des Tuchhändlers pressten sich mittlerweile so erstarrt an die Wände, als fürchteten sie bei Bewegung Strafe. Ein kleines Mädchen mit struppigem Haarschopf vergrub sein Gesicht in der braunen, grob gewirkten Kittelschürze der Mutter. Die Frau beäugte mich demütig. Ich versuchte, sie mit einem Lächeln zu beruhigen.

Tristan schlich mit erhobenem Schwert in die nächste Kammer und ich folgte ihm. Das Zimmer erhielt nur das spärliche Licht von nebenan, dennoch war es als Schreibstube zu erkennen. In deren Mitte prangte ein aufwendig gearbeiteter Schreibtisch, der mit Papieren und gespitzten Federkielen übersät war. Daneben kniete der Mann. Cyrus, der Tuchhändler, der erschreckend albern gekleidet war. Über dem langen Schlafhemd trug er eine samtene, goldbetresste Jacke, und von seinem haubenähnlichen Haar rutschte soeben eine weiße Mütze mit blutroter Feder. Mit schurkischer Miene drehte er sich zu uns um. Eine ganze Reihe Pergamentrollen und Papyrus presste er sich an die Brust. Offensichtlich wollte er belastendes Material verschwinden lassen.

»Ich fürchte«, sagte ich für ihn hörbar zu meinem Bruder, »dass weitaus mehr Byzantiner in diese Sache verstrickt sind.«

»Wie kommst Du darauf?« Tristan klang konsterniert. Womöglich empörte er sich darüber, von seinem sauberen Kumpan nicht in alle Details eingeweiht worden zu sein. Er zerrte Cyrus auf die Füße.

»Weil die Byzantiner diejenigen sind, die am besten lesen und schreiben können«, folgerte ich und deutete auf die Papiere. Tristans eben noch so feuriger Blick lag schwer auf dem Gefangenen.

Statt zu antworten, blies er sich eine blonde Haarsträhne aus der Stirn. Cyrus schüttelte unwillig den Kopf, aber gewiss war das nur der Anfang seiner Verweigerung. Wir würden ihn hart anpacken müssen, damit er redete. Unbarmherzig packte Tristan ihn am Arm. Der Mann sträubte sich nicht, sagte aber kein Wort. Steif ließ er sich an seiner versammelten Belegschaft vorbeiführen. Bei den Pferden wuchs meine Besorgnis.

»Wo ist die Principessa?«

Tristan, der Cyrus an ein Pferd band, zuckte die Achseln, dann das Kinn. »Da.«

Ich atmete auf. Mit einem pausbäckigen Mädchen, das sie vor sich her schubste, kam sie in den Hof und gellte: »Das ist Phoebe. Die eingebildete Kuh von Tochter, die mich angeblich so galant bewirtet hat.« Sie versetzte dem Pummel einen Tritt und erst da bemerkte ich, dass Lily über und über mit Spinnweben überzogen war. »Sie lag unter dem Bett im väterlichen Schlafgemach, das wer weiß wie lange nicht mehr geputzt worden ist.«

Offensichtlich hatte die Prinzessin einen Ordnungsfimmel. Über LeFertes Stube hatte sie sich bereits ähnlich ausgelassen. Ich musste lächeln.

»Barbaren!«, gellte Phoebe. »Ihr seid Kannibalen, widerwärtige Menschenfresser!«

Dafür setzte es eine Ohrfeige. Sofort verstummte das Mädchen, aber es zog einen Flunsch.

»Haben wir genug Pferde?«, kam ich auf Wichtigeres zurück. »Ich meine, wir sollten alle diese Papiere mitnehmen, die Cyrus zu verstecken suchte.«

Tristan wies auf das rechteckige Gebäude, den Stall bei den Werkstätten. »Da sind die Pferde von Teano und seinen Leuten und ein paar Mulis stehen da auch drin.«

Die Luft war kühl und vom schwarzen Himmel stürzten die ersten Sterne. Es war eine unwirkliche Nacht unter magischem Firmament, in der ich grübelte, wie all das hier für Tristan ausgehen würde. Ich wollte mich für ihn einsetzen, war aber nicht sicher, ob es reichen würde. Der tote Teano lag bäuchlings auf seinem Pferd. Die Gefangenen, auch Phoebe, taumelten an einem Strick mit gebundenen Händen neben dem Gaul her. Zwei Mulis, bepackt mit Lederbeuteln voller für uns unentzifferbarer Papiere, vervollständigten den Trupp.

Wir, die Prinzessin, Tristan und ich, saßen in unseren Sätteln und trotteten durch die nächtlichen Straßen. Das Klappern der Hufe, das Winseln Phoebes und unser erschöpftes Schweigen nahm ich überdeutlich wahr. Die Angst Tristans war greifbar, und doch machte er keine Anstalten, der bevorstehenden Bestrafung, wie immer sie aussehen mochte, zu entkommen, indem er floh.

Über uns wurden Fensterläden zugeschlagen, und in der Gasse voraus stampften die eiligen Schritte Verängstigter, die sich in den nächsten Hauseingang flüchteten. Streunende Katzen starrten uns mit gelben Augen an.

Verstohlen beäugte ich meinen Bruder. Er wirkte bedächtig. Die Haltung war gravitätisch. Gerne hätte ich ihm beruhigende Worte zugeraunt, aber hatte mein Wort Gewicht?

Das war ebenso unklar wie seine Zukunft. Wir hatten uns nie nahegestanden, aber ich zweifelte daran, dass er es ernst gemeint hatte, als es darum gegangen war, den Herzog ermorden zu lassen. Tristan hatte seine Bekanntschaft mit Rainulf als Möglichkeit betrachtet, Anais Freiheit zu erlangen. Die Liebe hatte ihn blind gemacht.

Als wir uns dem verschlossenen Haupttor der Zitadelle näherten, spähten vom Turm zwei Soldaten, die plötzlich aufgeregt miteinander zu tuscheln anfingen. Dabei gestikulierten sie wild, bis sich einer von ihnen aus unserem Gesichtsfeld entfernte. Mit genagelten Stiefeln hastete er die Treppen herunter. Jemand kläffte Befehle, und es war, als hörte ich die ganze Zitadelle aufatmen. Kurz darauf schwang das Tor, von ächzenden Seilzügen bewegt und laut in den Angeln quietschend, weit auf.

Fackeln erhellten den ganzen Hof. Alles darin deutete auf Alarmbereitschaft hin. Eine Gruppe Bogenschützen stand bei den Pferdeställen und geriet ins Palavern, als sie uns erkannte. Von irgendwoher rannte ein Soldat in den Hauptturm. In der Mitte des Hofes brachten wir unseren Trupp zum Stehen. Das war der Augenblick, in dem der Herzog aus den Portalen trat. Ihm folgte Sichelgaita, das Schwert an ihrer Seite. Ihre Haltung war angespannt. Ich suchte nach meinem Vater und fand ihn im Türrahmen. Lässig angelehnt, die Arme vor der Brust verschränkt, aber mit einem Blick auf Tristan, der besagte, dass der keinerlei Mühe mehr wert wäre. Und doch hätte ich mich an Tristans Stelle mehr vor dem Herzog gefürchtet. In Kriegskluft, in aufrechter Haltung war er für sich ja schon beängstigend. Seine Augen leuchteten im Mondlicht wie die eines Raubtieres, das nach Beute gierte. Offensichtlich würde es Tristan nicht leicht haben, sich zu erklären.

Zuerst versuchte der auch nichts dergleichen. Äußerlich war er die Ruhe selbst, doch ich sah sein Herz im Hals schlagen, derweil wir zusahen, wie Robert Hauteville seiner Tochter stumm vom Pferd half. Dass Liliana zitterte, war nicht zu übersehen. Sie konnte nicht ahnen, ob die Erleichterung, sie unbeschadet zurückzuhaben, den Zorn über ihr eigenmächtiges Handeln überwog. An den schweigenden Schaulustigen vorbei ließ sie sich schlotternd zu ihrer Mutter lotsen, die im Eingang sofort einen Arm um sie legte und sie in die Zitadelle zog.

Der Hof füllte sich mit Menschen. Die Soldaten und Wachen, einige Barone, darunter des Herzogs Brüder, tauchten geharnischt auf. Bedienstete mit sorgenvollen Mienen schlüpften aus den Pforten und Türen. Langsam fing ich an, zu verstehen, was hier los war. Die Prinzessin war verschwunden gewesen, und man hatte entschieden, sie zurückzuholen. Ich begriff, dass sie sie befreit hätten. Vielleicht hätte ich das sogar überlebt, aber ich wäre vollends entehrt gewesen. Und mein Bruder hätte nicht den Hauch einer Chance gehabt.

»Zur Eiche. Sofort«, herrschte mich Robert Hauteville an.

Ich erwischte mich dabei, wie ich hilfesuchend nach meinem Vater spähte. Er löste sich vom Türrahmen und gab, während seines Weges über den Hof, eine Kaskade von Befehlen von sich. Wachleute zogen Tristan aus dem Sattel und schleppten ihn zum Verlies. Nervös auf einem Nagelbett kauend sah ich dabei zu. Er wehrte sich nicht und bewahrte seine stolze Haltung.

Ich hoffte, ihm helfen zu können. Rachsüchtig war unser Herzog nicht, bloß war mit ihm im Augenblick definitiv nicht gut Kirschenessen. Mit jeweils einer Manneslänge Abstand marschierten wir, Vater, der Herzog und ich, auf den Schicksalsbaum zu. Ich fühlte jede Faser meines Körpers. Ich bemerkte Anais kaum, die, umringt von zwei Zofen, in einem taubengrauen Kleid und trotz der Dunkelheit mit einem breitkrempigen aus Stroh geflochtenem Hut auf dem zarten Kopf, im Eingang ihres Turms stand und Tristan verzweifelt anstarrte.

Beim Baum angekommen wartete ich, bis sich die Herren gesetzt hatten. Und als sie saßen, fragte ich säuerlich: »Wo ist eigentlich Sebastien?«

Mein Vater blinzelte irritiert. »Sebastien? Was spielt das für eine Rolle?«

Robert Hauteville sah mich unduldsam an. Das fühlte sich nicht gut an. Ich räusperte mich und begann meinen Bericht.

Vollkommen erledigt war ich, als ich nach endlos scheinender Zeit verschwitzt und schmutzig zu meiner Stube wankte. Mir kratzte der Hals vom vielen Reden, dennoch war ich zu aufgewühlt, um zu schlafen. Ich erschrak fürchterlich, als ich hinter der eben von mir aufgestoßenen Tür Emma erblickte, die auf meinem Bett hockend gewartet hatte und aufstand. Es geriet mir nicht zum Ruhme, dass ich sie anschnauzte: »Wo steckt Sebastien?«

Sie zuckte mit keiner Wimper. »Im Hauptturm. Du wirst es nicht gesehen haben, aber er hat am Fenster ihres Gemachs gestanden, als ihr hereinkamt.«

»Und er ist nicht in den Hof gestürzt? Um sie in die Arme zu schließen? Oder ihr wenigstens vom Pferd zu helfen? Hat er überhaupt irgendetwas getan, als er bemerkte, dass seine Verlobte verschwunden ist?«

»Dein Vater wollte nicht den letzten Sohn verlieren, Jocelin. Er hat ihm befohlen, in der Zitadelle zu bleiben.«

Ermattet wie ich war, erlosch mein Zorn. Unsicher, ob ich sie in die Arme schließen durfte, stand ich vor ihr und bemerkte, dass sie das Servalpfötchen in der Hand hielt, das ich am Bassin beim Kampf verloren hatte.

»Wir waren dort«, sagte sie gedämpft, und ich wusste, sie meinte sich selbst und Sebastien. »Als du hinter ihr hergejagt bist, habe ich ihm Bescheid gegeben. Da hat er sein Schwert gegürtet und ist auf.«

»Du musst ihn nicht entschuldigen, Emma, ich ...«

»Ich entschuldige ihn nicht«, herrschte sie mich an. »Wir waren in Sorge. Ich hatte Angst um dich.«

Statt ihr zu antworten, starrte ich ihr nur entgeistert in die Augen. Dieses Wechselspiel.

Zuerst azurn, dann silbrig glitzernd, zornesstarr und endlich ...

... aus graublauem Samt. Das hatte ich eben erst gesehen, unter diesem verfluchten Baum.

»Was ist?«, fragte sie.

Ich schüttelte nur den Kopf und schloss die Arme um sie. Hielt mich an ihr fest und dankte Gott, ohne zu wissen, wofür. Aber ich verstand mit einem Mal, warum sich unser Herzog dafür eingesetzt hatte, dass sie, unverheiratet schwanger, ein anständiges Leben führen würde.

Der peinlichen Befragung Cyrus' beizuwohnen, vermied ich, wann immer ich es konnte. Es waren reichlich Fragen offen. Stundenlang blieb ich der Marter fern, um lustlos zu essen und zu trinken. Wenn ich gewappnet wieder nach unten latschte, fand ich den Befragten in einer neuen, furchterregenden Lage. Mit Ledermanschetten gefesselt und mit über dem Kopf gestreckten Armen, während die Knechte gleichzeitig an der Winde kurbelten. Dabei bezweifelte ich, dass er Erhellendes zu sagen hatte. Mir kam er wie ein Mitläufer vor. Im Geschrei des Mannes starrte ich auf die flache Kohlepfanne, in der Brandeisen und Feuerhaken ruhten, wünschte mich weit fort und war dankbar, als sich plötzlich eine Möglichkeit auftat zu verschwinden. Denn als ich mich umdrehte, war da Ilario, der zaghaft über den dunklen Gang mit den blakenden Wandfackeln auf mich zu stakste. Ich ging ihm entgegen, ehe er die Schreckenskammer erreichte und in Ohnmacht fiel.

»Was gibt es?«, wollte ich wissen.

»Es ist ein Bote gekommen, Herr. Er wartet oben.«

»Hat er gesagt, was er will?«

»Nein, Herr. Wollte er nicht. Es ist nur ein Kind, dem man Münzen gegeben hat.«

Nachdenklich nickend schlurfte ich die ausgetretenen Steinstufen hinauf in die Freiheit, um sie tief einzuatmen. Ich sah mich um. An den Brunnen gelehnt lungerte ein barfüßiger Junge in geflickten Kleidern herum und beäugte neugierig die hübschen Mädchen, die schnatternd mit ihren Eimern und Wäschekörben da herumstanden. Als er mich herankommen sah, drückte er mir einen Zettel in die Hand. Ich überflog den Satz und musterte den Knaben. »Kannst du lesen?«

Er schüttelte den Kopf. Ich kramte ein paar kleine Münzen aus der Gürteltasche, die ich ihm in die Hand fallen ließ. Nach einer tiefen Verneigung rannte er so vergnügt von dannen, dass mir bewusst wurde, dass ich ihn überbezahlt haben musste. Aber was soll's.

Ich rief einem Stallknecht zu, dass er mir mein Pferd brachte, und als ich auf es wartete, überlegte ich zum einen angestrengt, wie ich verhindern sollte, dass Lily meinen Aufbruch mitbekam, und zum anderen, was die Einladung zu bedeuten hatte. Nach allem, was geschehen war, rechnete ich nicht mehr mit einer Falle. Im Gegenteil. Von dort, wohin man mich bestellte, war uns geholfen worden. Als ich in den Sattel kletterte und das Tier antraben ließ, überlegte ich, was mich dort erwartete.

Es war früher Abend. Als ich ankam, steckte das Haus inmitten der Vorbereitungen, die jede Nacht dort zu einer unvergesslichen machen sollte. Ich lenkte mein Pferd zum Stall neben dem Haupthaus, wo schon ein Bekannter auf mich wartete. Umberto, der mir die Zügel abnahm und sie einem Stallburschen in die Hand drückte. Auch dieser Junge sollte eine Münze bekommen, aber als ich in der Gürteltasche wühlte, winkte Umberto ab.

»Kommt mit«, drängte er.

Seine Miene war zwar freundlich, aber er wirkte, als pressierte die Sache. Statt über die vordere Pforte ins Haus lotste er mich zu einem Seiteneingang, den man vom Hof aus erreichte. Den Hof hatte ich noch nie gesehen, ich war ja nicht mal tief in das Innere des Hauses vorgedrungen. Gelächter flog über den Hof, das von einer Gruppe leicht beschürzter Mädchen kam, die einen Tanz einstudierten, der selbst in der Übungsphase anregend war. Sie beachteten mich nicht, aber mir fiel auf, wie vergnügt sie wirkten, was ich für Prostituierte bemerkenswert fand. Ich schaute ihnen im Vorbeigehen zu und rannte fast gegen die Hausherrin, die mich an der Tür erwartete. »Sie sind frei. Keine Sklavinnen, und ich achte darauf, dass es ihnen gut geht.«

Verdutzt schaute ich in Sophias Gesicht, das im hellen Licht des Tages ein wenig älter aussah, als ich es vermutet hatte. Ihre Miene konnte ich nicht lesen. Sie wirkte erleichtert, doch so als dränge sie einen Impuls zurück.

Als ob sie sich zwingen würde, direkt auf das Anliegen zu kommen, dessentwegen sie mich herbestellt hatte.

So, als ob sie lieber etwas anderes täte. Sie legte einen kleinen Tanz hin, der unter anderen Umständen albern gewirkt hätte. Einen Schritt auf mich zu, die Arme ausgebreitet, die sie dann doch fallen ließ, und mich schlicht ins Haus dirigierte. Ich schob Vorhänge zur Seite, durchquerte den Salon, in dem Männer und Frauen dabei waren, die Vasen mit Blumen zu bestücken und die Deckenlampen anzuzünden, bis wir ein Zimmer erreichten, das zweifellos Privatgemach genannt werden durfte.

Es war in einer eigentümlich sarazenisch-byzantinischen Mischung eingerichtet. Die einzige Sitzgelegenheit war ein Berg Kissen, der um einen kurzbeinigen Tisch in der Mitte des Raumes verteilt lag. In diesem Kissenhaufen saß im Schneidersitz Piero von Trani. Ich dachte an all die Geschichten, die ich von seiner angeblichen Räderung gehört hatte. Ich hatte vor Teano sogar davon erzählt, ohne zu wissen, dass ich dem Helden der Geschichte schon mal begegnet war. Im Siechenhaus zum Beispiel.

»Ein alter Feind«, scherzte ich.

Er sah mich rätselhaft an.

»Ich hatte keine Gelegenheit, Euch zu danken.« Ich verneigte mich andeutungsweise, doch er winkte ab.

»Es ist kompliziert«, murmelte er. »Aber setzt Euch! Ich habe an jenem Abend noch einen Fang gemacht, der Euch interessieren wird.«

»Da bin ich aber gespannt.«

Sophia, die an einem niedrigen Regal mit geschnitzten Intarsien stand und Weinkelche füllte, lachte kaum hörbar. Piero selbst schüttelte resigniert den Kopf. »Ich weiß nicht, was ich von Euch halten soll, Jocelin. Aber das ging mir schon so mit Eurem Vater.«

»Wollen wir über ihn reden?«

»Unsinn.« Er federte recht elegant auf die Füße. »Sagte ich nicht, ich hätte einen Fang gemacht?«

Nach einem Zeichen an Umberto enteilte dieser und führte kurz darauf eine Frau, fest am Arm gepackt, in das Zimmer.

Die Frau.

Die Dame, der die Flucht aus dem Haus des Cyrus gelungen war. Sophia kam mit einem Tablett voller Weingläser dazu, das sie auf dem runden, mit Ornamenten verziertem silbernen Tisch abstellte. Dann setzte sie sich in die Kissen zu meiner Rechten und befahl der Dame, sich hinzusetzen. Die Frau war blond, so alt, dass sie meine Mutter hätte sein können, und sie wirkte gehetzt. Nein, eher verängstigt, was sie nicht davon abhielt, ihre Maske aus Unnahbarkeit aufrechtzuerhalten. Ich hoffte inständig, dass sie es nicht wäre. Nicht meine Mutter, obwohl sie zweifellos was mit dem Grafen gehabt hatte. Aber mir hätte das nicht gefallen. Ich war alt genug, eine Mutter nicht um jeden Preis zu wollen.

»Eine alte Feindin«, sagte Sophia. Die Frau quittierte das mit einem gequälten Gesichtsausdruck. »Ihr Name ist Sabina de Montefortuna, und sie hat mir erzählt, was Rainulfs Plan war.«

»Das ist nicht wahr«, ätzte die Frau. »Ich habe dir erzählt, was Rainulf mir gegenüber behauptete. Vieles davon war gelogen.«

Ihr gelang es nicht, gemütlich in den Kissen zu liegen. Aufrecht hockte sie da, mit vor der Brust verschränkten Armen.

»Und?«, wollte ich wissen. »Es liegt auf der Hand, dass der Herzog ermordet werden sollte, aber dann?«

»Rainulf hat behauptet, es gäbe Vasallen, die auf seinen Befehl warteten. Und in der Burg hatten wir Vertraute.«

»Tristan«, sagte ich. »Und LeFerte.«

Sie schlackerte mit dem Handgelenk. »Ein oder zwei Wachen und ein wenig Gesinde.«

»Wer wollte das Messer führen? Gegen den Herzog, meine ich.«

»Das hat mich nicht interessiert!«, schrie sie mich plötzlich an. »Wichtig für mich war, dass ich die Klinge eigenhändig in das Herz deines Vaters stoßen würde!«

Ich warf einen hilfesuchenden Blick zu Sophia, die mir eine Hand aufs Knie legte.

»Wie wolltet Ihr überhaupt an ihn herankommen?«, fragte ich leise.

Sie gab ein Geräusch von sich, das ein wenig nach Verachtung klang. »Er schickt Verflossene nicht weg, oder Sophia?«

Ich sah Sophia an. Sie schenkte der Frau einen Ausdruck tiefsten Abscheus. »Er hätte sich nicht an dich erinnert.«

»Ah. Aber an dich, die Hure.«

Etwas in meinem Magen verhärtete sich zu Wut. Es gefiel mir nicht, wie sie mit Sophia umsprang, aber die blieb erstaunlich gelassen. Zurückgelehnt in die Kissen drehte sie den silbernen Weinpokal und maß die Frau geringschätzig. »Es ist etwas anderes, Sabina. Wir haben ein gemeinsames Kind.«

Meine Brauen schossen nach oben. Was hatte das zu bedeuten?

Ich wollte eben den Mund aufmachen, als mich Sophia geschickt auf das Wichtigere hinlenkte. »Erzähl ihm, was ihr vorhattet!«

»Ja, nichts anderes!«, blaffte die Edeldame. »Die wichtigsten Figuren ausschalten, die Zitadelle besetzen und die Herzogin als Geisel nehmen, um damit potenziellen Widerstand zu brechen. Rainulf hätte sie zur Frau genommen, um seinen Herrschaftsanspruch zu legitimieren.«

Ich lachte trocken auf. Mit zusammengekniffenen Augen musterte sie mich.

»Ihr kennt Sichelgaita nicht, oder?«, fragte ich.

»Sie ist auch nur eine Frau«, fuhr sie mich an.

Ich überging das einfach. Es wäre sinnlos, einer anderen Frau jemanden wie unsere Herzogin zu erklären. »Welche Rolle spielte Anna bei all dem?«

Sie zuckte mit den Schultern. »Sie war ein liederliches Ding und in Rainulf vernarrt, weshalb sie Guido LeFerte an sich ranließ, als Rainulf es von ihr erbat. Wahrscheinlich hoffte sie, ihn sich auf lange Sicht unter den Nagel zu reißen. Aber sie wurde bockig, als wir von ihr verlangten, LeFerte nach erfolgreichem Abschluss unserer kleinen Revolte zu heiraten. Sie wäre seine Belohnung gewesen.« Wieder zuckte sie die Achseln. »Sie wollte ihn nicht. Am Ende drohte sie ihrem Vater, uns auffliegen zu lassen. Rainulf stand kurz davor, sie in den Keller zu sperren, bis alles vorbei wäre, aber Nicos setzte sich immer wieder fürs Töchterlein ein und beschwichtigte uns. Mir gefiel das nicht. Ich traute ihr nicht über den Weg.«

»Deshalb musste sie verschwinden«, mutmaßte ich. »Deshalb habt Ihr Plaisance LeFerte von ihr erzählt.«

»Ich habe Plaisance wohl richtig eingeschätzt. Als ich hörte, dass Anna ermordet worden war ... nun ja, wir hatten definitiv nichts damit zu tun, also musste es Plaisance erledigt haben. Ich hatte gehofft, dass sie dazu imstande sein würde. Sie war mir von Anfang an sympathisch.«

Ich legte mich auf die Seite und stützte mich auf den Ellenbogen, Kopf auf die Hand. »Sympathie ist ein flüchtiges Gut, nicht wahr. Als Ihr merktet, dass Plaisance die Sache so eingefädelt hatte, dass der Verdacht auf Tristan fiel, der einer Eurer Komplizen war, war die Sympathie dahin.«

Sie schnaubte verächtlich.

»Und als sie auch noch ihren Mann ermordete, euren nächsten Komplizen, war sie vielleicht so etwas wie eine Feindin, richtig?«

»Diese dämliche Schlampe!«, gellte Sabina. Sie sprang auf. »Ihretwegen alleine hätten wir nicht abblasen müssen! Aber da kommt dein Vater daher und betraut dich, ausgerechnet dich damit, eine Verschwörung aufzudecken. Ich wusste, dass du uns auf die Schliche kommen würdest!« Sie sank zurück in die Kissen und sah zum ersten Mal so aus, als hätte man ihr die Knochen rausgenommen. Wie ein Sack saß sie da. Zusammengesunken. »Ich wusste es, seit ich dich das erste Mal sah«, sagte sie leiser.

»Was?«, fragte ich dumm. »Dass ich Euch auf die Schliche komme? Oder meintet Ihr etwas anderes?«

Ein grausames Lächeln stahl sich in ihr fahles Gesicht, als ihr Blick zu Sophia huschte. »Ach Gottchen. Lauter mutterlose Söhne, was?«

»Halt' dein lästerliches Mundwerk, Sabina«, fuhr Sophia sie an. Mit einer herrischen Geste befahl sie Umberto, der an der Wand wartete, die Frau aus dem Raum zu führen.

Meine Gedanken überschlugen sich, und irgendwo darunter lauerte eine Befürchtung. Hilfesuchend schaute ich Sophia an, die mir Wein nachgoss. »Sie ist nicht deine Mutter«, beantwortete sie die unausgesprochene Frage. »Mach' dir keine Gedanken.«

»Aber Ihr kennt sie?«

»Wen?«

»Sabina de Montefortuna.«

»Flüchtig von früher, ja.«

»Unter welchen Umständen habt Ihr sie …«

»Jocelin.« Mit einer ihrer Hände auf meinem Oberschenkel beugte sie sich so nah an mich, dass ich ihren warmen Atem fühlte. »Lass' es gut sein!«

»Nein, woher …«

Sie stöhnte auf. »Als sie von ihrer Familie verstoßen wurde, hat sie eine Weile für mich gearbeitet. Aber da sie von Adel war, hat sie sich auch so aufgeführt. Sie schikanierte die Mädchen, prügelte sie, es war unmöglich, sie zu behalten.«

Ich blinzelte. Das musste ewig her sein, die beiden Frauen waren nicht mehr jung. Und wieder beantwortete sie eine Frage, die ich nur gedacht hatte. Sie lächelte mich fast mitleidig an. »Ich bin nie anschaffen gegangen, mein Lieber. Ich habe das Gewerbe von meiner Mutter übernommen, als sie es noch in Bari führte. Als Bari unter byzantinischer Herrschaft stand, denn wie dir mein Name verrät, bin ich Griechin.«

Ich schluckte. Es war nicht nur ihr Name, der sie verriet, es war ihre königliche Haltung. Sie sprach leise weiter. »Und meine Mutter hatte es von ihrer Mutter und so fort. Wahrscheinlich gehen die Anfänge zurück auf irgendein römisches Lupanar in heidnischer Zeit.« Sie lachte kurz, aber hell auf. »Ich weiß es nicht. In jenen

Jahren in Bari lernte ich deinen Vater kennen. Er hatte sich während der normannischen Belagerung als Spitzel eingeschleust, und wenn ich eine Tochter geboren ...« Sie verstummte schlagartig und kam erstaunlich flink auf die Füße, um aus dem Raum zu stürzen.

In mir rumorte alles, in erster Linie das Herz. Was hatte sie mir sagen wollen?

Dass sie meine Mutter war?

Das war sehr wahrscheinlich. Ich schluckte. Fügte Fragmente dessen, was ich wusste, mit dem, was ich hier eben gehört hatte, zusammen, und alles ergab plötzlich einen Sinn. Wenn sie eine Tochter gehabt hätte ... wenn du ein Mädchen gewesen wärest, hätte ich dich zu meiner Nachfolgerin gemacht.

Das hatte sie sagen wollen.

Aber einen Knaben hätte sie doch auch behalten können, oder?

Ich schaute auf, als ich ein Rascheln hörte. Da stand sie wieder. Im Türrahmen, in einer Hand den zusammengeknüllten Vorhang und nur mit einem Fuß im Zimmer.

»Natürlich hätte ich das. Aber was wäre das für eine Zukunft für einen Jungen gewesen, der eine Chance gehabt hätte, ein Ritter zu werden? Als Sohn eines Ritters? Und in Bari zu bleiben, war zu gefährlich. Cesare wollte das nicht. Ich hätte dich zu einer Pflegefamilie geben müssen, aber das wären Byzantiner gewesen. Alles Feinde. Zu leicht hättest du während der Belagerung verhungern oder bei einem normannischen Angriff sterben können.«

Ich ließ mich auf den Rücken fallen und starrte an die Decke. Ließ mich von ihrer Stimme einlullen. »Wir schmuggelten dich raus. Den Rest hat dein Vater verbockt.« Ich hörte sie traurig lächeln. »Ich hörte später, dass die Leute, zu denen er dich gegeben hatte, nichts taugten. Aber er hatte ja ohnehin vorgehabt, dich, wenn du alt genug wärest, von da fortzuholen, um dich zu einem Ritter zu machen. Na ja, natürlich macht sich ein junger Mann selbst zum Ritter, aber das war es, was er von dir verlangt hatte, und ich bin sicher, es war nicht immer einfach, nicht wahr?«

»Es geht so«, murmelte ich.

»Du hättest nicht die Möglichkeit gehabt zu werden, was du nun bist, wärest du bei mir geblieben.«

»Was bin ich denn?«, murmelte ich traurig.

»Ein mutiger, vorlauter, intelligenter junger Ritter mit Verantwortungsgefühl und Zukunft.«

Ruckartig setzte ich mich auf und schaute sie an. Dabei umschlang ich meine aufgestellten Knie mit den Händen und musste grinsen. »Ihr habt davon gehört? Davon, dass ich heirate?«

Sie kam etwas näher, so als hätte sie sich versichert, dass ich sie nicht wütend anspringen würde. »Ja. Und davon, warum. Und es ist wundervoll.«

»Na ja.« Ich wiegte, noch immer lächelnd, den Kopf hin und her.

Langsam sank sie wieder neben mir in die Kissen. Sie nahm eine Hand. »So schlank und kraftvoll«, flüsterte sie.

»Na ja.«

Sie lachte.

»Was habt ihr mit Sabina vor?«, wollte ich wissen. »Sie wäre eine wichtige Zeugin, und …«

»Wir können sie dir schwerlich überlassen, Jocelin. Wenn wir das täten, müssten wir von Piero erzählen, und wie du vielleicht weißt, sind er und die Herzogin alte Feinde.«

»Ja, aber doch jetzt nicht mehr. Der Herzog hat ihm doch alle Beteiligungen an vergangenen Aufständen längst vergeben.«

»Wer weiß schon, wie sie es sieht.«

Die nächsten Tage verbrachte ich in innerer Unruhe, aber es war merkwürdig. So, als wäre es nötig, mich richtig durchzurütteln, damit alles in mir an seinen richtigen Platz fiel.

Natürlich rannte ich nicht zu meinem unnahbaren Herrn Vater, um ihm davon zu erzählen, dass ich nun Bescheid wusste. Es spielte keine Rolle, denn er hatte ja immer gewusst, wer ich war. Der Sohn einer Frau, der er damals als Spitzel in einer feindlichen Stadt, sein Leben anvertraut hatte.

Mit niemandem sprach ich darüber, auch nicht mit Emma, die in vielerlei anderer Hinsicht meine Vertraute wurde. Es reichte mir zu wissen, dass meine Eltern sich respektierten. Dass sie womöglich etwas füreinander empfanden, das über Respekt hinausging.

Es war in Ordnung, das spürte ich mit jedem Tag mehr, an dem ich weiter meiner Arbeit nachging. Mit der Zeit breitete sich eine unbeschreibliche Ruhe in mir aus, die allein von ein wenig Liebeskummer getrübt war. Es ist nicht sonderlich witzig, sich vergebens nach einem Menschen zu verzehren. Aber ich würde es aushalten können, wenn ich Liliana nicht verlöre. Wenn sie gesund wäre und ich wusste, dass es ihr gut ging.

Zeit, mich in nutzloses Grübeln zu versenken, hatte ich sowieso nicht mehr. Cyrus posaunte die Namen aller Komplizen hinaus. An der Spitze der bewaffneten Garde brach ich die Häuser konspirativer Griechen auf. Unter den angstgeweiteten Augen der Bewohner durchforsteten die Männer deren Besitz nach Beweisen für ihre Mitwirkung am Komplott. Namen bedeutender Familien in Konstantinopel fielen. Mir rauchte der Kopf, denn große Politik war nie mein Ding gewesen. Aber ich war zuversichtlich, dass der Herzog das alles richtig verstünde und klug agieren würde.

Es war nicht nur das Vertrauen, das er, und wundersamerweise sogar mein Vater, in mich setzte.

Auch nicht die Verantwortung für Emma und das Kind, das sie unter ihrem Herzen trug, machte mich zu einem anderen. Es war alles zusammengenommen, und das Wissen, woher ich kam. Insgeheim fand ich es witzig, ein halber Byzantiner zu sein.

Von Tristan sah ich lange nichts und wusste nicht, wie die Herrschaften mit ihm zu verfahren gedachten. Zuerst, als er noch inhaftiert gewesen war, hatte er hören müssen, wie wir mit dem Griechen verfuhren. Ich konnte nur raten, welche Ängste das in ihm freisetzte. Dann hatte ich den Befehl erhalten, ihn freizulassen. Stumm und mit glasigem Blick hielt er den Kopf doch würdevoll, als ich die Tür aufgestoßen und ihm mit einer bedauernden Miene zu verstehen gegeben hatte, dass er dem Herzog nun Rede und Antwort stehen müsste. Ich hatte zugesehen, wie die Büttel ihn über den Hof in den Hauptturm getrieben hatten. Er hatte kaum etwas sehen können, derart blendete ihn das Tageslicht. Und doch hatte er diesen blasierten Gesichtsausdruck hingekriegt.

Ich bemitleidete ihn. Ich hatte in den Stunden im Haus des Tuchhändlers begonnen, ihn zu mögen. Sein Mut war beispiellos, sein Kampf präzise und Skrupel schien er nur von Weitem zu kennen. Er war in mancherlei Hinsicht ein würdiger Sohn seiner Eltern . Das Papier mit dem Namen seiner Mutter hatte ich, mit Emma an meiner Seite, verbrannt. Manche Dinge zu wissen, ist eher schädlich als nützlich, und es galt um jeden Preis zu vermeiden, dass das Papier in die falschen Hände geriet. Wo Tristan jetzt war, wusste ich nicht. Niemand sagte es mir, und ich wagte nicht, zu fragen.

Bald eine Woche nach den verstörenden Ereignissen überraschte mich Sebastien. Ich war dabei, mein Schwert zu wienern und hatte, um das Tageslicht hineinzulassen, meine Tür zum Hof mit einem Keil weit offengehalten. Während der Arbeit schaute ich hoch und sah ihn gemessenen Schrittes an all dem täglichen Tohuwabohu vorbei auf mein Heim zukommen. Weil ich nicht so recht wusste, wie ich mit ihm umgehen sollte, schwankte ich zwischen erzürnt und freundschaftlich. Ein unglücklicher Umstand, denn ich hatte ihn gern. Ich vergaß ihm nie, dass er mich in unserer Kindheit mit vorsichtiger Freundschaft willkommen geheißen hatte. Als wir klein gewesen waren, hatte er mir in manch finsterer Nacht die Furcht vor diesem fremden Leben unter Fürsten und Rittern genommen, indem er schlichtweg mein Freund gewesen war. Ich war ihm dankbar und für seine Gefühle durfte ich ihn nicht verantwortlich machen.

»Jocelin«, sagte er mit einem Lächeln in der Stimme. »Die Herzogin will dich sprechen.«

»Die Herzogin?« Verdattert glotzte ich ihn an.

»Ja, keine Ahnung. Sie hat mir nur gesagt, ich solle dich holen.«

»Aha?« Langsam faltete ich den Lappen weg , stöpselte den Korken auf das Ölfläschchen und kam auf die Füße. Als ich mir den Staub von den Beinkleidern klopfte und meine Tunika in Ordnung brachte, ich wurde ja nicht alle Tage zur Herzogin gerufen, bemerkte ich mit einem Seitenblick, wie er die Stube ins Auge fasste, und runzelte die Stirn. »Es ist nicht sonderlich groß, Sebastien, das weiß ich. Aber nach meiner Belehnung mit Sambucina steht es ihr frei, dorthin auf die Burg zu ziehen. Dort wird sie eine Fürstin sein. Eine Baronin.«

Die Belehnung sollte am kommenden Sonntag nach der Messe stattfinden. Obwohl sie auf unaussprechliche Weise wenigstens zum Teil eine Art Mitgift war, erfüllte sie mich doch mit Stolz. Sebastien sah zerknirscht drein. »Jocelin, ich weiß nicht, was ich sagen soll. Ich ...«

»Dann sag' nichts.« Ich zupfte an den Ärmeln meiner Tunika und blickte erst nach einer Weile auf, in der er zu seinem sonnigen Wesen zurückgefunden hatte. »Ich habe gehört, wie du Tristan, eines Odysseus würdig, überredet hast, wieder auf die richtige Seite zu wechseln.«

Ich hob abwartend eine Braue. Er tat es mir gleich und wir waren beide brillant darin. »Ich habe mich gefragt, ob wir uns nicht etwas anderes, was Odysseus gefallen hat, zu eigen machen könnten.«

»Aha, und was?« Ich schloss die Tür und schlenderte Richtung Hauptturm, Sebastien im Schlepptau. »Vergiss' nicht, Sebastien, dass meine Bildung nicht übel ist, aber mit deiner nicht mithält.«

»Ach, das wirst du wissen. Als die Brautwerbung um die schöne Helena abgeschlossen war, hatte er doch diese Idee. Um die vielen abgewiesenen Bräutigame zu einen.«

Ich verbat mir zu grinsen. Ein Teil in mir war zornig, der andere furchtbar belustigt. Am Ende konnte ich das breite Lachen nicht mehr unterdrücken. »Du willst, dass wir uns etwas schwören?«

Er neigte den Kopf. Dabei lagen ihm die dunklen Locken auf der rechten Schulter.

»Warum nicht, Jocelin? Lass' uns schwören, dass wir die Braut des jeweils anderen schützen, sie ehren und ihr helfen, wenn sie in Not gerät und ihr Ritter ihr nicht beistehen kann.«

Plötzlich war sein schelmisches Lachen verschwunden und Ernsthaftigkeit an seine Stelle getreten. Ich wusste, dass er um Emmas Wohlergehen warb, und das beleidigte mich. Was traute er mir zu?

Unvermittelt blieb ich stehen. »Ich werde das schwören, Sebastien. Einen heiligen Eid auf jede Ikone, die du willst, und ich will dir sagen, warum, damit du nicht glaubst, alleine um deine Liebe zu fürchten.«

Verwirrt flatterten seine Wimpern.

»Ich liebe Prinzessin Liliana«, proklamierte ich. »Ich liebe deine Braut. Sie hat keine Ahnung davon, und natürlich ist es völlig ausgeschlossen, dass sie diese Gefühle jemals erwidern wird. Aber ich will, dass du es weißt.«

»Großer Gott, Jocelin.« Mit schlanken Händen rieb er sich über das Gesicht. »Ich hatte ja keine Ahnung.«

»Natürlich nicht.«

In seinem Blick lag etwas Flehendes, als er mich in die Arme schloss. Wir hielten uns lange genug fest, dass die vorbei hastenden Leute zu kichern anfingen. Doch was juckte es uns?

Meinem Bruder war die ganze Tragik unserer Gefühle bewusst. Uns blieben nur zwei Möglichkeiten; wir konnten uns hassen oder Freunde sein, die einander beistanden. Mit dieser Umarmung entschieden wir uns.

»Dann bedarf es keines Schwurs.«

»Nein«, ächzte ich, als ich mich von ihm löste. »Tun wir es Emma gleich und tragen es mit Würde!«

Versonnen lächelte er. »Die Herzogin ist in ihren Gemächern.«

Es war wieder heiß geworden. Es herrschte typisches Spätsommerwetter, deshalb hieß ich die Kühle im Inneren des Turmes willkommen. Die Herzogin saß in einem erlesenen Kleid aus lilafarbener, goldgesäumter Seide auf einem Stuhl vor einem großen Tisch voller Phiolen und Duftwassern. Ihr goldrotes Haar war in ein silbernes Netz mit weißen Süßwasserperlen gezwängt. Das hätte bezaubernd ausgesehen, wenn die Farbe des Kleides nicht diesen unlösbaren Konflikt mit der Tönung ihres Haares eingegangen wäre. Ich schaute sie unverwandt an. Exakt das hatte Liliana von ihrer Mutter. Einfach verdammt schlechten Geschmack. In Händen hielt Sichelgaita ein Kästchen, eine Schmuckschatulle aus poliertem Ebenholz mit Einlegearbeiten aus Perlmutt, die den doppelköpfigen Adler von Konstantinopel darstellten.

»Diese irre Anais hat es mir geschenkt. Es ist kostbar«, sagte sie leise. »Ich dachte, ich gebe es dir und du machst es deiner Frau zur Morgengabe.«

Morgengabe war in diesem Zusammenhang ein lächerlicher Begriff. Die Morgengabe überreichte ein Normanne seiner Braut am Morgen nach der Hochzeitsnacht, wenn er sich ihrer Jungfräulichkeit versichert hatte.

Als sie mich widerstrebend nicken sah, lachte sie auf. »Verzeih, Jocelin! Ich war gedankenlos.« Sie schüttelte vage den Kopf. »Etwas, was deinem Vater seit Jahrzehnten Verdruss bereitet. Dass ich erst rede und handele und dann nachdenke.«

Ich hob beschwichtigend eine Hand. »Das macht nichts, Duchessa, bei all der Verlogenheit kommt es darauf nicht an.«

Ich legte Ironie in meine Stimme, dabei war ich gar nicht böse auf sie.

Wenig begeistert zog sie die schmalen Brauen zusammen. »Dein Vater hätte für die gleiche Unverschämtheit blumigere Worte gefunden.«

Ich zuckte die Schultern. »Wir können alle nur sein, wer wir sind.«

»Ja, Jocelin, ganz genau. Und glaube bloß nicht, alles wäre mühelos, wenn man tun und lassen könnte, was man wollte. Wenn jeder mit jedem zusammen sein dürfte, mit dem er vereinigt sein will. Das vereinfacht in Wahrheit gar nichts.« Ihr Tonfall war schneidend. »Dann müsstest du nämlich feststellen, dass ein Mensch deinem Herzen nie genug ist. Denn es sind immer ganz bestimmte Eigenschaften, die wir an jemandem lieben. Und das schließt nicht aus, andere Eigenheiten an anderen zu lieben.«

Offenbar hatte sie meine Worte als eine Maßregelung aufgefasst, aber so hatte ich sie gar nicht gemeint. Nie würde ich mir anmaßen, Sichelgaita von Salerno zu maßregeln. Wo kämen wir da hin?

»Die Jugend ist schnell mit dem Wort.« Ich verneigte mich äußerst tief und meinte es ernst. »Ich bitte um Vergebung, Duchessa, es war ein Missverständnis.«

Ihr Blick haftete lange auf mir. Dann griff sie nach einem rechteckigen Leinenpaket. »Hierin ist ein azurblauer Stoff. Ich fand ihn passend zu Emmas Blondhaar. Er hat bald dieselbe Farbe wie ihre Augen und man wird daraus ein apartes Brautkleid nähen können.« Sie rieb sich kurz über die Stirn. »Das kann sie dann später zu festlichen Anlässen tragen.«

Verwundert über ihren erstklassigen Geschmack, wenn er andere betraf, neigte ich das Haupt zum Dank. Dann räusperte ich mich: »Aber deshalb habt Ihr mich nicht kommen lassen.«

»Nein, natürlich nicht«, blaffte sie und war wieder ganz sie selbst. Sie schraubte sich aus dem Stuhl und ging zum Fenster, an dessen Sims sie sich lehnte. Über ihr flogen die Möwen kreischend über die Brandung. »Es geht um Tristan.«

Ich horchte auf. »Wo ist er denn eigentlich?«

Verächtlich hob sie eine Hand. »Im Turm seiner Wahnsinnigen Es ist meinem Gemahl nicht zu verübeln, dass er ihn nicht sehen will. Er ist ja bereit, viel zu vergeben, aber Tristans Verhalten ging entschieden zu weit.«

Ich musste verwirrt aussehen, und sie las prompt meine Gedanken. »Natürlich kann er da nicht immer bleiben. Er wird Anais zu ihrer Familie nach Byzanz begleiten. Und es wurde ihm befohlen, dort zu leben.« Ihr Rock schwang, als sie zurück zu ihrem Lehnstuhl schritt, hinter ihm stehen blieb und die Lehne mit beiden Händen fest umklammerte. »Er ist klug und geschickt mit der Waffe. Wenn ihre Familie ihn akzeptiert, wird er dort im Militär Karriere machen.«

»Bei unseren Feinden«, sagte ich, ohne es wie eine Frage klingen zu lassen. »Gegen die wir bald kämpfen werden.«

»Bei unseren Feinden«, bestätigte sie kaltherzig. »Das ist das Beste, was dein Vater, euer Vater unserem Herzog hat abringen können.«

Ich musste verbiestert dreinblicken, denn sie lachte wieder auf. »Nun mach' nicht so ein Gesicht, Jocelin. Natürlich wird Tristan von seinem Vater geliebt. Aber sei gewiss, davon merkt er derzeit nichts.«

Meine Eifersucht rang mit der Erleichterung darüber, dass er weder gequält noch hingerichtet wurde. Aber die Worte, die mir entschlüpften, waren unvernünftig. »Und von seiner Mutter?«

Verschnupft zog sie die Nase kraus. »Die Liebe seiner Mutter tut nichts zur Sache.«

Und somit war das Thema erledigt. Nie wieder würde ich sie darauf ansprechen dürfen, und wenn ich nicht vollkommen verblödet wäre, täte ich es auch nicht. Nicht umsonst hatten wir das Papier verbrannt. Deutlich dynamischer und weniger ärgerlich redete sie weiter. »Er wird im nächsten Jahr nach Byzanz gebracht. Gemeinsam mit seiner bleichen Angebeteten. Nach Weihnachten werden sie nach Oria reisen und dort warten, bis die Winterstürme vorbei sind und sie in See stechen können.«

»Das ist noch lange hin.«

»Womit wir beim Thema wären.« Sie zeigte auf den zweiten Stuhl, der neben dem Fenster stand, und auf den ich sank, nicht ohne sie aus den Augen zu lassen.

»Lass uns über den Verrat des Tuchhändlers reden. Wir haben von Cyrus erfahren, dass er seine Anweisungen von einer bedeutenden Familie aus Konstantinopel erhielt. Sie leiteten ihn an, diesen Teano zu benutzen, und hatten vor, auch den auszuschalten. Es ist ein Clan, der gierig auf den Löwenthron schielt und in Feindschaft zum allerdurchlauchtigsten Kaiser Michael steht. Du weißt, dass wir eine Tochter in Konstantinopel haben, die den Sohn des Kaisers heiraten wird, wenn er erst einmal alt genug ist?«

Ich kratzte mich an der Stirn. Sie vergaß, dass ich nie in solche Angelegenheiten involviert gewesen war und alles nur am Rande mitbekommen hatte. Ich wusste von dem Mädchen, Lilys Schwester, die man wegen der Heirat mit dem Erben des byzantinischen Kaisers in Helena umgetauft hatte. Darüber hatten alle gelacht, damals. Nach genügend Wein grölten die Wachleute heute noch. Nicht, weil sie nicht schön wäre. Das war sie. Aber sie war auf diese Sichelgaita-Weise schön. Eine blonde Riesin mit den Silberaugen ihres Vaters und leider ausgestattet mit dessen donnernder Stimme. Weil ihr Bräutigam noch ein Kind war, nahm man allgemein an, er fürchtete sie, wie der Kaiser selbst die Seldschuken. »Das ist mir leidlich bekannt, Duchessa.«

»Unsere Späher sagen, dass es Unruhen in Konstantinopel gibt. Wir rechnen mit Verwicklungen, die Helena um ihr Recht bringen könnten. Deshalb wird Tristan nicht alleine nach Byzanz reisen. Wir werden in den Wintermonaten diplomatische Gespräche führen, mehr Informationen einholen und dann, gegebenenfalls, einen Gesandten nach Konstantinopel schicken. Mit dieser ehrenvollen Aufgabe würden wir unseren künftigen Schwiegersohn, deinen Bruder Sebastien betrauen. Tritt der Fall ein, dass wir ihn schicken müssen, wird er mit seiner Gemahlin Liliana als Graf und Gräfin von Amalfi beim Kaiser vorstellig werden.«

»Oh.« Verdutzt starrte ich sie an. »Lily in Konstantinopel?«

Wieder war mir eine Respektlosigkeit entfahren, aber ich stellte mir ein Fettnäpfchen nach dem anderen vor, das dort auf sie wartete. Die Herzogin winkte nur ab. »Ja, aber du wirst sie begleiten. Während Sebastien diplomatische Gespräche führt, findest du raus, was dort im Verborgenen geschieht. Du bringst in Erfahrung, wie welche Familie zu wem steht, und wie sie zu uns stehen.«

Ich zeigte überrascht auf meine Brust. »Ich?«

»Du. Und deine Frau wird als Hofdame meiner Tochter mit auf die Reise gehen.«

»Äh, ist das nicht etwas ungeschickt?«

»Himmelherrgott Jocelin!«, gellte sie. »Ihr werdet euch wie zivilisierte Menschen benehmen! Mein Gemahl und ich, und auch dein

Vater, wir sind uns einig, dass du am besten für eine solche Aufgabe geeignet bist. Das hast du mit der Aufklärung dieses Falls bewiesen. Und nur darauf kommt es an.« Sie verzog angewidert das Gesicht. »Und selbstverständlich passt ihr auf, dass Tristan in Konstantinopel bleibt. Die Einzelheiten hängen von dem ab, was wir im kommenden Winter erfahren. Bis dahin bereite dich nur darauf vor. Wir werden dich auf dem Laufenden halten.«

Somit war ich entlassen. Ihr Blick wanderte zu den Geschenken, die ich fast vergessen hätte.

»Ah, ja.« Ich raffte sie an mich, verwirrt von dem, was ich gehört hatte und was auf mich, nein, auf uns zukam.

»Ich danke Euch, Duchessa. Ich danke vor allem für das tiefe Vertrauen, das Ihr in mich setzt.«

»Jaja, schon gut.«

Die Tür schloss ich leise, aber im Flur lehnte ich mich erschöpft gegen die kalte Mauer. Ich hatte es geahnt. Die Zeit des Müßigganges war endgültig vorbei.

24

Jocelin

Ich heiratete Emma am Montag direkt nach meiner Belehnung bei strahlendem Sonnenschein. Die ermattende Hitze war einem lauen Lüftchen gewichen, das unsere Seelen aus ihrer Trägheit zerrte.

Ursprünglich hatte ich mit nur wenigen Gästen gerechnet. Die Gräfin von Oria, Gemahlin meines Vaters, hatte das Fest organisiert. Niemand erwartete von mir, dass ich die Speisen oder den Wein bezahlte, und aus welchem Säckel die Kosten gezahlt wurden, riet ich nur.

Ich vermutete damals schon, dass es der des Brautvaters war. Als diejenige, die für das Gelingen der Feier verantwortlich zeichnete, war die Gräfin selbst anwesend und dirigierte alles auf ihre unnachahmlich diskrete Art.

Ich hatte den Arzt al-Hawas eingeladen und ein paar Kameraden. Emma zwei Mägde, mit denen sie befreundet war. Die beiden Mädchen strahlten vor Stolz über den gesellschaftlichen Aufstieg ihrer Freundin. Ihre glühroten Wangen waren reizend. Dass mein Vater sich mit wichtigen Angelegenheiten in Sachen Byzanz entschuldigte, versetzte mir einen kleinen Stich. Auf der anderen Seite waren wir uns in letzter Zeit nähergekommen wie nie zuvor. Am Ende kamen doch mehr Gäste, weil das Essen und der Wein nicht ausgingen. Boemund war da. Die Barone vom Kap Vatikano und Nola, was eine große Ehre darstellte, denn sie waren des Herzogs Brüder. Überraschend war das Auftauchen des Edlen Grantmesnil, den ich kaum kannte, weil er ein Lehnsmann des Grafen Roger von Sizilien war. In früheren Jahren war er ein enger Vertrauter meines

Vaters gewesen, und je mehr Wein floss, desto mehr Schwänke erzählte er aus jenen Anfangstagen, in denen Robert Hauteville zu Guiscard wurde.

Emma sah zauberhaft aus. Das blaue Kleid war schlicht geschnitten, aber es betonte ihre voll gerundeten Brüste. Nur die silbernen Stickereien an den Säumen, eigenhändig gefertigt von der Gräfin, lenkten vom gewölbten Bäuchlein meiner Braut ab. Ich sehe noch heute den goldenen Glanz des Haars, das auf ihren Schultern lag. Den warmen Schimmer ihrer Haut, als sie mir mit ernster Miene, aber samtenem Blick signalisierte, dass sie mir eine gute Gemahlin sein wolle.

Ich erinnere mich aber auch noch, wie pikiert der Priester, der uns traute, dreingeblickt hatte, weil Emmas rundes Bäuchlein nicht mehr zu übersehen war, und spüre noch heute gelegentlich den messerscharfen Blick, den er mir damals geschenkt hatte.

In der Kapelle, im flackernden Licht der tropfenden Altarkerzen und im Nebel des Weihrauchs, bemerkte ich bei einem schnellen Schulterblick den Wachmann Ilario. Ich wollte ihn mir merken, denn er war loyal und würde mir ewig dankbar sein, dass ich ihn deckte. Wenn ich ihn ein wenig besser an der Waffe ausbilden ließ, würde ich mit großer Gewissheit einen treuen, mir untergebenen Gefährten an der Seite haben, der bereit wäre, für mich in den Tod zu gehen.

Auf einer der hinteren Bänke saß sogar Lilys Bruder Guy. Ich verkehrte nicht mit ihm, wusste aber von seiner Freundschaft mit Tristan und überlegte, ob er stellvertretend für ihn hier war. Tristan und die gespenstische Anais verließen ihre Gemächer nur selten. Später beim Festmahl in einer der kleinen Hallen der unteren Nebentürme erklärte er seine Anwesenheit.

»Fühl dich bloß nicht zu geschmeichelt«, sagte er amüsiert, wie um mit mir zu zanken, »aber es ist Tristan, der mich bat, dir ein Geschenk zu überreichen.«

Verblüfft betrachtete ich den goldenen Ring, dem ich die tiefe Narbe unterhalb meines rechten Auges zu verdanken habe, die mein einst makelloses Gesicht verunziert. Ich erinnerte mich an den

Schlag, den Tristan mir damit im Keller des Tuchhändlers versetzt hatte. »Ein edles Geschenk.« Zufrieden schob ich mir das Schmuckstück an den Finger.

»Na ja.« Guy fuhr sich durchs dichte Blondhaar. »Er ist dir dankbar. Er war nicht eben ein überzeugter Verräter und ist nicht unglücklich darüber, wie sich die Dinge entwickelt haben.«

Guy stand da mit auf den Beckenknochen liegenden Händen und lachte plötzlich. »Dass du und Emma! Meine Güte, ich hätte nie gedacht, dass sich die eiserne Jungfer überhaupt erobern lässt, und dann ausgerechnet von dir?«

Mein Herzschlag stockte, als sich Lily zwischen mich und ihren Bruder schob. Nicht eingeladen und nicht angekündigt, sagte sie ziemlich spitz: »Lange kann keine Frau Jocelin halten.« Sie schnippte mit ihren Fingern nach einer Magd, die ihr flink einen Becher Wein brachte. »Er unterliegt zu sehr seinen Trieben.«

»Das müsst Ihr ja wissen«, gab ich provokant zurück und genoss ihre Entrüstung. Sonderlich elegant war sie nicht gekleidet. Ich schätzte, sie war nur gekommen, weil sie neugierig war. Guy warf den Kopf in den Nacken und lachte schallend.

»Jocelin!« Die Gräfin rief nach mir. Ich entschuldigte mich mit einer Verneigung und eilte der aparten Frau meines Vaters entgegen. »Ich habe einen Barden eingeladen.« Grazil wies sie auf einen dürren Kerl mit Laute, der mich begeistert anstrahlte. »Er wird uns mit französischen Liebesweisen auf das Trefflichste unterhalten.«

Ich rang mir ein gequältes Lächeln ab. Lombardische Trinklieder wären mir lieber gewesen. Bald darauf tropften die silbernen Klänge seiner Laute durch den engen, mit Blumengirlanden geschmückten Raum. Der Bursche hatte eine klägliche Stimme, die eben zu ertragen war. Aber das war egal, denn schon als die Süßspeisen aufgetischt wurden, die Nüsse und das in Honig getunkte Obst, hoben wir die Kelche und grölten Wikingerweisen .

Zwei Tage vor Lilianas Hochzeit kehrte ich in der Abenddämmerung von einem der mittlerweile inflationären Gespräche unter der Eiche zurück zu meiner Kammer.

Wir wohnten in der Stube des Hauptmanns, doch ich hatte neben anderen den Befehl bekommen, mir einen würdigen Vertreter zu suchen, den man hier einquartieren würde. Mit meiner Gemahlin sollte ich in ein Schlafgemach im Hauptturm ziehen. Dass das wieder einen gesellschaftlichen Aufstieg bedeutete, war mir bewusst, aber da mir nichts zufiel und ich immer mehr Aufgaben aufgehalst bekam, entsagte ich dem übermäßigen Weingenuss, wo ich konnte. Mein Leben war nicht mehr dasselbe, es hatte sich eindeutig verbessert, es war aber auch, in jeder Hinsicht, gefährlicher geworden.

Emma hatte keine Ambitionen, nach Sambucina zu reisen und dort wie eine Baronin zu leben. Sicher wollte sie in Sebastiens Nähe bleiben, aber davon abgesehen verhielt sie sich auch nicht wie eine Baronin. Auch heute fegte sie mit einem großen Reisigbesen den Schmutz aus unserer Stube in den Hof.

Lily, das leuchtende Haar war nicht zu übersehen, stand dabei und redete schnell, wobei sie aufgeregt mit beiden Händen in der Luft herumfuchtelte. Zuerst erschrak ich. Ich dachte, sie hätte von dem Arrangement, dem wahren Grund von Emmas und meiner Heirat erfahren, und ich fühlte, wie mir etwas Gesichtsfarbe verloren ging. Aber dann streckte sie einen Arm zum Haupttor aus, und ich hörte, wie sie schrie, man müsse ihm folgen.

Emmas unvermindertes Weiterfegen hüllte beide Frauen in eine Staubwolke. Mir war nach Lachen zumute, erst recht, als Lily vorwurfsvoll hüstelte.

Bei ihnen stehend legte ich eine Hand auf mein Herz und verneigte mich tief. »Principessa, Ihr verblüfft mich«, sagte ich ölig. »Ihr erweist uns einen Besuch in unserem bescheidenen Heim?«

Emma lehnte den Reisigbesen an die Wand und lächelte. »Sie sagt, der Wachmann Ilario sei aufgeregt zu ihr gerannt, weil der Attentäter des Nicos eine Verabredung mit ihm hat treffen wollen. Sie verlangt, dass du den Mann verhaftest«, erläuterte Emma sachlich, und ich kratzte mich am Kopf. »Aha.«

Das war ja schön. Augenscheinlich verzehrte sich der flüchtige Enzo vor Sehnsucht nach seinem aparten Ilario und hatte den Fuß in die Zitadelle gewagt. »Wo wollen sie sich denn treffen?«

»Das ist es ja!« Lily stampfte mit dem Fuß auf. »Ich habe dich nirgendwo gefunden, und jetzt ist er wieder weg. Dieser Ilario ist außer sich. Ich habe den Verräter eben auf einem Pferd zu diesem Tor hinausreiten sehen. Du musst hinterher!«

»Unbedingt.« Rasch schlüpfte ich an den Weibern vorbei, um mein Schwertgehenk zu greifen.

»Sei vorsichtig«, empfahl Emma pragmatisch und hielt mir den Helm hin, den ich mir im Gehen aufstülpte. Aber die Warnung war unnötig, denn ich war besonnener geworden. Die Notwendigkeit, in Friedenszeiten ein Kettenhemd durch den Alltag zu schleppen, hatte sich mir zwar nicht erschlossen, aber zu einem Lederkoller hatte mich Emma leicht überreden können.

Bald saß ich auf und sprengte aus dem Tor, verursachte Verkehrschaos am Stadttor und sah den Fliehenden voraus, in eine Staubwolke gehüllt, auf einem Nebenpfad verschwinden. Ich entdeckte ihn eine ganze Weile später vom Pferd abgestiegen an diesem dämlichen Bassin, das uns so viel Unheil gebracht hatte.

Ich seufzte genervt. Natürlich sah er mich. Der Ausdruck des Entsetzens in seinem Gesicht wich der Mordlust, in der ich lustigerweise eine gehörige Portion Eifersucht entlarvte. Es war ersichtlich, dass er von Ilario eine Abfuhr bekommen hatte. Womöglich überlegte er angestrengt, warum. Mich anzusehen, erschien ihm Erklärung genug. Unvermittelt startete er einen Angriff. Brüllend wie ein Löwe raste er auf mich zu und zerrte mich vom scheuenden Pferd. Unsanft schlug ich auf dem Rücken auf. Oh, das war überraschend gewesen, aber ich kam schnell wieder auf die Füße. Zuerst hielt ich mich auf den Beinen, aber er war stark, ließ mir kaum eine Chance. Wie Zangen umklammerten mich seine Arme. Er stemmte mich in die Luft, lediglich meine Beine waren frei. Statt kopflos um mich zu treten, holte ich mit dem rechten Knie aus, und traf ihn mit Wucht in die Klöten. Er stöhnte laut und ließ mich fallen, aber er war noch nicht fertig. Mit stumpfer Wut stürmte er erneut auf mich los und versuchte, mich auf den Boden zu werfen. Ich drehte mich mit einer leichtfüßigen Bewegung zur Seite und ließ ihn ins Leere rennen. Endlich konnte ich mein Schwert ziehen. Er hatte ein Messer, mit dem er auf mich zu stürzte. Akkurat wich ich zur Seite aus, warf mein Schwert ins Gras und sprintete auf ihn zu.

Ich wollte ihn lebend. Er hatte Fragen zu beantworten. Mein Spurt kam so überraschend, dass ich ihn am Waffenarm erwischte. Sein Dolch fiel leise auf die Wiese. Er schrie wütend, versuchte, ihn zu erreichen, aber ich warf mich neben ihn, packte ihn an den Fußgelenken und schleuderte ihn im hohen Bogen durch die Luft. Krachend küsste er das Erdreich. Er war auf der Stelle bewusstlos. Schwer atmend erlaubte ich mir, auf dem Rücken liegend, einen kurzen Moment der Ruhe. Nur wenige Atemzüge lang schloss ich die Augen, lauschte dem Wasserplätschern und dem Gesang der Vögel, in den plötzlich eine wohlbekannte Stimme zwitscherte.

»Oh Gott, oh Jocelin! Bist Du verletzt?«

Ich fühlte, wie Lily neben mir auf die Knie sank und ihre Hände meine Schultern umfassten. »Jocelin!«, heulte sie auf. Sie rüttelte mich.

Wärme stieg in mir auf.

»Jocelin!« Ihr Gesicht kam meinem immer näher, ihre Lippen berührten meine Stirn. Wahrscheinlich hätte sie mich geküsst, aber ich war zu glücklich, das Lächeln in meinem Gesicht vertiefte sich, und sie hatte es gesehen.

»Jocelin!«, rief sie entrüstet. Sie sprang von mir weg, derweil ich flott auf die Füße kam, um am Sattel meines Pferdes einige Stricke zu lösen, mit denen ich Enzo fesseln wollte.

»Bei Gott, Signorina, dass Ihr nicht gelernt habt, wie gefährlich Eure eigenmächtigen Verfolgungen sind«, sagte ich belustigt.

»Ich wollte dir helfen!«, schrie sie erbost. »Zum Dank muss ich mir dein Gewäsch anhören!«

»Helfen? Ihr mir?« Ich wies knapp mit dem Daumen auf meine Brust und machte mich daran, den leise stöhnenden Gefangenen zu verschnüren. »Dann helft mir hierbei und versucht, sein aufgeregtes Pferd wieder einzufangen.«

Sie blieb einen Augenblick stehen und sah mich entgeistert an. Dann geriet sie doch in Bewegung. Sie stieg auf die Reste einer Marmorbank, kletterte von dort in den Sattel ihrer weißen Stute und lotste das Tier ins Unterholz. Mein Herz hämmerte wie verrückt.

Beinahe hätte sie mich geküsst. Das hieß ja überhaupt nichts. Sie hätte es nur getan, wenn ich tot gewesen wäre, und der Preis erschien mir dann doch zu hoch. Aber vielleicht mochte sie mich ja ein bisschen.

Mit vor Empörung aufgeheiztem Gesicht brach sie durch die Bäume, das getürmte Pferd am Zügel. Ich bugsierte den Verschnürten auf dessen Rücken und meinte versöhnlicher: »Ich wollte nicht so gerne, dass Euch so kurz vor Eurer Hochzeit etwas zustößt.«

Sie klaubte mein Schwert auf und reichte es mir. Ich ließ es zurück in die Scheide gleiten.

Als wir anritten, brummte sie: »Bilde dir nur nichts drauf ein!«

Als hätte ich sie nicht verstanden, neigte ich mein Ohr ihrem Knospenmund zu. Dabei hob ich spöttisch eine Braue.

»Du sollst dir bloß nichts einbilden!«, gellte sie und ich rieb mir lachend im Ohr. »Natürlich nicht. Wie käme ich dazu? Als unwürdiger Bastard, der ich bin.«

Ich schnalzte mit der Zunge und wir ritten an. Auf dem Weg zurück nach Salerno schien es mir, als würde ein verlegenes Lächeln ihre samtenen Lippen umspielen.

Anhang

Dies ist ein Roman, die Hauptfiguren erfunden, aber sie tummeln sich um reale historische Persönlichkeiten.

Charaktere

Robert Guiscard

Ein bemerkenswerter Mann, dem der Aufstieg vom Söldner zum mächtigsten Mann seiner Zeit gelang. Zu Beginn des 11. Jahrhunderts herrschte im heutigen Italien ein einziges politisches Durcheinander. Teile Apuliens und Kalabriens gehörten zu Ostrom/Byzanz, andere Fürstentümer waren formal lombardisch, unterstanden lehnsherrschaftlich demnach dem Heiligen Römischen Reich, wieder andere, wie Benevent, gehörten der Kurie. Die Machtverhältnisse wechselten ständig. Es bestand Bedarf an Kämpfern. Es kamen normannische Söldner, unter ihnen die Brüder Hauteville, Söhne des unbedeutenden Barons Tankred Hauteville aus Coutance, der sich lediglich dadurch auszeichnete, zahllose Kinder gezeugt zu haben.

Elf Söhne und eine Tochter sind bekannt. Die älteren Brüder Roberts waren als Söldner erfolgreich, zwei von ihnen wurden vom Fürsten von Salerno, in dessen Dienst sie standen, nacheinander mit der Grafschaft Melfi belehnt.

Robert war der dritte Hauteville, der zum Grafen von Melfi erhoben wurde. 1059, nach der Vermählung mit der lombardischen Fürstentochter Sichelgaita, wurde er vom Papst mit dem Herzogtum Apulien und Kalabrien belehnt und der Kurie damit lehnspflichtig. Das Herzogtum existierte zuvor in der Form nicht und bestand teilweise aus Gebieten, die dem Heiligen Römischen Reich gehörten. Dies spielte im späteren Investiturstreit zwischen Reich und Kurie eine bedeutende Rolle.

Die Anfänge der Normannenherrschaft und die Geschichte des Aufstiegs der Brüder Hauteville lassen sich hervorragend in folgendem Buch nachlesen: »Die Wikinger im Mittelmeer« von John Julius Norwich.

Der Name Guiscard als Spitzname Robert Hautevilles:

Der zeitgenössische Chronist Wilhelm von Apulien nannte sein Werk »Gesta Roberti Wiscardi«.

Darin schreibt er in Buch II, natürlich auf Latein, aber der Einfachheit halber hier übersetzt: Guiscard wurde er genannt, weil er an geschmeidiger Schläue selbst Cicero überbot und den listenreichen Odysseus.

Norwich vermutet, dass Robert dieser Beiname von Girard de Buonalbergo, einem alten Weggefährten, gegeben wurde.

(J. J. Norwich »Die Wikinger im Mittelmeer« S. 79)

Sichelgaita von Salerno

Sie ist eine für einen historischen Roman sehr schwierige Persönlichkeit, weil sich ihre Geschichte und ihr Leben nicht mit der gängigen Vorstellung von der Rolle der Frau im Mittelalter decken. Sie wird nicht gefragt worden sein, ob sie Robert Hauteville heiraten will.

Doch als sie zur Herzogin wurde, gestaltete sie die Politik nicht nur im Hintergrund mit, sondern griff selbst zur Waffe.

(…) Die Geschichte hat es nur einmal gewagt, ein solches Ebenbild einer Walküre Fleisch und Blut werden zu lassen. Sie war unwahrscheinlich groß und von gewaltigen Körperkräften, wurde aber Robert zu einer vorbildlichen Frau. Von der Hochzeit bis zu ihrem Tode wich sie ihm nicht von der Seite, am wenigsten in der Schlacht, wo sie sich mit Vorliebe tummelte. (…)

(»Die Wikinger im Mittelmeer«; J. J. Norwich, Seite 123 ff.)

Die alten Feinde
Die Familie Teano

Die im Krimi erzählte Geschichte einer Verschwörung und des Versuches, sich Robert Guiscards zu entledigen, ist erfunden. Einen Rainulf von Teano gab es nicht.

Wohl aber die Familie Teano und ihre unrühmliche Rolle bei der Tötung Gaimars von Salerno, Sichelgaitas Vater:

So kam es, dass Gaimar V. von Salerno am 2. Juni 1052 im Hafen seiner Hauptstadt von seinen vier Schwägern, den Söhnen des Grafen Teano, niedergemacht wurde. Der älteste seiner Mörder ließ sich als Nachfolger ausrufen.
(»Die Wikinger im Mittelmeer«; J. J. Norwich, S. 96 ff.)

Salerno war von den Teanos besetzt, Gisulf, Sohn und Nachfolger Gaimars, eingekerkert, und Sichelgaita als Geisel und potentielle Braut eines Teanos, zwecks Legitimierung der Herrschaft, gefangengesetzt. Gaimars Bruder war als einziger entkommen, floh und rief die Normannen um Hilfe.

Gegen die gesammelten normannischen Streitkräfte hatten die Teanos keine Chance, zumal es denen gelang, Teile der Familie Teano gefangen zu nehmen. Im Austausch übergaben die Teanos den legitimen Erben Salernos, Gisulf, an die Normannen, dem sofort als neuen Fürsten von Salerno gehuldigt wurde.

Man versprach den Teanos freien Abzug, übte aber doch Rache.

Sechsunddreißig Menschen, Angehörige der Familie Teano und Verbündete, wurden in eine Falle gelockt und niedergemetzelt, einen für jede Wunde, die Gaimar zugefügt worden war.
(»Die Wikinger im Mittelmeer« J. J. Norwich, S. 97 ff.)

Die Kurie/Rom/der Papst

Als die ersten normannischen Söldner ihre Macht etablierten, war ihr Verhältnis zu Rom äußerst gespannt. In erster Linie, weil sie sich als Raubritter zeigten.

Papst Leos IX. Versuche, die Normannen zu vernichten, scheiterten mit der Schlacht von Civitate 1053, aus der die Normannen, trotz hoffnungsloser Unterlegenheit, siegreich hervorgingen. Sie kämpften um nicht weniger als ihre schiere Existenz. Die Schlacht wird u. a. vom zeitgenössischen Chronisten Wilhelm von Apulien in lateinischen Hexametern geschildert. Besonders Roberts Rolle darin liest sich wie der Radiokommentar zu einem Bundesligaspiel, lässt aber keine Zweifel an Roberts gesellschaftlicher Position zu jener Zeit.

Er war nichts als ein Raubritter, der Ganoven um sich geschart hatte, die nicht mal alle Normannen waren.

Es dauerte, nach Civitate, noch eine Weile, bis die Kurie die Einstellung zur Normannenherrschaft änderte und der Papst Nikolaus II. Robert Hauteville mit dem Herzogtum Apulien und Kalabrien belehnte. Eine Rolle bei der Vermittlung zwischen Kurie und Normannen spielte der Abt von Montecassino, Desiderius. Mit der Belehnung dem Papst zum Waffendienst verpflichtet, wurde Robert gerade im Investiturstreit immer wieder zu Hilfe gerufen. Er kam den Hilferufen nicht nach und wurde mehrfach exkommuniziert. Man kann nur spekulieren, dass er Wichtigeres zu tun hatte, als dem Papst gegen Heinrich, der in verlässlicher Regelmäßigkeit mit Truppen nach Rom marschierte, beizustehen.

Tatsächlich versuchte Heinrich, inmitten des Investiturstreites, die beiden normannischen Herzöge auf die Seite des Reiches zu ziehen, indem er anbot, sie nachträglich mit den Reichsgebieten zu belehnen, derer sich der Heilige Vater bedient hatte.

Robert und Richard, die beiden normannischen Herzöge Italiens, jedoch sahen zwei Männer, die sich stritten und benutzten es zu ihren Zwecken. Sie legten ihre eigenen Streitigkeiten bei, verweigerten ihrem Lehnsherrn, dem Papst, die Gefolgschaft und eroberten Neapel (Richard von Capua) und Salerno (Robert Hauteville).

Sie wurden mit dem Kirchenbann bestraft.

Normalerweise erzielt das eine Wirkung. In der mittelalterlichen Vorstellung existierte keine Gemeinschaft außer der christlichen. Jeder gebannte Fürst, egal ob Kaiser, König oder Herzog, verliert den Einfluss auf seine Gefolgsleute, denn alle, die ihm weiterhin Treue leisten, dürfen sich gleichwohl als gebannt betrachten. Aber bei den Normannen funktionierte es nicht.

Die normannischen Barone gehorchten ihren Fürsten weiterhin.

Der Papst bannte die beiden gleich noch mal, doch dazu später mehr.

(*»Die Wikinger im Mittelmeer«; J. J. Norwich & »The Deeds of count Roger of Calabria and Sicily and of his brother Duke Robert Guiscard" Malaterra, übersetzt von Kenneth Baxter Wolf, University of Michigan*)

Das im Roman erwähnte Attentat auf Robert, der Giftanschlag in Bari, entspricht den Tatsachen. Ebenso, dass der Heilige Vater ein Kondolenzschreiben an Sichelgaita gesandt hatte, um sich der Kirchentreue des nachfolgenden Herzogs, des Sohnes Roger Borsa, zu versichern.

Gleichwohl diktierte Robert, der überlebte, die Antwort auf das Kondolenzschreiben selbst. Wahrscheinlich hat er sich prächtig amüsiert.

Peter von Trani

Der realen Figur Peter von Trani habe ich eine Reihe fiktiver Handlungen angedichtet, wie die Rolle als Liebhaber Sophias. Dazu habe ich ihn auch etwas jünger gemacht.

Tatsächlich hatte die Belagerung Tranis durch ein normannisches Kontingent stattgefunden, so wie Sichelgaita selbst das Kontingent angeführt hatte. Das spielte sich während normannischer Eroberungen Siziliens auf dem Festland ab und kann als Aufstand der zurückgebliebenen normannischen Barone verstanden werden. Die Aufstände wurden stets von den byzantinischen Städten wie Bari finanziert.

Erst 1073 fiel Trani an Robert zurück, und er nahm Peter gefangen.

Ein großer Weidenkorb wurde gebunden und der unglückliche Peter darauf festgebunden. Ihn vor sich hertragend gingen die Normannen zum Angriff über. Die Verteidiger konnten keine Gegenwehr leisten, ohne den Lehnsherrn zu töten.

(*Die Wikinger im Mittelmeer, J. J. Norwich, S. 189 ff.*)

Dass Robert der Meinung war, Peter wäre ausreichend gedemütigt und ihm deshalb alle seine Ländereien zurückgab, gibt Einblick in seinen Charakter. Robert Guiscard war weder grausam noch rachsüchtig. Er war durchaus großmütig, was zur Folge hatte, dass es immer wieder dieselben Leute waren, die Aufstände gegen ihn planten.

Wenig überraschend kam es 1079 es zu neuen Aufständen, Dieses Mal belagerte Sichelgaita die Stadt Trani.

Zu diesem Zeitpunkt spielte Bari keine Rolle mehr, die Unterstützung erhielten die Aufständischen von Rom – Papst Gregor setzte alle Hoffnungen darauf, auf diese Weise den ungehorsamen Vasallen loszuwerden, und scheiterte.

Gisulf von Salerno

Sichelgaitas Bruder Gisulf und Nachfolger des großen Gaimar betrieb von Anfang an eine normannenfeindliche Politik.

Dass er seine Schwester Sichelgaita dem Lieblingsfeind zur Frau gegeben hatte, zeigt den ungeheuren Druck, unter dem er gestanden hatte, aber verziehen hatte er das nie.

Wie es zu der Heirat kam, lässt Raum für Spekulationen.

Salerno wurde zuvor von Richard von Capua und einem Bruder Roberts, namentlich Wilhelm, und dessen Männern unaufhörlich attackiert, sodass Gisulf militärische Hilfe benötigte. Robert bot sie ihm an – für den Preis der Hand Sichelgaitas. Man kann spekulieren, ob er die beiden anderen Normannen, Richard und seinen Bruder, nicht zuvor angehalten hatte, kriegerisch gegen Salerno vorzugehen, damit Gisulf ihn um Hilfe rufen muss.

In der Folge zeichnete sich Gisulfs Herrschaft als ein Karussell aus Fehlentscheidungen und Grausamkeiten ab. Er verlor immer mehr Land an Robert, deshalb war es wenig verwunderlich, dass er sich 1074 einer neuerlichen Allianz gegen die Normannenherrschaft anschloss, die von Papst Gregor initiiert wurde.

Doch innerhalb des Bündnisses kam es zu einem Zerwürfnis zwischen Gisulf und den Gesandten Pisas. Hintergrund des Streites: Gisulf hatte begonnen, seine Schiffe zur Piraterie aufs Meer zu schicken, und leider wurden pisanische Handelschiffe Opfer seiner Überfälle.

Der Feldzug der Normannen gegen Salerno war unabwend-
bar. Zwar hatte Sichelgaita versucht zu vermitteln, war aber an der
Großmäuligkeit ihres Bruders gescheitert, der ihr verkündete, sie
werde sich bald in Witwenkleidern wiederfinden.

(»Die Wikinger im Mittelmeer« J. J. Norwich, S. 203 ff.)

Die Verhandlungen scheiterten und Robert, mit dem Kirchenbann belegt, begann mit dem Krieg gegen Salerno.

Mit dem Angriff verhöhnte Robert nicht nur das Papsttum, sondern auch gleich den Kirchenbann, mit dem er belegt worden war.

Es war demnach kein Wunder, dass der besiegte Gisulf nach Rom
floh, wo er sich, vermutlich, als Söldner der Kurie verdingte. Es mag
seltsam klingen, wo die normannischen Herzöge doch Lehnsleute des
Papstes waren, waren sie zudem auch dessen mächtigste Feinde.

Die Fäden aller Feindschaften des Guiscard laufen kontinuierlich
in Rom zusammen.

Anais, die bleiche Gemahlin des Gisulf, habe ich erfunden.

Seine im Roman geschilderten Wesenszüge ergeben sich aus der
Sekundärliteratur und den Quellen.

Wissen und Gegenstände

Das Papier

Zum Zeitpunkt der Handlung des Krimis war Sizilien bereits von den Normannen erobert. Eine der ersten Papiermühlen bei Palermo ist fürs sarazenische Sizilien im 11. Jahrhundert belegt. Die älteste erhaltene Papierurkunde ist eine normannische aus dem Jahr 1102 – sie besteht nur noch aus mühsam zusammengefügten Stücken, die ich im Februar 2023 bei einer Normannenausstellung besichtigen durfte.

Das Seidenhemd

Wirklich belegen kann ich das Seidenhemd nicht, aber die Seide wurde bereits im 10. Jahrhundert in Persien verarbeitet, und es sind Seidenmanufakturen aus dem sizilianischen Hochmittelalter belegt.

Das bunte Salerno

Das Setting mag kulturell vielfältig und frivol erscheinen. Auf jeden Fall bunt.

Die Art, wie ich Salerno in der Geschichte erlebe, ergibt sich aus der Sekundärliteratur und den Quellen. Zum Zeitpunkt der normannischen Eroberungen war es die bevölkerungsreichste Stadt südlich von Rom. Das Gebiet, Kampanien, fruchtbar, die Händler, teils byzantinisch, reich. Zudem schon damals der Sitz der berühmten medizinischen Hochschule.

All das, vor allem die Vielzahl Byzantiner, lässt den Schluss nahe, dass das Bildungsniveau für mittelalterliche Verhältnisse relativ hoch war. Es dürfte fraglos sein, dass byzantinische Händler Lesen und Schreiben konnten.

Und Robert Guiscard dürfte clever genug gewesen sein, um wenigstens seine engsten Vertrauten mit diesen Fähigkeiten auszustatten, damit er weder von der Kurie noch von Byzanz übers Ohr gehauen werden konnte.

Sehr wahrscheinlich beherrschte seine Frau diese Fertigkeiten.

Immerhin findet sie in diversen Doktorarbeiten Erwähnung, wie z. B. »Heilkundige Frauen und Giftmischerinnen – eine

pharmaziehistorische Studie aus forensisch-toxikologischer Sicht«
Doktorarbeit von Erika Eikermann, Universität Bonn 2004

Die Frauengeheimnisse aus Salerno
Liliana findet in der Stube des Mordopfers Kritzeleien mit einer
Menge Verhütungs- und Kosmetiktipps. Die habe ich nicht
erfunden. Man kann sie im kleinen Heft mit obenstehendem Titel
nachlesen.

Quellen:
»Die Wikinger im Mittelmeer« von John Julius Norwich
»The Deeds of count Roger of Calabria and Sicily and of his brother
Duke Robert Guiscard" Malaterra in einer Übersetzung von Kenneth
Baxter Wolf, University of Michigan.
    «In persuit of a robber baron" v. Finch Allibone.
    «Byzanz- Aufstieg und Fall eines Weltreichs« von John Julius
Norwich
    »Frauengeheimnisse im Mittelalter – die Frauen von Salern« in
einer Übersetzung von Konrad Goehl.
    »Gesta Roberti Wiscardi« – freundlicherweise wurde mir eine PDF-
Datei von der Kuratorin der Normannenausstellung in Mannheim
2022-23, Viola Skiba, überlassen, deren Herkunft ich nicht näher
verifizieren kann.

Nachwort

ieses Buch wäre nie entstanden, wenn es eine Vielzahl von Menschen nicht gegeben hätte. Doch wo will ich anfangen?

Ich habe einige Semester Geschichte studiert, dann aber abgebrochen, weil das Leben dazwischenkam. Die Liebe zu bestimmten Epochen und historischen Figuren, und das Interesse daran habe ich mir bewahrt. Wenn ich in den 90er Jahren die Vorlesung »Die Normannen in Süditalien« nicht besucht hätte, wäre mir Robert Hauteville nie begegnet. Seither ließ er mich nicht mehr los..

Daher danke ich Professor Wolter aus tiefstem Herzen. Er lebt nicht mehr, aber ich verneige mich vor ihm und seiner lebhaften Art, Vorlesungen zu halten. Kopfkino konnte er entfachen und leidenschaftliches Interesse wecken.

Ich danke Stephie, meiner besten Freundin, die sich alle Entwürfe ansah, Ideen anhörte und mit mir verfeinerte. Mit und ohne ein Glas Wein, in Kampanien, in Wuppertal, am Niederrhein und in Mannheim. Per WhatsApp, Mail, Telefon und persönlich.

Sabine, die sich immer neugierig und ungeduldig durchlas, was ich mir zurecht schrieb, und mir jahrelang die Daumen drückte, auf dass ich einen Verlag fände. Selina, die weiß, warum.

Sookie, die nicht ganz unschuldig daran ist, dass ich das Ding hier, nachdem ich es frustriert in die Ecke warf, wieder ausgegraben und überarbeitet habe.

Ich danke Frau Dr. Viola Skiba, die mir als Kuratorin der Normannenausstellung im Reiss-Engelholm-Museum/ Mannheim 2022/23 Quellen überließ.

Vor allem aber dafür, dass mir der Besuch dieser Ausstellung bewies, dass ich Robert, Sichelgaita, sogar Roger und dessen Gemahlin Judith, immer korrekt wahrgenommen hatte. An der Art, wie die Ausstellung gemacht war, erkannte ich, dass ich die Wesenszüge und Charaktere jener Menschen richtig verstanden habe. Ich danke ihr für die Ausstellung schlechthin, die mir die Papierurkunde und die letzte erhaltene Fassung der Gesta Roberti Wiscardi vor Augen führte, aber vor allem mich darin bestätigte, dass Sichelgaita die ist, die ich mir vorstelle.

Tatsächlich danke ich sogar der Brauerei Bierra Arechi in Salerno, nicht nur für das irisch-rote Bier mit dem Namen Sichelgaita. Sondern auch für das riesige Graffiti, dass die Rollladen ihres Ladens ziert. Es zeigt, comichaft gemalt, eine geharnischte blonde Frau mit Schwert vor dem Hintergrund der Zitadelle von Salerno, und war mir Beweis genug, dass die Einheimischen Sichelgaita verstanden haben wie ich. Vor allem danke ich meinem Mann, weil er es mir ermöglicht, historisch bedeutende Regionen und Burgen anzusehen, die man normalerweise mit dem Rollstuhl nicht erreicht. Nicht zuletzt ist dies aber auch dem unverwechselbaren und herzlichen Improvisationstalent Italiens und seiner Bewohner zu verdanken.

Ich bin glücklich, dass der acabus Verlag mir die Gelegenheit gab, Jocelin und seinen ersten Fall in die Welt zu entlassen, und ich danke Enrico für die hervorragende Covergestaltung. Mein Dank gilt auch Andreas, mit dem das Lektorieren richtig Spaß gemacht hat, und Amandara für den Feinschliff.

Diane Amber
Niederrhein, März 2024

Autorin

Diane Amber verlor 1987 in Florenz ihr Herz an Italien. Es waren die normannischen Eroberungen Süditaliens, die sie einige Jahre später während einer Geschichtsvorlesung in ihren Bann zogen und nie losließen. Trotz ihrer Arbeit in der Verwaltung hörte sie nie auf, sich für italienische Geschichte zu interessieren und sich mit ihr zu befassen. Sie ist verheiratet und lebt mit Mann, einer Wasserschildkröte und zwei Katzen, die äußerst gerne über Tastaturen laufen, am Stadtrand von Köln.

Jelling-Trilogie

Die Feindin der Wikinger
Die Kriegerin der Wikinger
Die Königin der Wikinger

  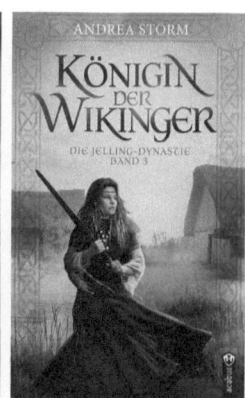

Angelsachsen im 9. Jahrhundert

Bei einem Überfall der dänischen Wikinger auf ein angelsächsisches Dorf wird Thyra Danebod gefangen genommen. Voller Hass auf ihre Entführer lehnt Thyra sich gegen die brutalen und mordenden Nordmänner auf. Doch ihrem neuen Leben auf dem Wasser und dem Dänenhäuptling Gorm kann sie nicht entkommen.

Auf der abenteuerlichen Reise im Drachenboot lernt sie die Fremde kennen, und während die Nordmänner unerbittlich um Macht, Reichtum und Ehre streiten, kämpft Thyra für ihre Freiheit, Liebe und schließlich ihre eigene Identität.

Eine packende und authentische Trilogie, die die altnordische Sprache der Wikinger aufleben lässt und endlich aus der Sicht der selbstbewussten, kriegerischen, unabhängigen Frauen erzählt wird..

Gorm und Thyra begründen als erster König und erste bis heute verehrte Königin den Aufstieg des dänischen Königreichs: die Jelling-Dynastie.

Thomas Hohn Das undenkbare Universum

Ein Mönch, der aus-
zog, die Welt zu ver-
ändern Europa im
Spätmittelalter: Anders-
denkende werden ver-
folgt, es gibt blutige
Auseinandersetzungen.
Ein junger Mann, der
als „Meister Eckhart"
in die Geschichte ein-
gehen wird, wagt ein
kühnes und ungeheuer-
liches Abenteuer: Er
sucht die Erkenntnis,
will mehr Wissen als
erlaubt ist. Doch seine
Widersacher wollen ihn
stoppen, mit Intrigen,
Verleumdung und der
Macht der Inquisition. Noch Jahrhunderte später inspiriert Meister Eckhart Menschen auf der ganzen Welt. Thomas Hohn lässt in
diesem packenden Mittelalter-Thriller den Philosophen und Mysti-
ker lebendig werden und erzählt eine mitreißende und berührende
Geschichte über Liebe, Verlust und Genialität.

Bittermandeln aus Byzanz

Byzanz im Jahre 1189: Das Kreuzritterheer Barbarossas plündert und brandschatzt auf seinem Weg nach Jerusalem. Bei der Besetzung von Adrianopol wird Alkmene, eine Köchin aus der Palastküche, gefangen genommen und Ritter Diethelm als Zeltmagd zugeteilt. Dieser hat schon längst den Glauben an den Kreuzzug verloren und will sich nicht auch noch um Alkmene kümmern. Doch sie ringt ihm ein Versprechen ab: Sie wird ihm so eine köstliche Mahlzeit vorsetzen, dass Diethelm Alkmene an den Hof des Herzogs empfehlen würde. Diethelm schlägt ein, ohne zu wissen, dass Liebe durch den Magen geht. Und dass beide so zum Spielball mächtiger Intriganten werden.

„Lorbeerduft und Rosenwein. Ein Kreuzritter Barbarossas wird verzaubert von der Kunst einer Delikatess-Köchin. Eine Leidenschaft, die beide in Gefahr bringt."